Craving Constellations – *Hautnah*

Aces and Eights MC 1

Nicole Jacquelyn

Übersetzt von Julia Weisenberger

SIEBEN VERLAG

ISBN Taschenbuch: 9783864436659
ISBN eBook-mobi: 9783864436666
ISBN eBook-epub: 9783864436673

www.sieben-verlag.de

Johni, die mir gesagt hat, ich soll ein Buch schreiben.
Das habe ich getan.
Ich wünschte, du wärest hier, um es zu sehen.
Ich vermisse dich, meine Freundin.

Kapitel 1

Brenna

Wie konnte jemand ständig Entscheidungen treffen in dem Versuch, die Vergangenheit hinter sich zu lassen, und irgendwie genau wieder dort landen, wo man angefangen hatte?

Ich hatte die letzten fünf Jahre damit verbracht, wegzulaufen, und nun schien es, als ob ich jeden einzelnen, qualvollen Schritt zurückgehen müsse. Mein Herz sagte mir, dass nichts Gutes folgen würde, wenn ich an den Ort zurückkehren würde, an dem ich aufgewachsen war, aber ich wusste, dass wir nirgends sonst hingehen konnten. Jeder Schmerz, jedes Leid und jeder blaue Fleck erinnerte mich daran, dass wir entkommen mussten. Ich konnte mich nicht länger selbst belügen. Es gab nur einen Ort auf der Welt, an dem er uns nie erreichen konnte. Wir mussten einfach dorthin.

Ich war in einer rauen Welt aufgewachsen. Ich hatte mehr als eine Frau gesehen, die von ihrem Mann geschlagen worden war, und um ehrlich zu sein, es hatte mir nicht wirklich viel ausgemacht. Das war der Lauf der Welt oder zumindest der Lauf *unserer* Welt. Es war alles, was ich kannte.

Ich aber wollte ein anderes Leben, also war ich weg gegangen, aufs College, und später hatte ich versucht, mir ein Leben in einer Gemeinschaft aufzubauen, in der die Mütter ihre Kinder in Minivans in die Schule brachten und sich dem Elternbeirat anschlossen. Ich wollte einen Ehemann, der Steuern zahlte und regelmäßig sein Auto in die Werkstatt brachte. Er würde sich die Hände nicht schmutzig machen, nicht die Stimme erheben und keine Waffe tragen.

Ich hätte mir nie träumen lassen, dass die Welt, die ich

gewählt hatte, viel schlimmer sein könnte, als die, die ich hinter mir gelassen hatte.

Ich hatte nur drei Tage, um dorthin zu gelangen, wo ich sein musste, und ich würde nicht zögern. Ich wollte dort sein, bevor mein adretter Ehemann uns suchen würde.

Daher hatte ich die vergangene Woche jede Minute gezählt, bis seine Geschäftsreise anstand. Er hatte keine Ahnung, dass ich ihn verlassen wollte, und ehrlich gesagt glaubte ich, dass er mich umgebracht hätte, wenn er es gewusst hätte. Mein erster Punkt auf der Tagesordnung war es, zwei Taschen mit Dingen zu packen, die ich nicht zurücklassen wollte: Erinnerungsstücke, mein Laptop und Wechselkleidung für jeden von uns. Ich weigerte mich, wertvollen Platz für Dinge zu verschwenden, die ich leicht später kaufen konnte.

Am Morgen, nachdem er seine Geschäftsreise angetreten hatte, raste ich so schnell um das Haus, wie es jemandem möglich war, der vom Hals bis zu den Oberschenkeln mit blauen Flecken bedeckt war – was nicht besonders schnell war. Ich hatte so viele Stunden damit verbracht, in meinem Kopf unsere Flucht zu planen, die Dinge nach Wichtigkeit zu organisieren und mich zu entscheiden, was wir mitnehmen und was wir zurücklassen würden, dass es nur eine Stunde brauchte, bis ich alles gepackt hatte, was wir brauchten.

Zu dem Zeitpunkt, an dem ich mit den Taschen fertig war, badete ich förmlich in kaltem Schweiß teils aufgrund meiner Schmerzen und teils aufgrund meiner Nervosität. Er war noch nie früher von einer Geschäftsreise zurückgekommen, aber ich hatte das Gefühl, als ob jeder Moment, den ich verschwendete, eine weitere Chance für ihn war, seine Gewohnheiten zu ändern, und ich war so angespannt wie eine Klaviersaite.

Als alles in unseren Wagen gepackt war, hob ich mein Mädchen von der Couch, wo sie gerade Zeichentrickfilme ansah und machte sie für den Tag fertig, als ob es ein Tag wie jeder andere wäre.

An Dienstagen fuhren wir normalerweise zu einer Eltern-Kind-Stunde bei einem Yogastudio im Stadtzentrum. Das bedeutete, dass der Nachbar, als ich aus der Auffahrt fuhr, sich nicht fragen würde, wohin ich fuhr. Er würde nicht über mich nachdenken oder mir genügend Aufmerksamkeit schenken, um zu wissen, wann ich gegangen war. Ich fühlte mich auch wohl dabei die Kleine in Yogahosen und ein bequemes Oberteil zu kleiden, ohne damit besonders aufzufallen. Vielleicht hatte ich zu viele Filme über Spione gesehen oder zu viele Bücher gelesen oder vielleicht war es nur meine natürliche Neigung zur Paranoia, aber ich war davon überzeugt, dass wir so unauffällig wie möglich sein mussten.

Abgesehen von Dienstagen erwartete mein Ehemann, dass mein Mädchen wie in einer Werbung für eine versnobte Kinderboutique gekleidet war – keine Jeans, keine Gummistiefel, das Haar perfekt zu Zöpfchen gebunden mit ausgefeilten Haarbändern, die zu ihren Outfits passten. Sie sah niedlich aus, aber es war schwer, sie steif auf einem Stuhl in einem Rüschenkleid sitzen zu sehen, während andere Mädchen herumsprangen und sich in ihren Overalls auf dem Boden herumwälzten. Das war nicht normal. Ich hatte das Gefühl, dass er eine Obsession bezüglich des Erscheinungsbilds meiner Tochter hatte, weil sie uns gar nicht ähnelte.

Als wir von Eugene hierher gezogen waren, starrten uns die Leute immer an, wenn wir gemeinsam unterwegs waren. Mein Ehemann hatte hellbraune Haare und Augen, und seine Haut besaß ein rötliches Rosa, das ich zunächst sehr attraktiv fand. Erst als ich sah, wie sie rot vor Zorn wurde, erinnerte mich dieser Hautton an den eines bockigen Kinds. Ich hatte Pfirsichhaut als typische Rothaarige und besaß ein paar Sommersprossen und grüne Augen. Deshalb hatte er begonnen, als die Leute meist im Scherz bemerkten „Wow, sie sieht euch gar nicht ähnlich, oder?“, wenn sie mein dunkelhaariges Kind mit ihrem dunkleren Teint sahen, anzudeuten, dass sie adoptiert sei.

Von Anfang an hatte er gewusst, dass das Kind, das ich trug, bevor wir geheiratet hatten, nicht seines war, aber zu dem Zeitpunkt hatte er behauptet, dass es nicht wichtig wäre. Sobald er sie aber gesehen hatte, hatte dieses bigotte Arschloch seine Meinung geändert. Es war das Eine so zu tun, als ob sie seine war, so lange niemand den Unterschied sah, aber es war etwas ganz anderes, wenn ihr die Wahrheit über ihr ganzes wunderschönes Gesicht geschrieben stand.

Gott, ich konnte es nicht erwarten, sie von ihm wegzubringen. Es war so nah, dass ich es praktisch schmecken konnte.

Gegen zehn Uhr waren wir auf die Straße gekommen, aber ich merkte, dass meine Anspannung mich erst verließ, als Portland mehr als eine Stunde hinter uns lag. Ungefähr anderthalb Stunden südlich von Portland legten wir unseren ersten Halt ein. Wir mussten meinen BMW loswerden. Wir brauchten etwas weniger teures und weit weniger auffälliges, wenn wir unter dem Radar abtauchen wollten – außerdem hasste ich ihn.

Es war reines Glück, dass das Auto auf meinen Namen lief. Als wir ihn gekauft hatten, war mein Ehemann wegen eines Problems in der Arbeit weggerufen worden, und als der Papierkram erledigt war, war die Besitzurkunde auf meinen Namen ausgestellt worden. Er war nicht glücklich darüber gewesen, aber sobald ich ein weiteres Vergehen begangen hatte, hatte er sich darauf konzentriert, und die Papiere nicht wieder erwähnt. Es war eines der wenigen Dinge, die mir gehörten. Vollständig und legal.

Anfang der Woche hatte ich den BMW auf Craigslist in Salem gepostet und glücklicherweise einen Treffer gelandet. Dieser Post war der Grund, weshalb ich meinen Laptop mitgebracht hatte. Ich hatte das Posting gelöscht, und wenn er den Computer nicht hatte, hoffte ich, dass es ihm schwer fallen würde, unsere Schritte nachzuvollziehen.

Der Käufer traf mich auf einem Parkplatz an einem Einkaufszentrum in einer kleinen Stadt außerhalb von Salem. Ich hatte Bargeld verlangt, und wusste, dass der Mann, den ich traf, den Deal durchziehen würde, weil ich einen so niedrigen Preis verlangt hatte. Es war gerade genug Geld für den gebrauchten Toyota, den ich auch auf Craigslist gefunden hatte.

Als wir beim Einkaufszentrum ankamen, lagen meine Nerven erneut blank. Was, wenn der Käufer nicht auftauchte? Was würde ich mit unseren Taschen tun in den dreißig Minuten Zeit, die zwischen dem Verkauf des einen Wagens und dem Kauf des anderen lag? Was, wenn der Verkäufer nicht auftauchte, und ich in dieser winzigen Stadt ohne Taxiservice festsaß? Was, wenn wir verdächtig aussahen, und die Polizei uns aufhielt? Meine Gedanken rasten wegen der vielen Möglichkeiten.

Ich parkte den Wagen nahe am Eingang zu einem Geschäft und wartete auf den Käufer. Er hatte gesagt, dass er ein altes, grünes SUV-Modell fahren würde, und ich erkannte ihn in der Minute, in der er auf den Parkplatz einbog. Als er und eine Frau gegenüber von uns parkten, fühlte ich mich erleichtert. Sich mit einem fremden Mann Stunden von Zuhause entfernt zu treffen, machte mich ein wenig nervös. Als ich sah, wie seine Frau ein kreischendes Kind hinter ihrem Sitz hervorzog, beruhigten sich meine Nerven noch mehr.

Ich stieg rasch aus dem Auto und stellte mich vor die Tür meiner Kleinen. Obwohl ich durch die Anwesenheit seiner Familie ruhiger war, würde ich kein Risiko eingehen.

„Hey! Bist du Kate?“ Er kam mit ausgestreckter Hand auf mich zu.

„Bin ich“, sagte ich und hoffte, dass mein Lächeln locker wirkte.

„Mann, das ist ja eine Schönheit. Bleibt es beim Preis, den wir über E-Mail ausgemacht haben?“, fragte er.

Er schien überrascht zu sein, als er mein Auto betrachtete, von dem er vermutlich gedacht hatte, dass es halb kaputt wäre. Aber es war weit davon entfernt. Damals in meinem alten Leben wäre mein Auto als „cherry“, wie neu, bezeichnet worden. Keine mit Krümeln verschmutzte Sitze, keine Fingerschmieren waren auf den Fenstern, und die Radkappen funkelten in der späten Morgensonne. Mir war klar, dass er verwirrt war. Wenn ich ein Auto weit unter Listenpreis von jemandem, den ich nicht kannte, kaufen würde, hätte ich auch darauf gewartet, dass das dicke Ende erst noch kam.

„Genau. Das ist das Auto. Ich will es nur verkaufen. Es wäre mir unangenehm, eine Testfahrt mit Ihnen zu machen, daher müssten Sie, wenn Sie es wirklich wollen, kaufen, ohne es zu fahren.“ Ich versuchte sicher zu klingen, aber ich war nicht so überzeugt, dass das klappen würde. „Sie verstehen das sicher. Ich habe meine Kleine im Auto. Ich fahre nicht mit einem Fremden.“

Während ich redete, nickte er.

„Ja, kein Problem. Bei dem Betrag, für den Sie ihn verkaufen, und da Sie ja schon hergefahren sind, kann ich es, falls wirklich irgendwas nicht damit stimmt, einfach reparieren, und es wäre immer noch ein Schnäppchen.“

Sein Gesicht rötete sich, und ich war sicher, er wünschte, er könne die letzten Worte zurücknehmen. Wer in aller Welt sagte jemandem, dass er etwas zu billig verkaufte? Na ja, auch egal. Ich wollte es nur loswerden.

„Okay. Haben Sie das Bargeld dabei?“, fragte ich ungeduldig. Ich wollte diesen Handel hinter mich bringen.

„Ja, habe es im Wagen bei meiner Frau gelassen. Einen Moment.“

Er ging zum Fenster seiner Frau, und ich beobachtete, wie sie eine Minute lang miteinander diskutierten, bevor ich die Unterlagen aus meiner Handtasche zog. Ich fragte mich, ob sie wirklich glücklich miteinander waren oder ob sie für alle Welt eine Show abzogen. Ich kannte nur zu gut den Unterschied zwischen dem, was man der Öffentlichkeit zeigte, und dem, was sich hinter verschlossenen Türen abspielte. Ich wusste, wie schnell ein charmantes Lächeln sich zu einem Stirnrunzeln verwandeln konnte, wenn niemand hinsah. Ich unterdrückte ein Schaudern, bevor ich die Unterlagen gegen das Bargeld tauschte. Ich atmete erleichtert auf, als er den Namen auf der Besitzurkunde nicht erkannte.

Sobald wir fertig waren, nahm ich mir einen Einkaufswagen und stapelte unsere Taschen und den Kindersitz der Kleinen hinein. Wir sahen zufrieden zu, wie er weg fuhr. Na ja, ich war zumindest zufrieden. Das Kind auf meinen Armen, das an meiner Schulter schlief, hatte während der ganzen Aktion geschlafen.

Wir warteten nur eine Viertelstunde, bevor ich sah, wie ein neues Auto auf den Parkplatz kam. Diesmal war die Kleine wach und bettelte, dass ich sie absetzen solle, also setzte ich sie in den Einkaufswagen und strich ihr mit der Hand durch die Haare in der Hoffnung, dass sie sich noch ein wenig länger gedulden würde. Dieser Handel wäre der schwierigere von den beiden. Ich wusste, dass mein Auto sich leicht verkaufen lassen würde, selbst ohne eine Testfahrt, aber ich würde auch den neuen Wagen kaufen, ohne ihn Probe zu fahren, also musste ich mich auf die Ehrlichkeit von jemandem verlassen, den ich noch nicht getroffen hatte. Dieser Wagen musste uns dorthin bringen, wo wir hinmussten, oder wir waren erledigt.

Die Frau, die aus meinem neuen Toyota sprang, war Mitte fünfzig und hatte graue Strähnen in den Dreadlocks, die ihr den Rücken herab hingen. Sie trug eine Art bunten Zigeunerrock, und während sie auf mich zukam, klingelte sie, als ob sie hundert kleine Glöckchen trug.

Ich ging langsam auf sie zu, während ich beobachtete,

wie sie uns taxierte. Ich wusste, dass wir seltsam aussahen. Ich war sicher, dass sie noch nie jemanden gesehen hatte, der einen Wagen kaufen wollte und nur einen Einkaufswagen voller Taschen und ein Kleinkind dabei hatte. Aber sie sagte kein Wort. Sie hatte sogar einen fast wissenden Blick auf dem Gesicht.

„Hi, sind Sie Sterngucker?", fragte ich zögerlich.

Ich hatte angenommen, dass der Name, den sie in ihrer Anzeige benutzt hatte, ein Pseudonym war, aber wenn ich sie mir jetzt so ansah, war das vermutlich ihr richtiger Name. Ich fühlte, wie sich die Haut um meine Augen herum anspannte. Ich hoffte, die Sache rasch über die Bühne bringen zu können. Der Stress, die Autos zu wechseln, und die körperliche Anstrengung, unsere Taschen herum zu wuchten, brachten meinen Körper dazu, zu revoltieren. Zu diesem Zeitpunkt wollte ich nur noch das Auto kaufen, damit ich einsteigen und mich setzen konnte.

„Hallo!", rief sie zurück. „Sie müssen Lacey sein! Wollen Sie sich mein Baby mal ansehen?"

„Ja, bin ich! Ich bin gleich da", antwortete ich und nickte, während ich unseren überfüllten Wagen über den Asphalt schob. Meine Bewegungen waren steif und ungelenk.

„Ooh, Ihr kleines Mädchen ist ja niedlich!", sagte sie mit einem Lächeln. „Hallo, Süße!"

Ich inspizierte ihr Auto, während sie weiter plapperte, wie lange sie ihn schon besaß, wie hoch der Meilenstand war, und dass sie ihn gerade gesaugt hat und einen Lufterfrischer mit Vanillearoma eingebaut hatte, den sie selbst hergestellt hatte – wobei sie den ganzen Prozess mit Worten wie *Aufguss* und *aromatisierte Öle* beschrieb. Sie war wirklich nett, aber sie machte mich wahnsinnig, weil sie so viel redete. Je länger wir an einem Ort blieben, desto dringender wollte ich wieder auf die Straße. Als sie mir endlich die Besitzurkunde reichte, bewegte sich meine

Tochter schon unruhig, aber sie blieb sitzen und wartete darauf, dass ich sie wieder ins Auto setzte. Sie war es gewohnt, in der Gegenwart von Erwachsenen still zu bleiben, außer sie war nur bei mir. Sie kannte die Bestrafung, die folgte, wenn sie zur falschen Zeit etwas sagte.

Ungefähr zwanzig Minuten später fuhren wir wieder auf die Straße – in einem Wagen, der stark nach Patschuli und Vanille roch. Aber der Geruch war mir egal. Alles, was wichtig war, war, dass das Auto reibungslos lief. Ich hoffte nur, dass es das weiter tat.

Nach einem kurzen Stopp, um uns Fast Food als spätes Mittagessen zu besorgen, fuhren wir wieder auf die Interstate nach Süden. Es gab keine weiteren Dinge zu erledigen und keine weiteren Stopps, die ich einlegen musste. Ich war fast zu Hause, und machte mir Sorgen, dass unser Leben, sobald wir dort ankamen, noch komplizierter wurde.

Ich war außerhalb einer Stadt namens Eugene aufgewachsen. Das einzige, was sie wichtiges zu bieten hatte, war die State University und, genauer gesagt, das Football-Team der Universität. Dort hatte ich meinen Ehemann getroffen, obwohl ich ihn nie nach Hause gebracht hatte, um meinen Vater zu treffen. Ich hatte versucht, mich von diesem Leben zu distanzieren, also hatte ich meist so getan, als ob es während meiner vier Jahre am College nicht existiert hätte.

Mein Ehemann hatte mich seltsamerweise nie gefragt, ob er meinen Pop kennenlernen könne. Eine Weile hatte ich mich gewundert, warum er diesen Teil meines Lebens vollständig ignorierte. Ich hatte immer gedacht, dass man seine zukünftigen Schwiegereltern kennenlernen wollen würde. Schließlich aber schrieb ich es seiner Ichbezogenheit zu. Mein früheres Leben kümmerte ihn nicht, weil es ihn nicht direkt betraf. Da es für mich praktisch gewesen war, war ich mit dem Status Quo zufrieden gewesen.

Ich war nur ein paar Mal wegen des Colleges nach Hause gegangen, und das letzte Wochenende während meines Abschlussjahres hatte den Lauf meines Lebens für immer verändert. Danach weigerte ich mich zurückzublicken.

Wir erreichten Eugene ungefähr um drei Uhr Nachmittags. Ich ließ die Stadt hinter mir und fuhr Landstraße nach Landstraße dorthin, wo ich meinen Vater finden würde. Ich war nicht sicher, wo er lebte, aber ich wusste genau, wo er um fünfzehn Uhr an einem Dienstag sein würde. Am gleichen Ort, an dem er jeden Dienstag in meinem ganzen Leben gewesen war, und wo er jeden Dienstag sein würde, bis er starb.

Als wir vor dem Tor ankamen, erfüllte mich eine wilde Mischung aus Gefühlen, die ich nicht einmal sortieren wollte. Es war ein sehr langer Tag gewesen, und mein Körper war so müde, dass ich nicht mal sicher war, wie ich es aus dem Auto schaffen würde. Vielleicht hätte ich warten, uns ein Hotelzimmer buchen und am nächsten Tag frisch und früh wieder hier auftauchen sollen, aber sobald ich den Wagen zum Halten brachte, kam die Wache am Tor auf mich zu. Keine Chance, jetzt zurückzuweichen, also seufzte ich leise und rollte das Fenster herunter.

„Was suchst du denn, Hübsche? Hast du dich verfahren?“, fragte er mich mit einem Lächeln, das einen seiner Mundwinkel nach oben zog.

„Nein. Ich suche meinen Pop. Kannst du uns reinlassen?“, murmelte ich abgelenkt und rieb mit den Fingerspitzen über meinen Nasenrücken. Kopfschmerzen bauten sich zwischen meinen Augen auf, und ich hatte nicht die Energie, um mir Gedanken darüber zu machen, wie genervt er aussah, dass ich weder nervös war noch versuchte, mir den Weg durch Flirten zu bahnen.

Diese Wache war neu. Vor fünf Jahren war er noch nicht hier gewesen, und es sah aus, als ob er ein Anwärter war. Er trug noch keinen Patch.

„Okay, wer ist dein Pop? Erwartet er dich? Das hier ist

Privatgrund." Er feixte mit einem großspurigen Blick, der kurz vorher noch nicht dagewesen war.

Vor fünf Jahren hätte ich ihn auf seinen Platz verwiesen, aber ich war zu müde, um zu kämpfen. Ich wollte nur zu meinem Pop, damit ich mich endlich ausruhen konnte.

„Poet", sagte ich knapp. „Ruf ihn einfach, okay? Nein, er erwartet mich nicht, aber das wird egal sein. Du bist neu hier, also bringe ich dich ein wenig auf den neuesten Stand. Du willst auf keinen Fall, dass ich warten muss."

Er sah mich fragend an und dann trat er vom Wagen weg und zog sein Handy hervor. Bald danach rieb er sich mit der Hand über den Nacken und wandte sich mir zu, als er auflegte. „Sorry. Ich öffne einfach das Tor, dann kannst du hochfahren."

Es war offensichtlich, dass derjenige, mit dem er gesprochen hatte, nicht besonders glücklich darüber war, dass ich vor dem Tor wartete.

Als ich vor dem Clubhaus parkte, standen ein paar Männer davor. Sie arbeiteten an Motorrädern, saßen an Picknicktischen und unterhielten sich. Alle wandten sich mir zu, als ich ausstieg und mich am Türrahmen festhielt. Ich war wegen Pop hier, nicht wegen der Gesellschaft. Das hier waren nicht länger meine Leute. Ich war überrascht, als ich merkte, wie mein Rückgrat sich wieder meldete, das ich schon verloren geglaubt hatte, je länger ich auf dem Hof meiner Kindheit stand. Ich war hier die Prinzessin. Es mochte lange her sein, aber ich wusste, dass mein Status sich nicht geändert hatte.

Meine Gedanken verflogen, als ich sah, wie mein Vater rasch aus einer der Garagen kam, zwei seiner Männer an seinen Fersen. Ich sah die Männer nicht einmal an. Mein Blick wurde von meinem Vater angezogen, als er ein paar Sekunden innehielt und dann mit langen Schritten auf mich zukam. Er hatte sich kein Bisschen verändert. Sein langes graues Haar war in der Mitte geteilt und hing in einem Pferdeschwanz seinen Rücken hinab. Sein Bart, der immer bis auf seine Brust gereicht hatte, war kurzgeschnitten, aber sein Lächeln und die schimmernden grünen Augen, die meinen so ähnelten, waren schmerzhaft vertraut. Er lächelte mir zu, bis sich unsere Blicke trafen, und dann zeigte sein Gesicht Besorgnis. Ich war nicht sicher, welches Gefühl er auf meinem Gesicht ablesen konnte, aber er wusste, dass etwas nicht in Ordnung war.

Ich fühlte mich schwach vor Erleichterung, als er mich erreichte. Hier waren wir sicher. Er war hier, und wir waren umringt. Nichts und niemand konnte uns jetzt berühren.

„Pop“, flüsterte ich, als er seine starken Arme um mich schlang.

„Mein Brenna-Mädchen. Wo warst du, Mädel?“ Er drückte meine Mitte in einer engen Umarmung.

Meine Erleichterung war unglücklicherweise nur von kurzer Dauer, weil sich in dem Moment, in dem er mich an sich drückte, mein Körper vor Schmerzen anspannte. Prompt verlor ich das Bewusstsein und fühlte nichts mehr.

Kapitel 2

Brenna

Ich erwachte mit verschwommenem Blick, weil jemand an meine Rippen stieß. Zuerst erkannte ich meine Umgebung nicht, daher ergriff Panik von mir Besitz, und ich schob hektisch diese wandernden Finger weg.

„Brenna! Hör auf! Lass dich vom Doc ansehen."

Ich hörte die Stimme meines Vaters von der anderen Seite des Zimmers. Die vergangene Woche fiel mir wieder ein, und Panik ergriff aus anderen Gründen von mir Besitz.

„Wo ist meine Tochter? Sie war im Auto! Wo ist sie?" Hektisch sah ich mich im Zimmer um und entdeckte sie nirgends.

„Ich habe sie gefunden. Mach dir deswegen keine Sorgen. Ich habe sie bei den Jungs draußen gelassen, und es ging ihr gut. Jetzt sag dem Doc Hallo. Lass ihn dich anschauen, und wir können ein wenig reden, okay?", rügte er mich.

Ich sah zu Doc, der seit dem letzten Mal, als ich ihn gesehen hatte, nicht gealtert zu sein schien – abgesehen von der Tatsache, dass er ungefähr dreißig Pfund verloren hatte. Ich war nicht sicher, ob er jemals einen wirklichen medizinischen Titel gehabt hatte, aber er hatte, so lange ich denken konnte, die Mitglieder des Clubs und ihre Familien wieder zusammengeflickt. Er hatte immer wie ein lebender Widerspruch auf mich gewirkt. Er konnte sorgsam den gebrochenen Arm einer Fünfjährigen (meinen) richten und innerhalb der gleichen Stunde jemanden zu Brei schlagen (einen riesigen Kerl, den ich niemals zuvor gesehen hatte). Er war so alt wie die Erde gewesen, als ich ein Kind gewesen war, und ich wusste nicht, wieso er immer noch lebte.

„Hi, Doc. Ist eine Weile her", sagte ich mit einem beschämten Lächeln. „Ich bin es nicht gewohnt, aufzuwachen und befummelt zu werden. Ich dachte, du wolltest mich einfach nur mal angrapschen. Sorry.“

Er lachte in seinem tiefen Bariton, und ich lächelte, weil es ansteckend war. Sein Aussehen täuschte; die Stimme des Mannes war so stark wie eh und je.

„Ich bin froh, dass immer noch Kampfgeist in dir steckt. Obwohl ich mich frage, wohin der verschwunden ist, als jemand diese Rippen gebrochen hat“, erwiderte er mit erhobenen Augenbrauen. „Du solltest es langsam angehen lassen, Mädchen. Ich weiß nicht, wie du es geschafft hast, damit durch die Gegend zu fahren.“ Er schüttelte den Kopf. „Ich habe deine Rippen bandagiert, was nicht viel mehr hilft, als dass es dir die Tatsachen bewusst macht, damit du dich nicht auf die falsche Weise bewegst. Es gibt wirklich nichts, das ich an diesem Punkt für dich tun kann. Ich lasse dir ein paar Schmerzmittel hier, aber so, wie du auf sie reagierst, solltest du bei etwas bleiben, das rezeptfrei ist.“

Ich hatte schon immer eine sehr starke Reaktion auf Schmerzmittel gezeigt. Aus irgendeinem Grund schienen sie eine stärkere Wirkung auf mich zu haben, als auf jeden anderen. Als Doc mir ein paar gegen Tagebauchweh gegeben hatte, als ich ein Teenager gewesen war, hatte ich sechsunddreißig Stunden durchgeschlafen. Es hatte Pop halb verrückt gemacht.

Mit einem Nicken packte Doc seine Tasche und schloss die Tür hinter sich. Ich schloss für einen Moment die Augen und wappnete mich für die sehr schwere Unterhaltung, die nun unweigerlich folgen würde. Als ich sie wieder öffnete, saß Pop auf dem Rand meines Bettes. Ich begriff, dass ich in seinem Zimmer lag, und es war frisch in einem grellen Gelbton gestrichen, aber bevor ich etwas sagen konnte, begann er zu sprechen.

„Brenna, was zum Teufel ist los? Du tauchst hier nach fünf Jahren auf – und, glaube mir, Mädel, ich bin dafür sehr dankbar –, aber in der Sekunde, in der ich dich umarme, hast du in meinen Armen das Bewusstsein verloren. Also hebe ich dich hoch und trage dich rein, und aus dem Augenwinkel sehe ich deine Kleine im Auto sitzen und sich die Augen ausheulen."

Selbst nach all den Jahren wurde Pops irischer Akzent deutlicher, wenn er wegen etwas aufgewühlt war. Ich fand das auf nicht erklärbare Weise sehr beruhigend.

„Sie hat keinen Ton von sich gegeben, Brenna! Die Tränen sind ihr übers Gesicht gelaufen, und sie hat keinen verfluchten Ton von sich gegeben! Sie ist nicht älter als vier Jahre, und sie sagt kein Wort, wenn ihre Mom zusammenbricht? Ich habe dich weitergereicht, und als sie dich reingeschafft haben, habe ich mir dein Mädchen geschnappt. Sie heult, aber egal, was ich gesagt habe, sie hat einfach weitergeheult, aber sie hat dabei einfach keinen verdammten Ton von sich gegeben."

Er hob verzweifelt die Arme, und ich zwang mich, nicht wegen der plötzlichen Bewegung zusammenzuzucken.

„Sie war so steif wie ein Brett! Ich verstehe, dass das Mädel sich vor einem gruseligen alten Mann wie mir fürchtet, den sie nicht mal kennt, aber sie hat sich nicht gegen mich gewehrt! Oh, nein. Ich habe sie einfach hochgehoben, und ihr Rücken wurde kerzengerade, aber sie hat weitergeheult. Dann, als sie endlich aufgehört hat, habe ich sie bei den Männern draußen gelassen. Ich bin reingekommen und habe gesehen, dass Doc sich die blauen Flecken überall auf deinem Körper ansieht. Sag mir, was zum Teufel los ist."

Während er redete, wurde sein Gesicht immer röter, und als er fertig war, konnte ich sehen, wie die Sehnen an seinem Hals sich unter der Haut abzeichneten. Ich holte tief Luft, um meine Nerven zu beruhigen. Die Unterhaltung konnte auf zwei Weisen enden: Pop würde verdammt wütend auf mich werden oder er würde meinen

Ehemann umbringen. Ich wusste, dass es die zweite Lösung werden würde.

„Jetzt, Brenna!", knurrte er.

„Es ist eine lange Geschichte", sagte ich und versuchte, die richtigen Worte zu finden. Ich begann bereits zu weinen.

Seine Stimme war sanfter, als er wieder etwas sagte: „Beginn am Anfang, Mädel."

„Ich bin verheiratet. Aber ich bin sicher, dass du das bereits weißt. Wir haben uns im College kennengelernt, und er schien ein wirklich guter Mann zu sein. Wir sind eine Weile miteinander ausgegangen, und schließlich hat er mich um meine Hand gebeten und ich habe Ja gesagt. Damals war ich schwanger, also haben wir nur eine schnelle Zeremonie beim Standesamt vor einem Friedensrichter gehabt. Eine Weile war alles gut. Seine Familie ist aus Salem, und sie sind sehr in die Politik dort eingebunden, obwohl ich nicht sicher bin, was sein Vater macht. Er verdient aber eine Menge Geld, weil, Pop, seine Mutter tut gar nichts. Sie verbringt ihre Tage mit dieser ganzen Charity-Scheiße und arbeitet nicht. Niemals. Sie hat nie gearbeitet. Außerdem ist sie eine absolute Bitch."

Pop nickte, als ich weitersprach. „Also … Wir haben das College beendet und dann bei seinen Eltern gelebt, als Trix geboren wurde. Sie war so winzig, Pop. Sie war ein Frühchen, und es gab diese ganzen Probleme. Nachdem sie geboren worden war, verbrachte ich die ersten zwei Monate mit ihr im Krankenhaus. Ich sah ihn kaum, und wir besuchten nie seine Eltern. Er kam kaum vorbei, um sie zu besuchen, obwohl er keinen Job hatte und den ganzen Tag nichts tat. Es war seltsam, aber es war mir egal, verstehst du? Trix brauchte all meine Energie."

Ich stoppte und holte zittrig Luft. Ich musste diesen Teil hinter mich bringen. *Erzähl ihm einfach die Geschichte – keine Übertreibungen, keine Gefühle. Bring diese Scheiße einfach hinter dich.* „Schließlich hat er einen Job in Portland bekommen, also sind wir dorthin gezogen. Ich bin nicht sicher, weshalb, aber er war die ganze Zeit angepisst. Alles hat ihn sauer gemacht, aber ich dachte, es hätte nur mit dem neuen Job zu tun. Ich dachte, es würde besser werden. Ich war so beschäftigt mit dem Umzug und Trix, dass ich es einfach nicht habe kommen sehen." Ich schüttelte den Kopf. „Eines Tages ist er nach Hause gekommen, und das Wohnzimmer war ein einziges Chaos, weil meine Kleine ein bisschen übereifrig war. Ich erinnere mich, dass überall Spielzeug auf dem Boden lag, und die Wäsche war auch überall verteilt, weil ich versuchte, mit der Arbeit nachzukommen. Er kam herein und redete einfach mit dieser sanften Stimme. Es war gruselig, weil ich wusste, dass er stinksauer war, aber seine Stimme veränderte sich niemals. Bevor ich wusste, was passierte, kam er herüber und schlug mich. Direkt in den Magen."

Jetzt atmete ich schwer, aber ich versuchte, es zu kontrollieren, weil meine Rippen in Flammen standen. Ich bemerkte nicht einmal die Tränen, die mir über die Wangen flossen und sich an meinem Hals sammelten, bis Pop mir das Taschentuch reichte, das er immer in der Gesäßtasche bei sich trug.

„Du weißt, dass ich einiges vertrage … das weißt du. Normalerweise wäre so ein Schlag gar nichts", sagte ich, als ich mir über das Gesicht wischte.

Ich war mit dem Leben hier groß geworden. Es lag Ehre darin, in der Lage zu sein alles einstecken zu können, was dir die anderen servierten.

„Ich war nicht einmal richtig überrascht. Ich meine, ich wusste, dass es kommen würde. Ich konnte es sehen … an der Art, wie er stand, wie sich jeder Muskel in seinem Körper anzuspannen schien. Aber Trix war weniger als drei Monate alt, und ich hatte einen Kaiserschnitt gehabt. Ich glaube nicht, dass ich schon wieder gesund war … oder so … weil es der schlimmste Schmerz war, den ich jemals hatte ertragen müssen. Es riss mich von den Beinen. Es war ihm egal, und es tat ihm nicht leid. Ich hatte nichts falsch gemacht, für das er mich bestrafte. Er war nicht sauer auf mich. Es war, als ob er es genoss. Danach war es, als ob er wusste, dass er damit davonkommen konnte, und niemand davon erfahren würde. Alles, was ich tat. Alles machte ihn wütend. Es ging, glaube ich, nicht einmal mehr um mich, verstehst du? Er brauchte nur ein Ventil, und ich war sein persönlicher Sandsack. Er schrie nicht und verwüstete nicht das Haus. Er ging nur immer auf mich los."

Ich hielt wieder inne und schloss die Augen, als ich mich an jeden Schlag, jeden Tritt erinnerte. „Ich konnte es ertragen. Ich war stark, und ich wusste, dass ich damit umgehen könnte, zumindest bis Trix ein wenig älter und in der Schule wäre. Ich dachte, wenn ich es nur so lange aushalten konnte, könnte ich mir etwas anderes überlegen. Er ist Börsenmakler, also konnte ich das, was er austeilte, locker einstecken."

Als ich Pop die gekürzte Version der letzten fünf Jahre meines Lebens erzählte, fühlte ich mich wie eine Idiotin. Wer bleibt bei einem Kerl, der sie mehr als einmal pro Woche blutig schlägt? Was zum Teufel hatte ich mir nur dabei gedacht? Ich schob mich vorsichtig auf den Kissen höher. Ich wollte Pop nicht den Rest meiner Geschichte erzählen, während ich dalag, obwohl ich nicht sicher war, warum mir das wichtig war.

„Letzte Woche hat Trix ihre Zahncreme nicht weggeräumt, nachdem sie sich die Zähne vor dem Bettgehen geputzt hatte."

Ich sah den Körper meines Vaters, der bereits zuvor angespannt war, wie er sich förmlich in Stahl verwandelte.

„Er packte sie aus dem Bett. Sie hatte bereits geschlafen, als er heimgekommen war. Ich rannte in das Zimmer, als er begann, sie zu schütteln. Pop, sie sah aus wie ein verfickter Wackeldackel! Ihr armer kleiner Hals zuckte bei jedem Schütteln, und die Tränen liefen ihr übers Gesicht. Als ich ankam, bewegten sich ihre Pupillen leicht auf die Seite, und ich weiß, dass sie mich sah, weil sie anfing zu wimmern. Als ob sie mich bat, dass ich es aufhielt.“ Ich ballte die Fäuste in meinem Schoß und begriff, dass sie zu zittern begonnen hatten. Mein ganzer Körper bebte, was ich nicht bemerkt hatte, da ich mich so sehr auf meine Geschichte konzentriert hatte. „Ich ging auf ihn los und entriss sie ihm. Bevor ich sie absetzen konnte, schlug er mir in den Rücken. Sie wusste, dass sie, wenn er wütend war, sich auf ihren Fenstersitz setzen sollte, und das tat sie. Gott sei Dank. Sie saß zitternd dort, als er auf mich losging.“

Ich schloss die Augen, als ich mich an diese Nacht erinnerte. „Er prügelte mir förmlich die Seele aus dem Leib, Pop – direkt vor meiner vierjährigen Tochter. Ich dachte, er würde mich umbringen. Ich konnte zwei verfluchte Tage lang nicht aus dem Bett aufstehen. Seit einer Woche pinkle ich Blut. Trix hat mich mit Sachen aus der Küche versorgt, weil ich es nicht die Stufen hinabgeschafft habe. Als er am nächsten Tag zur Arbeit ging, kroch sie zu mir ins Bett und lag den ganzen Tag mit mir dort. Sie versuchte, sich nicht zu bewegen, weil es jedes Mal, wenn sie es tat, schmerzhaft für mich war.“ Ich schüttelte den Kopf. „Ich konnte sie das nicht noch einmal miterleben lassen. Ich dachte, ich wäre so vorsichtig gewesen, aber du hast sie gesehen. Sie ist so verflucht still.“

Ich hatte es geschafft. Ich hatte es durch meine ganze Geschichte geschafft, ohne in Hysterie auszubrechen. Jetzt musste ich mich für die Reaktion meines Vaters wappnen.

„Dieser Bastard. Ich werde ihn umbringen. Aber zuerst wird er leiden“, erwiderte er ruhig.

Ich wusste, dass das hier nicht einfach ein überlasteter übereifriger Vater war, der große Reden darüber schwang, die Ehre seiner Tochter wiederherzustellen. Mein Vater drohte nie, und obwohl ich mich mein ganzes Leben lang nie vor ihm gefürchtet hatte, wusste ich, dass alle anderen es taten. Ich hatte immer gewusst, dass Pop anders als die anderen Väter war. Deshalb war ich so schnell und so weit wie möglich weggelaufen, deshalb hatte ich den ersten geheiratet, der um meine Hand gebeten hatte, und deshalb hatte ich nie Trix' biologischem Vater gesagt, dass ich schwanger war. Ironischerweise hatte ich schon früh beschlossen, dass sein Leben nicht das Leben war, das ich wollte, und doch, als ich einen sicheren Hafen brauchte, war das der einzige Ort, an dem ich sein wollte. Ich fand langsam – fünf Jahre zu spät – heraus, dass das hier der Ort war, an den ich gehörte.

Mein Vater gehörte dem Aces Motorradclub an. Die Aces kontrollierten den Waffenhandel an der Westküste von Fresno bis nach Vancouver. Alle Mitglieder hatten Vorstrafen, und viele von ihnen laufende Haftbefehle. Sie lebten nach ihren eigenen Regeln – dem Gesetz des Clubs – und sobald man dabei war, war man drin, bis man starb.

Pop war nicht einfach nur ein Mitglied. Er war der Vizepräsident.

„Warum bist du nicht nach Hause gekommen, Liebes? Du weißt, dass ich mich um dich gekümmert hätte", sagte er.

„Ich konnte nicht, Pop." Ich sah auf meine Hände, damit er nichts an meinem Gesicht ablesen konnte.

„Nun, jetzt ist es wohl Schnee von gestern." Er seufzte, sah mich aber wissend an. „Ich will, dass du dir keine Sorgen mehr machst. Ich werde mich darum kümmern."

Ich wollte widersprechen, aber deshalb war ich doch hergekommen, oder? Ich wusste, wessen die Aces fähig waren, und ich wusste auch, dass ich zu ihnen gehörte. Niemand legt sich mit den Aces an.

Nach ein paar angespannten Momenten sprach er wieder: „Weshalb hast du meiner wunderschönen Enkelin einen so grauenhaften Namen wie Trix gegeben? Was zum Teufel soll das sein? Ein Müsliriegel?“

Ich kicherte leise. „Es ist die Kurzform von Bellatrix. Bellatrix Colleen.“

„Ah, Colleen ist ein guter, irischer Name. Wo zum Teufel hast du Bellatrix her?“

Eine raue Stimme, von der ich dachte, dass ich sie nie wieder hören würde, antwortete vom Türrahmen her: „Bellatrix ist ein Stern im Gürtel des Orion. Es ist Latein für ‚eine weibliche Kriegerin‘.“

Ich hatte Angst, aufzusehen. Ich wusste, dass er hier sein würde, aber ich hatte gehofft, dass sich unsere Pfade nicht kreuzen würden. Rückblickend schien es dumm zu sein, da das Clubhaus nicht wirklich groß war. Die Chancen, dass wir uns vollständig verpassen würden, waren bestenfalls gering. Ich ballte die Hände so fest, dass meine Knöchel sich weiß färbten, bevor ich endlich zu dem Mann aufsah, von dem ich gedacht hatte, dass ich ihn vor fünf Jahren gut gekannt hätte. Falls ich gedacht hatte, dass ich das hier überstehen würde, ohne dass mein Geheimnis bekannt wurde, hatte ich mich geirrt.

Denn dort, im Türrahmen, stand Dragon, und er hielt unsere Tochter in den Armen.

Kapitel 3

Dragon

Ich hatte sie fünf Jahre lang nicht gesehen. In der Minute, in der Poet einen Anruf vom Tor erhalten hatte, fühlte ich, wie sich meine Nackenhaare aufrichteten. Ich wusste, dass sie es war. Ich wurde sofort in die Zeit zurückversetzt, als wir uns zum ersten Mal getroffen hatten. Es war auf meiner Party gewesen – der Nacht, in der ich meinen Cut erhalten hatte.

Ich war auf dem besten Weg, mich zu betrinken, als ich sie das erste Mal sah. Das war nicht der beste Anfang, aber ich schwöre, dass ich, in der Minute, in der ich sie sah, wirklich verflucht schnell wieder nüchtern wurde.

Ich hatte die ersten Stunden auf der Party damit verbracht, alles zu unternehmen, um die Schmerzen des letzten und riesigen Tattoos auf meinem Rücken zu vergessen – eine Erinnerung, die mir für immer bleiben würde. Ich war für immer ein Ace. Es gab kein Entkommen, und meine Brüder würden mich eher umbringen, als mir den Rücken zuwenden. Ich wusste, dass Psycho-Docs begeistert wären, wenn sie sich auf meine Verlustängste stürzen könnten, aber es war mir verdammt egal. Es fühlte sich gut an, irgendwo sicher zu sein. Wenn ich ehrlich war, war ich wirklich verflucht stolz darauf. Nach einem Jahr der Probe und sogar mehr Zeit davor, während der ich im Club herumhing, war ich drin.

Ich konnte fühlen, wie das Blut auf meinem Rücken mein T-Shirt benetzte, und jedes Mal, wenn ich mich bewegte, blieb mein Cut an beidem kleben. Mein verfluchter Rücken stand in Flammen. Deshalb schleppte ich meinen Jack Daniels mit mir herum und war schon halb damit fertig.

Sie war spektakulär – Beine und Titten. Ich war nicht sicher, weshalb ihre Beine so lang aussahen, weil sie im Grunde ziemlich winzig war, aber ich war sicher, dass ihre fast nicht vorhandenen Shorts und ihre Highheel-Sandalendinger viel damit zu tun hatten. Sie trug ein zerrissenes T-Shirt, und Jim Morrisons Augen starrten mich von ihren Titten aus an. Verdammt, der alte Knacker hatte noch nie so gut ausgesehen. Sie kam herein, als ob ihr alles gehörte, und ich war überrascht, als sie anhielt, um mit einigen der Männer und ihren Old Ladys zu sprechen. Ich hatte sie auf jeden Fall noch nie gesehen. Sie sah nicht wie eines der Mädchen aus, das hier herumhing – zu wenig Haare und zu wenig Make-up –, aber sie konnte nichts anderes sein. Das hier war kein Sonntagsbrunch. Gute Mädchen tauchten nicht in mitten auf einer Aces-Party auf. Das geschah einfach nicht.

Es sah aus, als ob sie nach jemandem suchte, denjenigen aber nicht fand, denn schließlich wandte sie mir wieder den Kopf zu. Es war nicht so, als ob sich unsere Blicke kreuzten oder einen ähnlichen Scheiß. Sie stand auf der anderen Seite des Zimmers, und ich erkannte nicht einmal, welche verdammte Farbe ihre Augen hatten. Aber ich erkannte, dass sie mich ansah. Nach ein paar Minuten wandte sie sich vollständig von mir ab, und ich wurde hart, einfach so. Die Rückseite ihres T-Shirts war bis zu ihrer Taille eingerissen, und ich konnte die Rückenschnalle eines grünen Spitzen-BHs erkennen.

Leck. Mich.

Ich stand dort, starrte sie an wie ein Idiot, als sie den Frauen um sich herum Umarmungen gab – und fragte mich, wie zum Teufel das verfickte T-Shirt dort hielt. Sie umarmte sogar die Old Lady des Bosses, Vera. Shit, diese Bitch war so hart wie Eisen. Wer zum Teufel war dieses Mädchen?

Ich folgte ihrem Hintern aus dem Clubhaus, als ob sie eine der Sirenen war, die die Männer in ihren Tod rissen. Sie hielt eine Art unsichtbare Leine, und ich folgte ihr wie ein gottverdammter Welpe. Als ich draußen war, saß sie auf der Motorhaube ihres Wagens, ihre Sohlen ruhten auf der Stoßstange ihres roten 1969er Beetle-Kabrio.

Sofort stellte ich sie mir nackt und auf der Motorhaube des Wagens vor, während ich sie vernaschte. Passte der Teppich zu den Vorhängen? Ja, ich war mir ziemlich sicher, dass sie unten auch eine natürliche Rothaarige war. Auf keinen Fall waren die Locken auf ihrem Kopf gefärbt. Oder vielleicht war sie glattrasiert – Fuck, vermutlich war sie das. Die meisten Weiber, die hier herumhingen, waren glatt rasiert oder zumindest stutzten sie die Haare. Ich liebte es, wenn Frauen alles wachsten. Das fühlte sich sehr viel besser an meinem Gesicht an, und machte sie empfindsamer für das Kratzen meines Barts.

Sie schien überrascht, mich zu sehen, als ich zu ihr kam und mich direkt zwischen ihre Beine stellte. Die Weiber im Club kannten das Spiel. Es war nicht, als ob ich sofort auf sie gestiegen wäre, aber sie tat so, als ob ich genau das getan hätte. Sie rutschte so weit sie konnte zurück, bis ich sie mit den Händen einfing, die ich neben ihre Hüften abstützte.

„Äh, hallo. Kennen wir uns?"

Gott. Ihre Stimme war voller Süße und schien jede verfluchte Fantasie zu verkörpern, die ich jemals gehabt hatte.

„Nö, daran hätte ich mich erinnert. Du bist verflucht atemberaubend." Gott, konnte ich noch mehr wie ein Arschloch klingen?

„Ha. Danke. Würdest du ein wenig Abstand halten? Die Motorhaube ist immer noch ein wenig warm, und ich verbrenne mir grad den Hintern." Sie errötete.

Heilige Scheiße. Ich war erstaunt, dass sie tatsächlich errötete. Dann merkte ich, dass ihr Hintern immer noch auf dem heißen Wagen saß. Rasch machte ich einen Schritt zurück, aber nicht bevor ich meine Hände hinter ihre Knie geschoben hatte, so dass ich sie nach vorne ziehen konnte. Sie gab ein überraschtes Geräusch von sich und hielt sich an meinen Schultern fest, als ihr Arsch sich dem Ende der Motorhaube näherte. Perfekt. Sie schlang ihre Beine um meine Mitte, versuchte, die Balance wiederzufinden, und ich schob die Hände an der Rückseite ihrer glatten Schenkel hoch, bis sie schließlich unter den Shorts auf ihren Arschbacken ruhten. Sie war genau da, wo ich sie haben wollte. Nun musste ich sie nur noch horizontal oder an eine Wand bekommen. Zu diesem Zeitpunkt war mir das ziemlich egal.

„Äh, mir geht es gut. Du kannst mich einfach irgendwo abladen. Ich meine, absetzen. Ich kann stehen. Es ist kein bleibender Schaden entstanden." Sie lachte nervös. „Wirklich, alles okay."

Ich senkte den Kopf, so dass unsere Gesichter nur noch Zentime-

ter voneinander entfernt waren. Verdammt, sie war klein. Ich selbst maß 1,82 Meter und war damit kein Riese, aber ich fühlte mich riesig neben ihr. Sie sah mich mit diesen großen grünen Augen voller Unschuld an. Ihr Gesicht war immer noch rosig von ihrem Erröten, und ihre Unterlippe hatte sie zwischen ihre Zähne gezogen. Verdammt, sie war sexy. Ich wusste, dass ich ihr Angst einjagte, aber ich konnte einfach nicht anders.

Ich senkte den Kopf noch mehr, und gerade als sie dachte, dass ich sie küssen würde, drehte ich den Kopf und strich mit meinem Bart und dann meinem Mund über ihren Hals. Sie roch nach Zimt, und sie schmeckte salzig und fantastisch. Ich wollte sie verdammt noch mal verschlingen. Also begann ich mit ihrem Hals. Ich biss und leckte und saugte an ihr von ihrem Ohr bis zu ihrem Schlüsselbein.

Zuerst drückte sie gegen mich, als ob sie weg wollte, aber ich wusste, dass das nicht der Fall war. Diese Weiber kamen her für genau das. Sie kamen wegen der Möglichkeit, mit einem Ace zu ficken – oder mit zwanzig –, und ein paar Kerben in ihre winzigen Gürtel zu ritzen. Ich war ziemlich sicher, dass ein paar der Weiber hofften, einen Mann zu finden, aber das geschah nicht häufig. Die Brüder wollten keine Huren als Old Ladys. Fuck, dieses Mädchen aber? Vermutlich wäre es mir sogar egal, wenn sie jeden Bruder im Club gevögelt hätte.

Ich ignorierte es, als sie gegen mich drückte, aber ich fühlte es verdammt genau, als sich ihr Körper an meinem entspannte und sich ihre Beine um mich herum anspannten. Ich hatte sie. Ich ging zur Ecke des Gebäudes und huldigte immer noch ihrem Hals und ihren Ohren, bis wir direkt in eine Wand rannten. Und damit meine ich wirklich, dass wir hinein rannten. Eine Sekunde lang befürchtete ich, dass ich sie verletzt hätte, bis ich ein raues Kichern an meinem Hals hörte.

„Hast du es eilig?“, fragte sie. Ihr Lächeln konnte ich an ihrer Stimme hören.

Fuck, ja, ich hatte es eilig. Nicht nur wollte ich nicht, dass sie ihre Meinung änderte, aber ihre Beine waren auch so eng um meine Taille geschlungen, dass sie sich in mein Tattoo gruben. Ihre Hände fühlten sich großartig an meinen Schultern an. Ich musste sie gegen die Wand drücken, um ein wenig des verdammten Drucks loszuwerden.

„Mein Name ist Dragon."

Ich dachte, wir sollten den ganzen Mist mit den Namen aus dem Weg räumen. Ich wollte, dass sie meinen Namen schrie, wenn sie kam – nicht die üblichen Floskeln und nicht den Namen, den ich bei meiner Geburt erhalten hatte. Alle im Club hatten begonnen, mich ein Jahr zuvor Dragon zu nennen. Der Name stammte von einem Kampf, den ich mit einem ortsansässigen Dealer gehabt hatte. Der Kerl hatte Jorge geheißen, und ich hatte sein Geschäft vermiest. Übel. Noch dazu schnell. Danach hatte der Vize des MC, Poet, angefangen, mich Dragon zu nennen. Irgendein Scheiß von wegen St. George und der Drache – Dragon. Mir war das recht. Ich hatte es verdient. Neuer Name. Neues Leben.

Sie würde mich Dragon nennen, und sie würde ganz genau wissen, wer sie da vögelte. „Ich habe ein Zimmer im Haus. Warum bringe ich dich nicht rein und lass ihn dich schreien?"

Sie errötete noch mehr als das erste Mal und räusperte sich. „Ich glaube nicht, dass das eine gute Idee ist, Dragon. Ich kenne dich nicht. Du kennst mich nicht. Das war dumm. Ich weiß nicht, was ich mir dabei gedacht habe. Ich schlafe nicht mit Männern, die ich nicht kenne. Es tut mir leid. Ich bin sicher, jetzt wirke ich wie jemand, der dich einfach nur heiß gemacht hat und dann mit hartem Schwanz stehen lässt. Könntest du mich runterlassen?"

Sie wand sich, und ihre Beine waren von meiner Taille gerutscht, so dass ich sie wieder an ihren Knien festhielt. Vermutlich hätte ich entschieden, dass sie die Mühe nicht wert war. Ich musste Frauen nicht anflehen oder sie verführen, um sie zu ficken. Sie kamen zu mir. Das hatten sie schon immer. Nun, da ich meinen Cut hatte, war ich davon überzeugt, dass sie noch zahlreicher ankommen würden. Ja, ich hätte mich entschieden, dass sie die Mühe nicht wert war, aber dann rutschte das Wort „Schwanz" über diese rosigen Lippen. Es passte nicht zu ihr. Es sah aus, als ob sie das Wort noch nie gesagt hätte, aber es war verdammt erotisch, es von ihren Lippen geformt zu sehen.

„Gott, du bist süß", murmelte ich und machte mich dann über

diese Lippen her.

Sie trug irgendeinen klebrig süßen Lipgloss, und ich leckte ihn ab, bevor ich mich in ihren Mund schob. Ich hatte kaum meine Zunge in ihr, als sie zu wimmern begann und meine Haare packte. Es war, als ob sie mein Gesicht nicht dicht genug an ihres bekommen konnte, obwohl sie kaum die Lippen bewegte. Aber da war etwas daran, wie sie es tat – die Verzweiflung –, die meinen Schwanz vor Erwartung zucken ließ. Sie brauchte es, und sie wartete darauf, dass ich es ihr gab.

Soweit es mich betraf, war Küssen absolut überbewertet – die Art Ding, die ein Mann tut, um eine Frau in sein Bett zu bekommen. Bei ihr aber hätte ich ihren Mund tagelang küssen können. Sie schmeckte ein wenig nach Bier, wobei mir nicht aufgefallen war, dass sie es getrunken hatte, und ihre Zunge glitt scheu in meinen Mund, um sich an meiner zu reiben.

„Gib mir deine Zunge, Baby“, flüsterte ich an ihren Lippen.

Ich brauchte mehr von ihr. Wo sie scheu war, war ich gierig. Ich biss auf ihre Lippen, saugte die obere ein und dann die untere. Ich stöhnte, als sie endlich aggressiver wurde. Als sie meine Zunge in ihren Mund sog, dachte ich, ich würde ohnmächtig werden. Bilder davon, wie sie meinen Schwanz auf die gleiche Weise einsaugte, rasten durch meine Gedanken, bis ihre Hände an meinem Rücken hinabfuhren. Selbst durch das Leder meines Cuts hindurch fühlten sich ihre Finger wie Messer an, die durch meine Haut glitten.

Ich zischte auf. „Fuck!“

„Was?“ Sie sah verwirrt zu mir hoch, als ich versuchte, die kleinen schwarzen Punkte zu ignorieren, die vor meinen Augen tanzten.

„Nichts. Komm schon, wir gehen in mein Zimmer. Ich will dich nackt in meinem Bett.“ Ich ließ ihre Beine los, nahm eine ihrer Hände und zog sie mit mir zu einer der Seitentüren.

Sie versuchte, mit mir zu sprechen, aber ich ignorierte sie. Mein Rücken brannte, mein Schwanz war hart wie ein verdammter Felsen, und ich wollte nicht, dass irgendjemand uns aufhielt, bevor ich sie nackt hatte.

Glücklicherweise führte die Tür, die am nächsten war, direkt in den hinteren Flur, wo sich mein Zimmer befand. Das Clubhaus war ein Rechteck mit Garagen auf der Westseite, die an einen langen Raum anschlossen, in dem wir uns versammelten. Hinter diesem Raum gab es einen langen Flur, an den sich Türen anschlossen. Meine, Fuck sei Dank, war die dritte, aber wir kamen an Grease auf dem Weg dorthin vorbei. Er starrte uns an, als wir an ihm vorbeigingen, und rief dann meinen Namen, als ich meine Tür öffnete.

„Bleib hier." Ich schob sie hinein, schaltete das Licht an, schloss die Tür und ging zu ihm zurück.

„Was ist los, Mann?", fragte ich ihn abgelenkt.

„Hey, bist du sicher, dass du dir das antun willst? Poet wird dir den Arsch aufreißen, wenn du das durchziehst." Er starrte auf meine Tür.

„Du willst echt wissen, wo ich meinen Schwanz reinstecke? Willst du noch 'nen Latte und gottverdammten Klatsch?" Ich schüttelte den Kopf. „Ich seh dich später … hoffentlich erst am Morgen. Klopf nicht an." Ich bedachte ihn mit einem Blick, der Rache versprach, wenn er mich ignorierte.

Ich wusste, dass Poet keine Old Lady hatte, und er schien bei den anderen Weibern auch keine Favoritin zu haben. Warum zum Teufel sollte es also Poet kümmern? Ich war gerade besoffen genug und dachte mit meinem Schwanz, also ignorierte ich die Fragen, die mir durch den Kopf gingen.

Dann ging ich zurück zu ihr.

Mit ein paar Worten brachte unser Boss mich von fünf Jahren zuvor zurück in die Gegenwart.

„Dragon, hör verdammt noch mal auf hier rumzuträumen, und schaff deinen Arsch mit Poet raus. Schau, was zum Teufel da los ist", knurrte er. „Du auch, Grease."

Ich schüttelte den Kopf und trat von der Chevelle weg, an der ich arbeitete, und hinaus ins Sonnenlicht. Ich holte Poet ziemlich schnell ein, weil er mitten auf dem Vorhof stehen blieb und eine Frau anstarrte, die neben einem alten Corolla stand. *Was zum Teufel …?* Das konnte sie nicht sein. Die Lady trug eine verdammte Strickjacke. Ihr

Haar war nicht das verfluchte Rot, an das ich mich erinnerte, sondern rotblond und glatt, ohne eine einzige Locke in Sicht. Das war sie nicht. Auf keinen Fall. Diese Lady würde nie ein altes Doors-T-Shirt zerschneiden und dabei darauf achten, dass sie nicht Morrisons Knochenstruktur verletzte. Sie würde nie mit einem Mann in der ersten Nacht vögeln, in der sie ihn getroffen hatte. Sie würde nie Stunden damit verbringen, auf seiner Brust zu liegen und ihm von den Sternkonstellationen und ihren Bedeutungen erzählen. Und ich konnte mir auf keinen Fall vorstellen, dass diese Lady auf die Knie sank und am Schwanz eines Mannes saugte, als ob er der verdammt beste Lolli wäre, den sie jemals probiert hatte.

Mir war nicht klar, wie schwer ich atmete, bis meine Atmung langsamer wurde. Poet stand einfach da. Diese Bitch musste sich verfahren haben. Ich dankte Gott und allen Aposteln. Poet machte meinen Dank überflüssig, als er sich bewegte – schnell. Er lief innerhalb von Sekunden über den Hof , und als ich zusah, formten ihre Lippen ein Wort – *Pop*.

Fuck. Fuck. Fuck. Ich konnte meinen Puls in meinen Ohren dröhnen hören. Nach fünf Jahren tauchte sie aus dem gottverdammten Nirgendwo auf. Keine Warnung und kein Wort fünf verdammte Jahre lang, und dann fährt sie hier einfach rein, als wäre nichts, als ob sie ihren Dad – oder mich – nicht auf dem Trockenen hatte sitzen lassen. Wut durchzuckte mich, aber ich konnte nicht die Tatsache ignorieren, dass mein Herz schmerzhaft gegen meine Rippen schlug, als Poet seine Arme um sie schlang. Dann, ich schwöre bei Gott, fühlte ich, wie es aufhörte zu schlagen, als ich sah, wie ihr Gesicht bleich und ihr Körper schlaff wurde.

Nachdem Brenna ohnmächtig geworden war, geschah alles in einem Wirbelwind der Ereignisse. Poet fing sie auf, aber als er an ihrem Wagen vorbeigehen wollte, um sie hereinzubringen, fiel sein Blick auf etwas auf dem

Rücksitz, und er zögerte.

„Dragon! Nimm mal Brenna! Bring sie in mein Zimmer, ja?“

Ich trat vor, um sie zu nehmen, als ich begriff, was genau Poet auf dem Rücksitz gesehen hatte – ein Kind. Ein Kind, das gar nicht wie Brenna aussah. Zuerst fragte ich mich, ob sie den Verstand verloren und jemandes Kind gestohlen hatte. Warum sonst hätte sie hier sein sollen? Shit. Nicht mein Problem. Aber ich konnte mich nicht bewegen. Ich war wie erstarrt neben diesem Stück Scheiße von Toyota. Poets Stimme war nicht mehr als ein Summen in meinen Ohren.

Ich glaube, Grease brachte Brenna am Ende hinein, aber ich konnte den Blick nicht von diesem kleinen Mädchen abwenden. Nach gefühlten Stunden, die vermutlich nur Minuten waren, öffnete Poet die hintere Tür und schnallte das Kind ab. Es war äußerst seltsam. Sie weinte, aber sie machte kein Geräusch oder versuchte, wegzukommen. Sie saß einfach auf seinem Arm. Stoisch. Sie war eine verdammte Statue, abgesehen von diesen Tränen.

Ich verstand nicht, weshalb zum Teufel ich erstarrt war. Ich stand einfach wie ein Arschloch da, ziemlich genau so, wie damals, als ich Brenna das erste Mal begegnet war. Poet redete einfach weiter mit dem Mädchen und versuchte, eine Antwort zu bekommen, aber sie war so verschlossen wie ein Banktresor. Ihr Blick tanzte über den Hinterhof, daher wusste ich, dass mit ihr alles in Ordnung war. Sie betrachtete die Situation wie ein kleiner General, der all seine Fluchtrouten und möglichen Feinde überprüfte.

Als ihr Blick meinen traf, verstand ich endlich, weshalb ich mich nicht bewegen konnte, weshalb meine Brust sich anfühlte, als ob sie explodieren würde, und weshalb ich so still war wie sie. Ich kannte den Grund, weshalb sie nicht wie Brenna aussah. Sie überraschte jeden im Hof, als sie mir die Arme entgegenstreckte. Sie sagte kein Wort, aber ihre Absicht war deutlich. Poet sah mehrere Male zwischen uns hin und her, bevor er begriff. Die Wut auf seinem Gesicht hätte mir Sorgen gemacht, wenn ich sie bewusst wahrgenommen hätte, aber als ich sie in die Arme nahm, nahm sie meinen ganzen Fokus ein. Ihr Gesicht war meines. Ihre dunkelbraunen Augen waren meine. Das Grübchen, das sie zeigte, als sie auf die Innenseite ihrer Wange biss, war meines. Sie war meine. Sie sah nicht wie ihre Mutter aus, weil sie das Spiegelbild von mir war.

Scheiß Brenna. Diese verdammte Bitch hatte mir mein Kind vorenthalten.

Kapitel 4

Brenna

Als Dragon und Trix durch die Tür kamen, stockte mein Atem in einem schmerzhaften Keuchen. Wie viele Male hatte ich davon geträumt? Es war zugleich ein Albtraum und eine Fantasie. Ich hatte mich nach ihm gesehnt, während mein Bauch dicker geworden war, wenn ich fühlte, wie kleine Arme und Beine nach der Oberfläche griffen, als ich zu früh die Wehen bekam, als sie mir die Maske aufsetzten und mich baten, rückwärts zu zählen, und als ich nach meinem Notfallkaiserschnitt erwachte. Das erste Mal, als ich unser Kind an die Brust gelegt hatte, und jeden Moment, jeden Meilenstein, jedes Lächeln, das Trix mir geschenkt hatte, erinnerte mich an ihn.

Er war das Gesicht gewesen, das ich jedes Mal, wenn mein Ehemann mich schlug, aus meiner Erinnerung kramte. Jedes Mal, wenn ich gedacht hatte, dass ich den Bruchpunkt erreicht hatte, erinnerte ich mich an die Fältchen neben seinen Augen und dem Gefühl seines Bartes auf meinem Hals. Er war meine Stärke, aber auch der Grund, weshalb ich so lange damit gewartet hatte, zu gehen. Ich hatte ihn benutzt, um stark zu bleiben, weil der Mann, den ich gekannt hatte, alles gewesen wäre, was ich gebraucht hatte. Er war auch alles, von dem ich mich fernhalten musste. Dieses Leben hatte ich nicht für mein Mädchen gewollt, und ich wusste, sobald er sie sah, würden wir nie wieder gehen können.

Ich saß bewegungslos, als ich sah, wie Trix die Arme eng um Dragons Hals geschlungen hatte. Hatte sie jemals jemand anderen als mich so eng umarmt? Ich glaubte nicht. Sobald sie einen Blick auf mich erhaschte, wand sie sich, um abgesetzt zu werden. Dragon hielt sie ein wenig fester, und sie wandte sich mit einem fragenden Blick an ihn. Schließlich rieb er sanft ihren Rücken und setzte sie auf dem Hartholzfußboden ab.

„Mama!", rief sie leise, als sie zum Bett lief.

Bevor sie mich erreichen konnte, hob Pop den Arm, um sie zu bremsen. „Vorsichtig, Mädel!"

Trix stoppte sofort. Es wäre witzig gewesen, wenn da nicht der Blick schieren Terrors auf ihrem Gesicht gewesen wäre und ihre kleinen Arme, die sie rasch als Schutz um den Kopf geschlungen hatte. Sie sah wegen neuer Anweisungen zu mir.

„Ach, Pop", flüsterte ich, „meine Kleine ist immer vorsichtig. Nicht wahr, Baby? Komm hoch zu Mama. Ich muss ein bisschen mit meinem Lieblingsmädchen kuscheln."

Sie zögerte einen Moment, bevor sie wieder auf mich zu rannte. Ich fühlte, wie Pops Körper sich anspannte, als sie stolperte, aber sie machte genau das, was ich wusste, dass sie tun würde. Sobald sie die Seite des Betts erreichte, auf der anderen Seite von Pop, verlangsamte sie zu einem Krabbeln und kletterte vorsichtig neben mich.

„Da ist mein Mädchen. Mama ist eingeschlafen. Hast du das draußen gesehen? Ich bin so ein dummes Ding. Wir sind so lange gefahren, und sobald wir hier waren, bin ich gleich in den Armen von meinem Pop eingeschlafen, genau wie du bei mir! Es tut mir leid, wenn du Angst bekommen hast, Honey. Habe ich dir Angst gemacht?"

Sie war so eng an mich gekuschelt, dass ich ihr Gesicht nicht sehen konnte, aber ich fühlte ihr langsames Nicken an meiner Seite.

„Also hier gibt es nichts, wovor du Angst haben musst. Das ist das Haus von meinem Pop. Erinnerst du dich, dass ich dir von ihm und seinem langen Bart erzählt habe, der genau wie der vom Weihnachtsmann ist? Du kannst eine Weile hier bei mir bleiben, bis du dich wohl fühlst, ja? Dann können wir vielleicht raus und ein bisschen spielen", flüsterte ich ihr zu.

Während ich leise mit Trix sprach, beobachtete Dragon

uns vom Türrahmen aus. Ich konnte seinen Blick auf mir spüren, weigerte mich aber stoisch, aufzusehen. Vielleicht war es Feigheit, aber ich war nicht bereit, seine Reaktion auf Trix zu sehen. Ich wusste, dass er sauer war, und offen gestanden hatte ich momentan genug um die Ohren.

Ein paar Minuten lang saßen wir schweigend zusammen, und ich benutzte diese Zeit, um mich in Pops Zimmer umzusehen. Abgesehen von den grauenhaften gelben Wänden hatte sich nicht viel geändert. Während ich aufgewachsen war, hatten wir ein Haus in der Stadt, daher hatte ich nur selten seinen Raum von innen gesehen. Die wenigen Male, die ich da gewesen war, hatte ich versucht, mir alles einzuprägen.

Pop besaß Buchregale, die mit allem von Tolstoi bis Kerouac gefüllt waren. Dadurch hatte er seinen Namen bekommen. Ich wusste nicht, was er in Irland getan hatte oder wie er hier gelandet war. Wir sprachen nicht darüber, aber der alte Präsident hatte begonnen, ihn Poet zu nennen wegen der Bücher, die er zur Hälfte gefaltet in seiner Gesäßtasche herumtrug. Der Mann mochte sein Leben damit verbracht haben, Waffen zu verschieben, aber er war verdammt noch mal belesen.

Trix hob endlich den Kopf von meiner Armbeuge und begann zu reden. Ich dachte, sie versuchte zu flüstern, aber wie jeder Elternteil eines Vierjährigen weiß, war das Flüstern ihre Stimme in normaler Lautstärke, während sie die Hälfte ihres Gesichts mit der Hand bedeckte.

„Ist das Dragon? Wie du mir erzählt hast? Der Dragon, der auf einem Motorrad fährt? Er hat gesagt, dass er Dragon heißt.“ Sie hielt kurz inne. Sie hatte ihre kleinen Augenbrauen bis an ihre flaumige Haarlinie hochgezogen. „Ist er das?“

Bei ihren Worten machte Dragon zwei Schritte in den Raum und hielt dann inne. Ich hob langsam den Kopf und erwiderte seinen Blick, aber ich konnte den Ausdruck darin nicht lesen. „Ja, Baby“, erwiderte ich und sah ihn unverwandt an, „er ist derjenige, von dem ich dir erzählt habe.“ Einen Moment lang dachte ich, ich sah Überraschung und ein Aufblitzen von Schmerz, aber was auch immer für Gefühle er empfand, er versteckte es rasch.

„Okay. Wer ist das?“, flüsterte sie wieder und zeigte auf meinen Vater.

„Ah, das ist mein Pop. Dein Opa. Ich wette, wenn du ihm Hallo sagst, gibt er dir ein Stück Lakritz.“

So lange ich mich erinnern konnte, schleppte Pop kleine Lakritzstangen mit sich herum, und ich hoffte, dass er diese kleine Angewohnheit nicht geändert hatte. Trix liebte Lakritz. Ich liebte es, dass sie das mit Pop gemeinsam hatte, und ich hatte sie ihr gegeben, seit sie sie kauen konnte. Während wir weg waren, hatte ich das Gefühl, dass sie irgendwie eine Verbindung hatten, obwohl ich nie davon ausgegangen war, dass sie sich treffen würden.

„Ich glaube, ich habe hier tatsächlich ein kleines Stückchen …“, murmelte er und klopfte seine Taschen ab, als ob er suchte.

Ich merkte, dass Trix versuchte, den Mut aufzubringen, etwas zu sagen. Ihr kleiner Körper bebte vor Erwartung, als sie an meiner Seite saß. Schließlich nahm Pop ein Bonbon von seinem Nachttisch und sah erwartungsvoll zu Trix.

„Hi, Opa“, sagte sie leise und streckte dann ihre Hand aus, wobei sie auf ihre Belohnung wartete.

„Bitte sehr, hübsches Mädchen. Wenn du noch eines willst, musst du unter dem Arm deiner Ma hervor kommen. Du darfst mir die Laken nicht schmutzig machen, oder ich klebe einen Monat an ihnen fest!“, sagte er mit erhobenen Augenbrauen.

Trix kicherte leise neben mir. Das war mein absoluter Lieblingsklang in der ganzen Welt, und ich merkte, wie begeistert Pop war, dass er langsam zu ihr durchdrang. Trix war lustig. Sie war immer sehr scheu gewesen, wenn es um neue Leute ging, bis ich das Okay gab. Sobald das der Fall war, wurde sie rasch mit anderen warm. Ihr Vertrauen in mich war grenzenlos, und nach der Woche, die wir gehabt hatten, fragte ich mich, ob ihr Vertrauen in mich nicht falsch gesetzt war. Es war ihr aus offensichtlichen Gründen schwerer gefallen, mit Männern warm zu werden, aber die Tatsache, dass ich mich bei Pop wohl fühlte, musste ihr ein Gefühl der Sicherheit vermitteln. Sie hatte mich aber mit Dragon überrascht. Ich fühlte mich in seiner Nähe auf jeden Fall nicht wohl. Allerdings, seit sie hereingekommen waren und er sie abgesetzt hatte, hatte sie ihn immer wieder angesehen, als ob sie darauf wartete, dass er etwas sagte. Ich begriff nicht einmal die Tatsache, dass sie wie ein verdammtes kleines Äffchen an ihm geklebt hatte, als sie hereingekommen waren.

Nach ein paar Minuten, in denen sie miteinander gesprochen hatten, beschlossen Pop und Trix, dass es Zeit wurde, ein Wasser zu holen und draußen zu spielen.

„Gib deiner Mom einen Kuss, Trix, und wir finden dir etwas, mit dem du spielen kannst. Deine Mom muss sich ein wenig ausruhen."

Panikerfüllt sah ich zu Pop und versuchte, mir einen Grund einfallen zu lassen, bei mir zu bleiben. Ich öffnete den Mund, um etwas zu sagen, irgendetwas, aber Pop hielt mich mit einem Blick zurück. *Shit.* Er würde mir nicht erlauben, das hier zu verschieben. Da wurde mir klar, dass Pop gesagt hatte, Trix wäre „bei den Männern draußen", aber in Wahrheit war sie mit Dragon zusammen gewesen. Er hatte gelogen, und ich wusste, dass er dafür einen Grund gehabt haben musste. Er wusste es. Ich hatte gedacht, dass ich mehr Zeit hätte, um mich innerlich vorzubereiten – um Pop vorzubereiten – und dann einen Weg zu finden, es ihm schonend beizubringen. Er musste stinksauer gewesen sein, als es ihm klar wurde. Mit der Tochter eines Mitglieds herumzuvögeln war eines der schlimmsten Dinge, die man tun konnte, direkt hinter Verrat und dem Vögeln mit der Old Lady eines anderen. Es war eine Sache des Respekts. Man legte nicht Hand an das, was einem nicht gehörte. Dragon steckte tief in der Scheiße, und ich hatte ihn dort hineingeschubst. Na ja, um ehrlich zu sein, hatte ich ihn vor fünf Jahren hineingeschubst.

Sobald Trix und Pop das Zimmer verlassen hatten, war das Schweigen ohrenbetäubend. Ich war nicht sicher, was ich sagen konnte, ohne wie eine komplette Idiotin zu klingen, also blieb ich still. Allerdings wurde, je länger ich schwieg, das Schweigen umso drückender. Ich sah überallhin, nur nicht auf den Mann, der im Türrahmen stand. Ich hoffte, dass er, wenn ich ihn einfach ignorierte, weggehen würde, und ich mich noch nicht damit auseinandersetzen musste. Als er schließlich das Wort ergriff, zuckte ich vor Überraschung zusammen und biss die Zähne zusammen.

„Sie ist meine …?“ Seine Stimme war leise und kehlig.

„Sie …“, flüsterte ich, dann räusperte ich mich. Dann räusperte ich mich noch einmal. Warum konnte ich es einfach nicht sagen? „Sie ist … ja, sie ist deine Tochter.“

Wir beide kannten die Antwort, bevor ich sie aussprach. Es war offensichtlich, wenn man sie nur ansah, aber als er meine Bestätigung hörte, drehte er durch. Er fuhr herum und schlug direkt durch die Gipswand neben der Tür. Er hämmerte noch zweimal hinein, bevor er sich wieder zu mir umdrehte. Dann kam er auf mich zu. Ich hatte nie Angst vor ihm gehabt, obwohl ich das Leben kannte, das er führte. Dieser Club war mein Zuhause, und alles, was hinter dem Stacheldrahtzaun passierte, war mir vertraut. Gewalt war Teil des Lebens hier, aber sie war nie wie der unkontrollierte Wahnsinn gewesen, mit dem ich gelebt hatte. Sie war leidenschaftlich, nicht methodisch, und immer, immer kontrolliert. Es war eine Gewalt, die ich verstand. Nur die Starken überlebten hier, es war das Überleben des Stärkeren. Deshalb schluckte ich nur nervös und wartete ab, als er mich am Hals packte und mich gegen das Kopfteil drückte.

„Du verfickte Schlampe! Du kommst zurück, wackelst mit deinem College-Arsch und bettelst um einen Fick. Du sagst mir nicht, wer zum Teufel du bist. Also wache ich am nächsten Tag auf und finde heraus, dass dein verfluchter Daddy mein Vizepräsident ist. Diese Scheiße ist so abgefuckt. Das hätte genauso gut mein Todesurteil sein können, und du hast das verfickt noch mal gewusst. Aber obwohl ich verfluchte Angst habe, bin ich bereit, alles offenzulegen. Dich zu meiner Old Lady zu machen. Es wieder gut zu machen. Und auf einmal bist du verschwunden, Herrgott noch mal. Du bist einfach abgehauen, ohne ein verfluchtes Wort zu mir. Ich bin hier, halte meinen Schwanz fest und bin verflucht glücklich, dass ich Poet gegenüber kein Wort gesagt habe. Du bist verfluchte fünf Jahre verschwunden. Niemand hört ein Wort von dir. Und jetzt kommst du zurück, und ich muss feststellen, dass du meine Tochter bekommen hast und es mir FÜNF VERFICKTE JAHRE LANG nicht gesagt hast?" Seine Stimme wurde immer lauter, und als er am Ende angekommen war, brüllte er mir ins Gesicht. „Ein anderer Kerl hat den Daddy für meine Tochter gespielt?"

Ich konnte meinen Puls unter seinen Fingern pochen fühlen, wo sich seine Hand langsam fester um meinen Hals schloss. In all meinen Jahren, die ich hier aufgewachsen war, umgeben von harten Biker-Typen, hatte ich noch nie jemanden so wütend gesehen. Tränen rollten leise über meine Wangen. Ich wusste, warum er so wütend war. Ich wusste es, und ich hatte immer gewusst, was ich getan hatte, als ich gegangen war. Er hatte nie eine Familie gehabt, bis er zum Club gekommen war, und als ich ihn verlassen hatte, hatte ich ihn nicht nur auf unsicherem Grund mit der einzigen Familie zurückgelassen, die er hatte, sondern auch sein ungeborenes Kind mit mir genommen. Es war eine Sünde, für die ich keine Vergebung erwarten konnte, und in diesem Moment schämte ich mich zutiefst.

Seine Hand lag immer noch um meinen Hals, sein Gesicht nur Zentimeter von meinem entfernt, als ich hörte, wie sich jemand aus Richtung der Tür räusperte. Ich hatte Angst, von Dragons Gesicht wegzusehen, als ich eine alte, bekannte Stimme hörte.

Ich konnte Grease kaum aus dem Augenwinkel heraus sehen, und mit den wenigen Gedanken, die ich erübrigen konnte, bemerkte ich überrascht, wie groß er geworden war. Der Junge, an den ich mich erinnerte, war nie knöchrig gewesen, aber auf jeden Fall hager. Jetzt war er gebaut wie ein Schrank. Seine Schultern passten kaum in den Türrahmen.

„Dragon, Bruder, wir müssen fahren. Wir müssen bis zum Morgen in Boise sein. Wir haben gerade den Anruf erhalten.“ Grease hielt inne, als ob er noch etwas anderes sagen wollte, aber stattdessen sagte er einfach: „Ich warte draußen auf dich.“

Der Griff an meinem Hals lockerte sich ein wenig und spannte sich dann wieder an, als ob er einen eigenen Willen hatte. Dann fühlte ich, wie sich jeder einzelne Finger langsam löste, bis er mich losließ.

„Wage es nicht, irgendwohin abzuhauen, Brenna.“ Er zeigte mit dem Finger auf meine Nase. „Ich habe dich damals gehen lassen, aber das war, bevor ich von ihr wusste. Wenn du gehst, finde ich dich. Du willst nicht, dass ich dir verflucht noch mal nachjage. Du willst nicht sehen, was ich tun werde, wenn ich deinen Arsch verfolgen muss.“

Mit diesen Abschiedsworten stürmte er aus dem Schlafzimmer.

Es war offiziell.

Ich war am Arsch.

Kapitel 5

Brenna

Trix und ich lebten die nächsten zwei Wochen in Pops Zimmer im Club. Als ich meinen Plan geschmiedet hatte, bei Pop zu leben, hatte ich nicht gewusst, dass er unser kleines Haus in den Außenbezirken der Stadt vor zwei Jahren verkauft hatte. Er hatte begonnen, im Clubhaus zu wohnen, weil er keinen Grund sah, ein Haus zu unterhalten, in dem er nie Zeit verbrachte. Ich verstand seine Gründe, aber ich war trotzdem etwas traurig, dass das Haus, in dem ich aufgewachsen war, nun weg war. Ich hatte davon geträumt, dass Trix in dem alten Spielbereich in unserem Hinterhof schaukeln, auf mein altes Bett springen oder ein Bad in unserer alten Krallenfußbadewanne nehmen würde. Alles war nicht so, wie ich es geplant hatte, und ich hatte das Gefühl auf einem Karussell zu sitzen, das nicht stoppte.

Die erste Nacht, direkt nachdem Dragon gegangen war, aßen wir mit dem Clubpräsidenten und seiner Old Lady zu Abend. Der Mann, der an der gesamten Westküste gefürchtet war, war nichts als eine Art Onkel für mich, und ich war ziemlich begeistert, ihn zu sehen. Während ich aufwuchs war seine Old Lady Vera die einzige Mutter gewesen, die ich gehabt hatte. Sie hatte mich über Tampons informiert und mir einen BH gekauft, und ich konnte es nicht erwarten, ihnen Trix zu präsentieren. Unglücklicherweise verlief das Essen nicht ganz so, wie ich es geplant hatte – gar nicht so.

Ihr Haus lag direkt außerhalb des Anwesens, aber um dort hin zu kommen, mussten wir ein Stück fahren. Der Grund dafür war, dass ihr Haus, wenn es Haftbefehle für das Clubanwesen gab, davon ausgenommen war. Ich wusste nicht, ob die Besitzurkunde auf ihrer beider Namen lief. Vermutlich nicht.

Das Haus war nichts außergewöhnliches, besaß nur ein Stockwerk, eine breite Veranda und sah ganz normal aus. Jegliche Upgrades waren für das nicht trainierte Auge unsichtbar. Sie besaßen Videokameras, schusssicheres Glas, einen Panikraum und Gott wusste, was noch. Aber wenn man dorthin fuhr, sah es aus wie jedes andere Haus in der Mitte von Nirgendwo.

Als wir ankamen, eilte Vera heraus, um mich in die Arme zu schließen. Ich wusste, dass sie das tun würde. Sie galt bei den meisten Leuten als Bitch, aber wenn man sie so gut kannte wie ich, wusste man, dass unter dieser ganzen Härte das sprichwörtliche Herz aus Gold lag. Als sie mit meiner Umarmung fertig war, bückte ich mich und zog Trix vor mich.

„Das hier ist meine Tochter, Bellatrix. Trix, das hier ist Tante Vera. Sagst du ihr Hallo?" Als ich sie vorstellte, betete ich, dass Vera nicht das sehen würde, was ich sah, wenn ich Trix ansah.

Ich wusste, dass meine Gebete sinnlos waren, als sie meinen Blick erwiderte. Sämtliche Sanftheit war aus ihrem Gesicht verschwunden, und zum ersten Mal sah sie mich mit dem harten Blick an, den sie auch allen anderen zeigte. *Shit.* Das hier würde nicht einfach werden.

Während ich Vera Trix vorstellte, ging Pop zur Eingangstür, wo Slider, unser Präsident, stand. Ich sah auf und bemerkte, wie sie mit gesenkter Stimme miteinander sprachen, bevor sie ins Haus gingen. Er sagte nicht einmal Hallo zu mir – nicht einmal nach den fünf Jahren. *Fuck*. Er war stinksauer.

Ich hoffte, dass die Gerüchte über Dragon und mich ihn noch nicht erreicht hatten, aber ich hätte es besser wissen müssen. Biker klatschen wie Teenagerinnen. Er hatte es offensichtlich Vera noch nicht gesagt, und ich war froh, dass ich schon wieder weg war, wenn sie diese Diskussion später führen würden. Ein paar Old Ladys beklagten sich vor allen anderen bei ihren Männern, aber

Vera tat das nie. Ich wusste nicht, ob das ihre natürliche Reserviertheit war oder die Tatsache, dass sie mit dem Präsidenten verheiratet war – vermutlich ein wenig von beidem.

Das Abendessen war seltsam. Als Vera ihren Braten auftischte, den ich am liebsten mochte, lief mir bei dem Geruch das Wasser im Mund zusammen, aber als ich in ihr Gesicht sah, fragte ich mich, ob sie sich weigern würde, mir etwas davon anzubieten. Seit ich hier war, hatte sie kein einziges Wort zu mir gesagt. Sie starrte mich einfach in Grund und Boden. Ich wusste, dass sie angepisst war, und ich wusste, dass sie enttäuscht war, aber ich war nicht bereit, mich ihr gegenüber zu erklären. Erstens war Trix bei mir, und sie hatte keine Ahnung, was los war. Und zweitens wusste ich, dass Slider mir später Fragen stellen würde. Dem würde ich nicht entkommen, und ich würde jede beschämende Frage beantworten müssen. Ich wollte das nur einmal tun müssen.

Trix war der Babyelefant im Zimmer, und sie hatte keine Ahnung. Sie bemerkte nicht, dass nur Pop mit mir redete. Sowohl Slider, als auch Vera reservierten sämtliche Lächeln nur für sie.

Pop und Slider sprachen wie üblich über die Clubgeschäfte, und während ich ihnen zuhörte, fragte ich mich, ob Trixs Wortschatz sich am Ende der Nacht verdoppeln würde. Sie hatte noch nie so viele verschiedene Varianten von Schimpfworten gehört. Aber das kümmerte mich nicht. Sie hätte viel schlimmere Dinge gelernt, wenn ich bei meinem Ehemann geblieben wäre. Das hier war definitiv das kleinere Übel.

Ich versuchte, mir mein Marken-Baby vorzustellen, wie sie in diesem Leben hier groß geworden war, und es gelang mir nicht. Ich konnte sie mir nicht in kaputten Jeans oder Band-T-Shirts vorstellen, wie sie ganz schmutzig neben dem Anwesen spielte. Ich fragte mich, ob das ihre ganze Persönlichkeit verändern würde. Ich begann, mir meine unschuldige Trix mit Tattoos und Gesichtspiercings vorzustellen, und musste ein Kichern unterdrücken. Die Spannung am Tisch machte mich irre, und ich wurde so nervös, dass es an Hysterie grenzte. Als ich mich schon ernsthaft zu fragen begann, ob ich Seife kaufen musste, um Trixs Mund auszuwaschen, stand Slider schließlich vom Tisch auf.

„Vera, schau doch mal, ob du und Trix einen Film findet, den ihr ansehen könnt. Poet, Brenna und ich gehen ein wenig ins Büro." Er sah Trix an. „Schau mal, ob du einen guten findest, yeah? Dann könntest du vielleicht ein wenig Eiscreme bekommen oder so."

Trix sah mich um Erlaubnis bittend an, und obwohl ich es nicht wollte, lächelte ich und gab sie ihr. *Verdammt.* Sobald Trix und Vera das Zimmer verlassen hatten, folgte ich Pop und Slider ins Büro. Es war ein mittelgroßer Raum, der ein Schlafzimmer hätte sein sollen, aber Slider hatte ihn zu seiner Höhle umgebaut. Ein begehbares Kleiderzimmer war zu einem großen Safe gemacht worden, und die Fenster waren von schwarzen Vorhängen bedeckt. Während meiner Kindheit hatte ich mich immer gefragt, was er in diesem riesigen Safe aufbewahrte, bis ich erkannt hatte, in welchem Geschäft er tätig war. Dann hatte ich immer einen weiten Bogen darum gemacht.

„Nimm Platz, Brenna. Ich glaube, wir müssen über ein paar Dinge reden."

Ich holte tief Luft, als ich mich auf den schwarzen Ledersessel setzte, der seinem massiven Tisch gegenüber stand. Pop ging darum herum und stellte sich neben Sliders Schulter. Mein Magen verkrampfte sich, obwohl ich wusste, dass er auf seinem angestammten Platz stand. Er stand während Geschäftstreffen immer zu Sliders Linken. Trotzdem tat es verdammt weh, dass er nicht an meiner Seite stand. Er verdeutlichte seinen Standpunkt. Seine Treue galt Slider.

Da wurde mir klar, dass diese Unterhaltung noch weniger so verlaufen würde, wie ich es mir vorgestellt hatte.

Slider zögerte nicht, und ergriff das Wort. „Du hast Scheiße gebaut, Brenna. Du hast so häufig Scheiße gebaut, dass ich nicht einmal alle Punkte auflisten werde, weil wir sonst die ganze verfickte Nacht hier sitzen würden. Lass uns nur die schlimmsten Punkte abhandeln."

Das war nicht der Mann, den ich mein ganzes Leben gekannt hatte. Das hier war ein Fremder. Er hatte noch nie in diesem Tonfall mit mir gesprochen, und ich wusste, dass ich, genau wie bei Vera zuvor, endlich den Mann sah, vor dem jeder so viel Angst hatte. Ich fürchtete mich auf einmal mehr als jemals zuvor in meinem Leben, was ironisch war, da ich mich im gleichen Zimmer wie die Männer befand, von denen ich gedacht hatte, dass sie mich beschützen würden. Mein Hals wurde eng wegen der sich hochdrängenden Tränen, aber ich hob mein Kinn. Lass sie nie sehen, wie du schwitzt. Raubtiere gehen auf das schwächste Tier los.

„Du hast deinen Pop, meinen Vizepräsidenten, ohne ein Wort verlassen und ohne einen Blick zurück zu werfen. Du hast diesem Club und der Familie, die dich aufgezogen hat, keinen Respekt erwiesen. Du hast mit einem Mitglied gevögelt und damit sein Leben in Gefahr gebracht. Du hast dieses Mitglied zusätzlich darüber angelogen, wer du bist und wer dein Vater ist."

Da versuchte ich zu sprechen: „Ich habe nicht …"

Aber er hielt mich auf, indem er die Hand auf seinen Schreibtisch klatschen ließ.

„Du redest nicht, außer ich erlaube es dir!", knurrte er. „Du hast deine Familie, deinen Club, deinen Vater, Vera und deinen Präsidenten ohne ein Wort verlassen. Du hast den Mann, dessen Leben du versaut hast, ohne ein Wort verlassen. Und du bist schwanger von diesem Mann abgehauen und hast bis heute diese Information nicht an ihn weitergegeben. Korrekt?"

Ich war nicht sicher, ob es mir erlaubt war zu sprechen,

also saß ich einfach da, während er mich anstarrte. Schweigen war vermutlich meine beste Handlungsalternative.

„Antworte, wenn ich dir eine Frage stelle."

Ich sah zwischen meinem Pop und Slider hin und her, aber ihre Gesichter zeigten keine Emotion. Ich konnte nicht in ihnen lesen. Ich hatte diese Seite noch nie an ihnen gesehen. „Ja." Ich räusperte mich. „Das ist korrekt."

„Fuck, Brenna. Wenn du irgendeine andere Frau wärst, würdest du windelweich geprügelt werden für diese Scheiße, die du abgezogen hast. Ich wollte dir nachreisen, als du abgehauen bist, aber dein Pop hat mich aufgehalten. Wenn du dieses Leben nicht willst, wäre das deine Entscheidung, meinte er. Ich habe ihm nicht zugestimmt, aber ich habe es auch nicht weiter verfolgt. Jetzt sieht es so aus, als ob ich es doch weiter hätte verfolgen sollen. Weil du richtig verfickte Scheiße gebaut hast und dann noch einen meiner Lieutenants erst gevögelt und danach buchstäblich gefickt hast. Du bist mit seinem Baby im Bauch abgehauen und hast dann einen dummen Arsch geheiratet. Du hast einen Mann verarscht, den ich respektiere. Einen guten Soldaten. Hast ihn dazu gezwungen, seine Brüder anzulügen. Dass Grease für ihn lügen musste." Er sah auf seine Hände, als ob er nach Geduld suchte, und als er den Kopf hob, wusste ich, dass er sie gefunden hatte. „Jetzt bist du hier. Was nun? Hast du entschieden, dass dein Leben jetzt doch nicht voller Regenbogen und Schmetterlinge ist und dass du auf einmal doch nicht zu gut für den Club bist?"

Ich wusste, dass diese Frage rhetorisch gemeint war, also hielt ich den Mund.

Seine nächsten Worte allerdings ließen meinen Kiefer wieder nach unten klappen. „Du wirst nicht wieder von hier weggehen. Wir haben dich gehen lassen, und das war ein Fehler. Ich mache Fehler nur einmal. Wenn du noch einmal eine solche Scheiße abziehst, bist du auf dich allein gestellt. Ich werde dir den Kontakt zu Vera aus Respekt vor deinem Vater nicht verbieten, aber du wirst nie wieder auf dem Anwesen des Clubs willkommen sein. Du wirst nicht länger den Schutz des Clubs genießen, der dich dein ganzes Leben lang beschützt hat. Hast du verstanden? Du wirst für jedes verfickte Kartell und jeden rivalisierenden Club der Vereinigten Staaten Freiwild sein. Du bist Poets Tochter. Männer werden dich benutzen, um an mich heranzukommen, und du weißt, was sie mit dir anstellen werden. Wenn du auch nur einen Schritt außerhalb des Clubgeländes in der Absicht machst, uns zu verlassen, werfe ich dich den Wölfen zum Fraß vor. Hast du das verdammt noch mal verstanden?“

Meine Fantasie ging mit mir durch und zeigte mir Szenarien, und keine von ihnen war etwas, mit dem ich mich länger beschäftigen wollte. Ich musste hier bleiben? Ich hatte geplant, das hier zu einem Zwischenstopp zu machen – einem Ort, an dem ich meine Sorgen loswerden und meine Tochter beschützen lassen konnte. Dann würde ich weiterziehen und irgendwo ein neues Leben beginnen – sicher vor dem Monster, mit dem ich verheiratet war und weit weg von diesem Leben, das ich niemals gewollt hatte.

Ich hatte nie mit diesen Auswirkungen gerechnet. Ich hätte nie vermutet, dass meine Flucht solche Kreise ziehen würde oder dass mein sicherer Hafen sich in ein Gefängnis verwandeln würde. Konnte ich jetzt einfach gehen? Mein Zeug packen und abreisen? Ich wäre in der Lage, mich eine Zeitlang zu verstecken, aber ich wusste, dass mich am Ende jemand finden würde. So sehr ich auch das fürchtete, was Dragon tun würde, wenn er zurückkam, wusste ich, dass das beste Szenario noch das war, in dem er mich fand. Ohne den Schutz des Clubs wäre eine gigantische Zielscheibe auf meinen Rücken gepinselt. Ich bekam Panik und stand auf, aber Sliders nächste Worte ließen mich wieder auf meinen Stuhl fallen.

„Brenna. Wenn du gehst, wird deine Tochter nicht mit dir gehen.“

Ich blickte zu Pop, aber sein Gesicht war völlig ausdruckslos, und er starrte über meine Schulter. Ich konnte es nicht fassen, dass er ihnen erlauben würde, mir meine Tochter wegzunehmen. Das hier war mein Vater. Er liebte mich. Er würde niemals etwas so furchtbares zulassen. Richtig?

„Pop?“, flüsterte ich. Mein Hals war eng wegen meiner unterdrückten Tränen.

Als er mich ansah, wusste ich, dass ich von ihm keine Hilfe erwarten konnte.

„Du bist meine Tochter. Allein schon aus diesem Grund habe ich versucht, dich vor den Konsequenzen deiner Taten zu beschützen. Ich kann dir nicht länger helfen. Du hast das hier gewählt. Du wusstest, was passieren würde, bevor du gegangen bist. Du kanntest die Konsequenzen, die auf dich warten würden. Ich habe mich noch nie so sehr geschämt wie in dem Moment, in dem ich das Kind in deinem Auto entdeckt habe. Ich wusste von dem Augenblick an, in dem ich sie hochgehoben habe, wer sie war. Du hast in diesem Leben hier gelebt. Du wurdest darin aufgezogen. Vor fünf Jahren hast du dich entschieden, alles zu ignorieren, das ich dir beigebracht habe. Du hast mit einem Mitglied gevögelt. Du wusstest, was passieren würde, und trotzdem hast du weitergemacht. Ich bin der Vizepräsident dieses Clubs.“

Ich erkannte, dass er versuchte sein Temperament zu zügeln, weil er eine sehr präzise Sprache benutzte. Seine Stimme war so ruhig, dass es unheimlich war.

„In der Sekunde, in der du mit dem Kind eines Mitglieds in deinem Auto hergefahren bist, wusste jeder Bruder im Club Bescheid. Meine Tochter hat mit einem Lieutenant gefickt, und ich als ihr Vater habe nichts deswegen unternommen. Ich wusste nichts davon. Mit deinen Taten hast du auf den Respekt gespuckt, den ich mir erworben habe. Du hast auf den Respekt gespuckt, den sich Dragon erworben hat. Du hast Grease in die untragbare Lage gebracht, dass er sich zwischen seinen Brüdern entscheiden musste. Du hast das Vertrauen kompromittiert, das die Brüder in diesem Club zueinander haben müssen, um zu überleben und ihre Arbeit zu machen. Du, die du die Konsequenzen besser als jede andere kanntest, hast diese Zwistigkeiten zwischen den Mitgliedern verursacht."

Inzwischen rannen mir die Tränen über die Wangen, und mein Atem kam stockend. Ich konnte seinen Blick nicht erwidern, und ich wusste nicht, ob er mich ansah, weil mein Kinn so eng auf meine Brust gesunken war. Die Scham, die ich fühlte, wurde verzehnfacht durch die Scham, die ich in der Stimme von Pop hörte. Was zum Teufel hatte ich getan?

„Ich liebe meine Enkelin. Ich mache Trix keine Vorwürfe. Sie ist vollständig unschuldig an der ganzen Misere. Aber du, Brenna? Du hast dein eigenes Bett gemacht, und du wirst verdammt noch mal darin liegen."

Pop ging ruhig zur Tür und schloss sie leise hinter sich. Es wäre einfacher gewesen, wenn er mich angeschrien hätte, wenn er mit Dingen geworfen oder mich geschlagen hätte. Die kontrollierten Bewegungen und die ruhige Stimme machten mich nervöser als es jeder Wutausbruch getan hätte.

„Brenna, sieh mich an", sagte Slider von der anderen Seite des Tisches. „Dieses Thema ist erledigt. Wenn wir uns verstanden haben …" Er sah mich zur Bestätigung an, und ich nickte. „Wir müssen nicht mehr darüber reden. Allerdings gibt es andere Themen, die wir erörtern müssen."

„Welche anderen Themen?", fragte ich harsch.

„Das Thema, wo du und Trix leben werden. Du weißt,

dass du nicht im Clubhaus bleiben kannst. Clubfrauen leben nicht in meinem Clubhaus. Wenn ich dir erlaube zu bleiben, werden die Jungs wollen, dass ihre verdammten Weiber hier bleiben, und dann fragen sich die Old Ladys, warum sie nicht hier bleiben können, und dann habe ich Stutenbissigkeit und Gekeife an dem Ort, an dem ich meine Geschäfte mache. Es gibt ein kleines Haus, das derzeit nicht benutzt wird und am Ostende des Geländes liegt. Ich habe schon ein paar Frauen rübergeschickt, um herauszufinden, was daran gearbeitet werden muss, damit du einziehen kannst."

Okay, das war eine Überraschung. Obwohl er wütender war, als ich ihn jemals gesehen hatte, sorgte er immer noch für uns – auf gewisse Weise. Aber ich verstand das Problem mit dem Clubhaus. Ich war so dankbar, dass ich fast seine nächsten Worte verpasste.

„Dragon wird bei dir bleiben dürfen, wenn er das will. Ich habe keine Ahnung, was zum Teufel er tun wird, wenn er zurückkommt. Aber seine Old Lady lebt bei ihm, also kann ich deinen Hintern nicht bei ihm einziehen lassen."

Selbst nach den Turbulenzen der vergangenen Stunde waren seine Worte noch genügend überraschend für mich, dass ich das Gefühl hatte, einen Tritt in den Magen erhalten zu haben. Dragon hatte eine Old Lady. Okay, Fuck, das tat weh. Übelst. Vermutlich hätte ich nicht überrascht sein sollen. Ich hatte ihn verlassen. Ich war fünf Jahre verschwunden gewesen. Ich hatte keinen Anspruch auf ihn. Das bedeutete aber nicht, dass es nicht dennoch teuflisch wehtat. Gedanken an seine Old Lady rasten mir durch den Kopf. Wie sah sie aus? Wann waren sie zusammen gekommen? War sie ein Miststück? War sie nett? Wie war ihre Beziehung? Wie behandelte er sie? Wo hatten sie sich kennengelernt? Wie lange, nachdem ich gegangen war, hatte es gedauert, bis sie zusammengekommen waren? War er mit ihr zusammen gewesen, als ich hier gewesen war? Was würde sie von Trix halten? Würde sie sie überhaupt kennenlernen wollen? Würde Trix sie bei sich daheim besuchen müssen? Fuck, würde sie für Trix die Stiefmutter spielen wollen? In all den Szenarios, die ich mir vorgestellt hatte, bevor ich hergekommen war, war nie eine Old Lady für Dragon aufgetaucht. Als ich versuchte, diese Information zu verarbeiten, kam Pop zurück ins Zimmer und setzte sich neben mich.

„Brenna, du musst Slider das erzählen, was du mir erzählt hast. Alles. Lass nichts aus. Wir müssen entscheiden, was wir tun wollen."

Das wollte ich nicht wirklich tun. Der Slider, den ich zuvor gekannt hatte, der Onkel … ja, bei ihm hätte ich kein Problem damit gehabt, ihm mein Herz auszuschütten. Er war mein Vertrauter und ein Beschützer. Dieser Slider hier? Nun, ich wusste nicht, was er war. Ich wusste nicht, wie er reagieren würde. Würde er denken, dass ich alles verdient hatte, was mir zugestoßen war, wegen meiner Handlungen dem Club gegenüber? Das würde ich nicht ertragen. Ich entschloss mich, ihm eine gekürzte Version meiner Geschichte zu erzählen. Ich ließ nichts aus, aber ich erlaubte mir auch nicht, irgendwelche Emotionen dabei zu empfinden. Ich erzählte die Geschichte, als ob sie in einer Wahre-Erlebnisse-Show gelaufen wäre und nicht mir und meiner Tochter zugestoßen wäre. Als ich halb mit meiner Geschichte durch war, stand Slider auf und begann auf und ab zu laufen. Er sagte kein Wort, ging einfach nur vor Pop und mir auf und ab, bis ich fertig war. Sobald er erkannt hatte, dass ich fertig war, setzte er sich wieder.

„Wie heißt dieser Bastard? Wir werden uns um ihn kümmern", sagte er fest.

Das war alles, was er sagte, und damit war ich wieder Teil seiner Schutzbefohlenen. Ich unterdrückte Tränen der Erleichterung und sagte ihm endlich den Namen, den ich mich geweigert hatte auszusprechen, seit ich unser

Haus in Portland verlassen hatte. Ich hatte irgendwie die seltsame Vorstellung gehabt, dass er, wenn ich seinen Namen sagte, auftauchen würde … wie Beetlejuice. Ich wusste, dass es dumm war, aber ich hatte mich an diese Vorstellung geklammert.

„Er heißt Anthony Richards."

„Wird er dir Probleme machen? Dir folgen?", fragte Slider, wobei er unbesorgt wirkte.

„Vermutlich. Er wird stinksauer sein, dass ich abgehauen bin. Er wird einen Wutanfall bekommen, wenn er herausfindet, wo wir sind. *Falls* er herausfindet, wo wir sind …"

„Er weiß nicht, wo du herkommst, Brenna?", fragte Pop ungläubig.

„Äh, nein. Tut er nicht. Ich habe das Thema nicht angeschnitten, und er hat nicht gefragt." Mein Gesicht fühlte sich heiß an vor Scham.

Ich hatte nie gewollt, dass sie dachten, ich würde mich für sie schämen, aber die Wahrheit war, dass ich mich für unser Leben schämte, wenn ich es mit Tonys verglich. Seine Familie war reich und sehr angesehen und so anders als unsere. Ich hatte ihn nicht in seinen schicken Klamotten herbringen wollen, um meine Familie zu treffen, die voller Tattoos war und Lederjacken trug. Ganz zu schweigen davon, dass die Hälfte der Männer auf dem Gelände ausstehende Haftstrafen in mehr als ein paar Staaten hatten.

Rückblickend wünschte ich, ich hätte ihn hergebracht. Vielleicht wäre jemandem das aufgefallen, was ich übersehen hatte. Vielleicht wäre es genug gewesen, mich umgeben von Männern zu sehen, wegen derer die meisten Leute auf die andere Straßenseite wechseln, damit er seine Hände von mir ließ. Vielleicht hätte er mich fallen lassen und nie zurückgeblickt. Vielleicht wären dann die vergangenen fünf Jahre nie geschehen.

Kapitel 6

Brenna

Der Tag, an dem Dragon zurückkam, begann normal oder so normal, wie es möglich war, da ich mit meiner vierjährigen Tochter im Bett meines Pops auf dem Gelände der Biker schlief. Slider weigerte sich, uns ein eigenes Zimmer zu geben, weil er keinen Präzedenzfall schaffen wollte, daher hatte Pop eines der leeren Zimmer bezogen, während Trix und ich in seinem Raum blieben. Das schien mir ein wenig lächerlich zu sein, aber ich konnte seine Gründe nachvollziehen. Er wollte den Mitgliedern und ihren Frauen deutlich machen, dass das hier nur temporär war. Frauen konnten die Nacht in den Zimmern der Männer verbringen, allerdings zogen sie dort nicht ein. Niemals. Er wollte nicht das Drama heraufbeschwören, dass Old Ladys und Clubweiber sich wegen der Wohnsituation gegenseitig die Augen auskratzten. Das wäre ein Riesendurcheinander.

Mittags saßen Trix und ich an einem Picknicktisch und aßen im Sonnenschein unsere Sandwiches. Es war meist still im Club, da viele der Männer mit Dragon und Grease unterwegs waren. Ich konnte mich nicht erinnern, wann ich mich das letzte Mal so gelassen gefühlt hatte. Ich empfand keinen Frieden, weil dafür noch zu viele Dinge unklar waren, aber ich fühlte mich sicher. Trix und ich hatten das Gelände seit dem ersten Tag kein einziges Mal verlassen. Vera hatte angeboten, zu einem örtlichen Walmart zu fahren, um uns Kleider und Spielsachen für Trix zu besorgen, daher hatten wir nicht selbst fahren müssen. Gott sei Dank, denn ich war nicht sicher, ob ich mich überwinden könnte, aus dem Tor hinauszugehen.

Als ich das Dröhnen von Motoren aus der Auffahrt hörte, war ich sofort alarmiert. Es waren zu viele, so dass es nicht nur einer der Männer sein konnte, der wegen eines Auftrags unterwegs war. Es mussten mindestens sechs oder sieben sein. Dragon war Zuhause, und es wurde Zeit, sich allem zu stellen. Ich wollte Trix nicht nervös machen, aber ich wollte hinein gehen, bevor sie ankamen. Hier war es zu öffentlich, und die meisten waren zu dieser Tageszeit drinnen. Ich hoffte, dass Pop Trix übernehmen konnte, während Dragon und ich unsere kleine Unterhaltung führten. Rasch nahm ich unseren Müll und hob Trix von ihrem Platz, aber ich war nicht schnell genug. Die Männer fuhren auf den Vorhof, gefolgt von einer dunkelgrauen Limousine mit abgedunkelten Scheiben. Dragon parkte neben uns, und unsere Blicke trafen sich sofort, als er von seinem Motorrad stieg. Sein Gesicht war vollkommen ausdruckslos, als er in unsere Richtung ging. Er kam nicht weit, bevor ich eine Stimme hinter ihm hörte und fühlte, wie Trixs Körper sich fest gegen die Seite meines Beins presste.

„Ah, Brenna, meine flüchtige Ehefrau. Komm und gib mir einen Kuss, Liebes, und dann ist es Zeit, dass wir fahren."

Ich wandte langsam den Kopf in die Richtung der Stimme und fühlte, wie mein Herz zu rasen begann. Neben der Limousine stand mein Ehemann, flankiert von zwei riesigen Schlägern ohne Hals. Tony sah aus wie immer – teurer Anzug, Slipper, und kein Haar wagte es, falsch zu liegen. Allerdings konnte ich an seinem Gesichtsausdruck erkennen, dass er stinksauer war.

Wie zum Teufel war er hereingekommen? Gab Slider mich wieder zurück? Die Gedanken rasten durch meinen Kopf, und einen Moment lang hatte ich einen Tunnelblick. Alles, was ich sehen konnte, war Tony, und alles, was ich hören konnte, war seine Stimme … wieder und wieder. *Komm und gib mir einen Kuss, Liebes. Komm und gib mir einen Kuss, Liebes.* Das passierte gerade nicht wirklich. Ich zwang mich zurück in die Gegenwart, als ich Trixs Wimmern hörte. Ich sah hinab und bemerkte, dass sie die

Szene vor sich mit weit offenen Augen betrachtete.

Dragon ging auf Tony zu. Sein Rücken war uns zugewandt, aber an seinen steifen Schultern erkannte ich, dass er wütend war. In diesem Moment kamen Slider und Pop aus dem Clubhaus, gefolgt von einer Gruppe Männer. Das hier würde für niemanden gut enden. Tony war in der Unterzahl, aber ich konnte an seinem Gesicht ablesen, dass er wusste, dass ihm nichts geschehen würde. Ich war nicht sicher, ob er dachte, dass ich freiwillig mit ihm gehen würde oder dass Slider mich an ihn weiterreichen würde, aber ich wusste, dass er davon ausging, dass die Situation zu seinen Gunsten verlief.

Als Dragon nur noch etwas mehr als einen Meter von Tony entfernt war, ergriff Slider endlich das Wort.

„Dragon, Stopp! Grease, halt ihn fest!"

Inzwischen hatten die Schläger Waffen gezogen, aber auch die Brüder. Sie starrten sich gegenseitig an, während Trix und ich mitten drin standen. Dragon hatte Slider scheinbar nicht gehört, als er auf Tony zuging. Er bewegte sich mit der gleichen ruhigen Geschwindigkeit wie zuvor und ignorierte die Waffen, die auf ihn gerichtet waren. Bevor Grease ihn festhalten konnte, rief Trix hinter mir: „Papa!"

Ich war mir ziemlich sicher, dass mein Kiefer herunterklappte. Was zum Teufel …? Ich wusste, dass sie nicht von Tony sprach. Ihn nannte sie nur „Daddy". Sie gab nie ein Geräusch von sich, wenn Tony in der Nähe war, besonders wenn er in dieser gewissen Stimmung war. Sie nannte meinen Pop Opi. Das war verflucht seltsam, und selbst bei allem, was um uns herum vorging, war ich vollkommen auf sie konzentriert, als sie erneut die Stimme erhob.

„PAPA!"

Dragon hielt endlich inne, als er nur noch weniger als einen Meter von Tony entfernt war. Er drehte nur den Kopf, als er über die Schulter zu uns zurück sah. Sobald sein Blick Trix' traf, lief sie los. Ich versuchte, sie einzufangen, aber sie entzog sich mir und rannte durch die Biker, als ob sie Hindernisse in einem Parcours waren. Das Kind war schnell, und ich jagte sie förmlich an den Motorrädern vorbei. Sobald Dragon sah, was sie tat, drehte er sich rasch um und ging auf sie zu. Innerhalb von Sekunden hob er sie auf die Arme, und sie vergrub das Gesicht an seinem Hals. Man konnte es nicht einmal mehr sehen wegen seines Barts. Ich kam knapp vor ihnen, außer Atem und vollkommen durcheinander zum Stehen. Was zur Hölle war hier los? Auf einmal begriff ich, dass Tony die Szene beobachtet hatte, und drehte mich langsam zu ihm, um seine Reaktion zu sehen.

Er lachte, aber es war kein echtes Lachen. Es war finster und gemein, und für eine Sekunde dachte ich, mir würde mein Sandwich wieder hochkommen.

„Ah, also hast du ihr endlich gesagt, wer ihr Daddy ist. Interessantes Timing, obwohl ich vermute, dass du es nicht länger geheim halten konntest, oder? Das kleine spanische Gör sieht aus wie er."

Ich zitterte so sehr, dass ich glaubte, meine Knie würden nachgeben. Dragon kam herüber, um neben mir zu stehen, als ich mich Tony stellte, und er legte leicht seine Hand auf meinen verlängerten Rücken. Ich konnte seinen Körper vor Energie vibrieren fühlen, und ich wusste, dass, wenn er nicht Trix halten würde, Tony bereits ein toter Mann wäre – Bodyguards oder nicht. Ich war nicht sicher, wohin ich sehen, was ich tun oder ob ich etwas sagen sollte. Tony war hier an meinem sicheren Ort, und ich wollte nur, dass er ging. Warum konnte er uns nicht einfach in Ruhe lassen, verdammt? Er stand mit seinem arroganten Grinsen auf dem Gesicht da und nannte meine Tochter ein spanisches Gör. Ich konnte es nicht einmal begreifen, ganz davon zu schweigen, dass sie nicht mal südamerikanischer Abstammung war. Dragon war ein indianischer Ureinwohner Amerikas.

„Sieh dir das an. Eine perfekte kleine Familie. Fickst du ihn schon, Brenna?“ Sein Blick fiel auf Dragon. „Sie ist wirklich gut, wenn man sie erstmal ein wenig durch das Zimmer prügelt. Das ganze Stöhnen. Sonst macht sie kaum ein Geräusch. Verdammt langweilig, wenn du mich fragst. Ich schätze aber, das wusstest du schon. Es war so befriedigend, weißt du? Sie zu ficken, nachdem ich wusste, dass sie sich hier unters gemeine Volk gemischt hat. Ich wusste, dass ich sie hatte, und so ein Stück Abfall hier auf sie wartete. Ich hatte keine Ahnung, mit wem sie im Bett war, als sie wieder hergekommen war, und es war mir auch ziemlich egal. Aber das Gör sieht genauso aus wie du, also musst du wohl derjenige welche sein. Unglücklicherweise.“

Dragon ließ Trix aus seinen Armen gleiten und reichte sie mir. Er wendete keine Sekunde den Blick von Tony ab. „Bring sie rein, Brenna.“

„Dragon, nein …“

„Jetzt, Brenna. Geh jetzt.“ Er gab mir einen kleinen Schubs.

Ich würde nicht bei dem zusehen, was Dragon tun würde, und ich wollte wirklich nicht, dass Trix das sah, also tat ich wie mir befohlen.

Als ich an Pop vorbeiging, nahm er mich leicht am Arm. „Bring sie zu Vera und komm wieder raus, Mädel. Ich glaube nicht, dass wir sonst die Situation unter Kontrolle kriegen.“

Vera stand direkt hinter der Tür, als ich hineinschlüpfte, und ich sah sie fast nicht. Sie stand in einem Winkel zur Tür, dass sie Tony und seine Schlägertypen anvisieren konnte, mit einer Shotgun im Anschlag. Man konnte sie von draußen nicht sehen, aber ich war überrascht, dass ich mich nicht daran erinnerte, wo sie immer stand. Das hier war ihr Platz, wenn im Vorhof etwas vorfiel. Sie konnte aus dieser Position heraus leicht die Tür schließen und verriegeln, aber auch Slider beschützen. Slider hasste es, aber schließlich hatte er sich damit abgefunden. Er war derjenige, der im Türrahmen eine Scharte angebracht hatte, damit sie ihre Shotgun nicht die ganze Zeit festhalten musste, sondern sie dort anlegen konnte.

„Vera! Kannst du Trix nehmen?“

„Gehst du wieder raus?“

„Yeah, Pop meinte, ich solle wieder rauskommen.“

„Alles klar. Komm her, Trix. Lass deine Mama ein paar Köpfe einschlagen.“

Ich reichte Trix an Vera weiter und holte tief Luft, bevor ich hinausging. Ich war nicht sicher, was Pop von mir erwartete, sobald ich dort war. Ich hatte keine Kontrolle über die Männer in meinem Leben – offensichtlich oder ich wäre von Anfang an nicht in dieser verdammten Lage gelandet.

Kapitel 7

Brenna

Als ich hinaus kam, sah ich mich um. Tony stand immer noch am Auto, Dragon stand ihm mit ausdruckslosem Gesicht gegenüber, Pop stand mir am nächsten im Türrahmen, und Slider stand nur wenige Meter vor Pop. Er klang, als ob er die Situation zu entschärfen versuchte, ohne komplett auszuticken. Ich konnte nicht hören, was er sagte. Meine Ohren schienen zu dröhnen, aber ich hatte eine ziemlich gute Vorstellung. Die Tatsache, dass Tony uneingeladen auf das Gelände der Aces gekommen war, war eine große Sache.

Dieses verdammte Schlamassel wurde mit jeder Sekunde schlimmer. Es war nicht so, als ob die Männer nicht Tony und seine Schläger erledigen könnten. Die Richards-Familie hatte viele Verbindungen, vermutlich nicht so viele wie die Aces, aber definitiv genug, um ihnen mehr Ärger zu bereiten, als die Männer haben wollten. Die Polizei und das FBI würden über das ganze Gelände verteilt, sobald die Sonne unterging, wenn Tony auch nur einen Anruf tätigte. Slider war stinksauer, dass Tony auf das Gelände gekommen war, aber er war auch in der sehr ungünstigen Lage, dass er eine Richards versteckte … auch wenn es nur eine Angeheiratete war.

Während ich versuchte herauszufinden, was genau Pop von mir erwartete, sah ich aus dem Augenwinkel ein Blitzen und bemerkte, dass ein weiteres Auto die Auffahrt hinaufraste. Wer zum Teufel war das? Ich war ziemlich sicher, dass es eine Frau war. Ich konnte mir nicht vorstellen, dass einer der Männer ein kleines, silberfarbenes Kabrio fuhr. Warum zum Teufel fuhr sie so schnell? Ich konnte braunes, langes Haar sehen, das ihr ums Gesicht wehte, aber das war es auch schon. Ich war neugierig, aber ich musste mich konzentrieren.

Pop sah zu mir, und ich erkannte, dass es jetzt oder nie hieß. Ich ging langsam zu Dragon, versuchte unbemerkt zu bleiben und keine plötzlichen Bewegungen zu machen. Es waren viele Waffen auf den kleinen Flecken Erde gerichtet, auf dem ich ging. Die Anspannung war so dicht, dass ich das Gefühl hatte zu ersticken. Sowohl Dragon als auch Tony sahen mich an, als ich zwischen sie trat. Ich wandte Dragon meinen Rücken zu, weil ich nun nahe genug an beiden war, um sie nicht gleichzeitig ansehen zu können. Tony war unberechenbar. Dragon war solide. Ich wollte auch deutlich machen, dass meine Treue bei den Aces lag. Ich konnte Slider immer noch hinter mir hören, der versuchte, die Lage zu beruhigen … zumindest ein wenig. Er befahl Tony, sich verdammt noch mal von seinem Grund und Boden zu scheren, bevor er ihn begrub. Na ja, das war nicht gerade das, was ich erwartet hatte zu hören.

Ich hatte Dragon kaum erreicht, als die Fahrerin des kleinen Kabrios zwischen uns sprang. Sie war wunderschön. Ihr Haar hing ihr bis zum Hintern und war seidig, wie aus einer dieser Shampoowerbungen. Und der Hintern, über den diese Haare strichen, war fantastisch. Sie trug Leggings und ein enges kleines T-Shirt, und ich konnte erkennen, dass ihre Brüste falsch waren – sehr falsch und sehr keck. Sie war eine verdammte Göttin.

„Baby! Was ist hier los?"

Und sie war offensichtlich dumm. All diese Gedanken flitzten mir innerhalb von Sekunden durch den Kopf, bevor mir klar wurde, dass ich neben Dragons Old Lady stand. Seiner wunderschönen, gut gebauten, dummen Old Lady. Scheiße. War das hier eine Komödie voller Irrtümer, verdammt noch mal? Wirklich? Sie tauchte jetzt hier auf? Ja, ich hätte nicht wirklich überrascht sein sollen. So lief es im Leben eben. Gerade als ich dachte, dass es nicht schlimmer werden konnte, wurde es das. Sie schlang ihre Arme um seine Taille und bemerkte nicht, dass seine Arme immer noch an seinen Seiten hingen und sein Gesicht wie aus Stein gemeißelt war. Jede einzelne Person war verstummt. War dieses Weib bescheuert oder einfach nur ichbezogen? Ich wusste es nicht.

Tony begann zu lachen. „Ah, Scheiße, Brenna. Gott, und hier dachte ich, du würdest wieder mit dem Hispano vögeln. Shit. Auf keinen Fall wird er sie wegen dir verlassen. Da gibt es ja nicht mal was zu vergleichen. Verdammt.“ Sein Blick huschte zwischen ihr und mir hin und her und ruhte dann auf mir. „Du willst noch nicht gehen. Okay. Du wirst nicht lange hier bleiben. Du hast dir gedacht, du kommst einfach zurück und hast dann hier deine kleine Familie? Du rennst zu dem Kerl zurück und beginnst wieder von neuem? Dieses Weib hat einen Ring am Finger. Hier wartet gar nichts auf dich. Du wirst zurückkommen, Baby. Du wirst dafür zahlen, aber du wirst zurückkommen.“ Mit einem Nicken zu seinen Schlägern stieg er wieder ins Auto.

Ich sagte nichts. Ich widersprach nicht. Ich stand nur steif da. Wenn ich mich bewegte, wusste ich, dass ich in eine Million Stücke zerspringen würde, und niemand würde sie alle wiederfinden. All diese Männer kannten mich. Selbst die, mit denen ich nicht aufgewachsen war, sondern in den vergangenen zwei Wochen kennen gelernt hatte. Sie wussten, dass ich meinen Ehemann verlassen hatte. Sie wussten, dass er irre war, und Pop und Slider mir Unterschlupf gewährten. Sie wussten, dass Dragon Trix’ Vater war. Allerdings begriff ich, als ich da stand, auch, dass sie wussten, wie heiß Dragons Old Lady war und dass er verheiratet war. Sie wussten, dass ich keine Chance bei ihm hatte, was nicht mal wichtig sein sollte, weil ich mir immer und immer wieder sagte, dass ich ihn nicht wollte.

Aber das tat ich. Ich wollte ihn, und jetzt fühlte ich mich leer. Tony hatte angedeutet, dass ich zurückgekommen war, um Dragon zu finden, und er hatte recht gehabt. Ich hatte mir selbst gesagt, dass ich zu meinem Pop lief, aber das hatte ich nicht. Ich war auf gleiche Weise zu Dragon gelaufen, wie ich es jedes Mal in meinem Kopf getan hatte, wenn ich ihn brauchte. Jedes Mal, wenn Tony mich schlug, und jedes Mal, wenn er mich vergewaltigte, schloss ich die Augen und war mit Dragon zusammen. Ich sah nichts, aber sein Gesicht war dicht an meinem und er flüsterte mir etwas zu, wie in der Nacht, in der wir uns getroffen hatten. Und jetzt wussten all diese Männer, dass mein eigener Ehemann mich ansah und ihm klar war, dass ich nicht in der gleichen Liga spielte wie Dragons Ehefrau.

Ich wusste nicht, wie lange ich dort stand, bis mich jemand am Arm nahm, und ich begriff, dass ich einfach mit geschlossenen Augen auf dem Hof gestanden hatte und langsam innerlich zusammengebrochen war, während Tony gegangen war und die Männer sich wieder verteilt hatten. Es war Pop.

„Lass uns reingehen, Mädel. Du zitterst wie Espenlaub."

Ich ließ mich von Pop in Richtung Clubhaus führen, obwohl ich wirklich nicht dort hineingehen wollte. Das silberne Kabrio parkte immer noch im Hof, und ich wusste, dass sie immer noch irgendwo hier war. Ich wollte mich auch nicht allen anderen stellen, nach diesem Abschiedsgeschenk von Tony. Was für ein Bastard. Er wusste genau, was den meisten Schaden anrichtete, und wie üblich hatte er perfekte Zielsicherheit an den Tag gelegt. Gott, ich schämte mich. Ich musste so erbärmlich ausgesehen haben, als ich dort in meiner eigenen Welt versunken gewesen war, während alle anderen gegangen waren. Fuck.

Das Clubhaus war laut, als wir hineingingen, und dankenswerterweise schien niemand zu bemerken, dass wir reingekommen waren. Ich sah mich um, um Trix zu finden, aber ich konnte sie nirgends entdecken. Sie sollte bei

Vera sein, aber Vera saß auf Sliders Schoß nahe der Bar. Keine Trix. Pop war ein paar Schritte vor mir, hielt aber inne, als er bemerkte, dass ich mich nicht bewegte. Ich sah von einer auf die andere Seite und suchte verzweifelt nach meinem Mädchen in diesem Zimmer voller Biker, aber ich konnte sie nirgends sehen.

Hatte Tony sie irgendwie geschnappt? Nein, das hatte er nicht tun können. Sie war bei Vera gewesen, auf keinen Fall hätte er Trix nehmen können. Aber wo zum Teufel war sie? Ich war höchstens eine Viertelstunde draußen gewesen. Was zum Teufel tat Vera bei Slider? Wo zur *Hölle* war mein Kind? Mein Herzschlag trommelte in meinen Ohren, und ich atmete so rasch, dass ich schwarze Punkte sah. Oh, Gott. Wo war sie?

Ich fühlte, wie Pop hinter mich trat. Sein Arm streckte sich über meine Schulter, und er zeigte in eine Ecke des Zimmers, wo sich einige Ledersessel befanden. Er sagte nichts, aber ich sah sofort, wohin er zeigte – Trix. Gott sei Dank.

Meine Erleichterung war nur von kurzer Dauer, als ich sah, dass Trix auf Dragons Schoß saß und seine Frau neben ihnen saß. Sie hatte einen verwirrten Gesichtsausdruck, als sie zusah, wie Dragon mit meiner Kleinen redete. Nach ein paar Sekunden wurde ihr Blick kalt und gemein.

Oh, zur Hölle nein! Er hatte seinen gottverdammten Verstand verloren, dass er diese Bitch in Trix' Nähe brachte, und sie hatte ihren verloren, wenn sie glaubte, sie konnte mein Kind so böse ansehen. Ich ging langsam und ruhig durch das Clubhaus und versuchte vergeblich, unbemerkt zu bleiben. Nicht jedes Mitglied des Clubs musste unserem kleinen Familiendrama wie einer Vormittagssoap folgen. Ich hätte aber wissen müssen, dass sie zusehen würden, besonders nach der Show draußen.

Als ich bei ihnen ankam, konnte ich ihre Stimme hören. Sie war nervtötend, hoch und babyhaft, was mehr als ein wenig verstörend war, aber die Worte, die aus ihrem Mund kamen, ließen mich erstarren.

„Baby, sie ist einfach wunderbar. Sieh dir doch an, wie schön sie ist! Ich kann nicht fassen, dass du eine Tochter hast! Na ja, ich schätze, *wir* haben eine Tochter, oder?" Sie sah unter ihren gesenkten Lidern zu ihm auf.

War das ihr gottverdammter Ernst? Ich ignorierte sie einen Moment und ging direkt auf Dragon und Trix zu.

„Mama!"

Trix warf sich auf mich, und ich fing sie auf und roch an ihrem Haar, das wie eine Mischung aus Babyshampoo und Dragon roch, und war dankbar nach dem Schreck, den ich hatte, als ich anfangs hereingekommen war. Ich hätte mir nicht wirklich Sorgen machen müssen. Ich wusste, Vera würde sie wie eine Löwin beschützen, aber nach der ganzen Scheiße draußen war ich ein wenig nervös. Ich konnte mir nicht vorstellen, dass Trix etwas passierte. Was würde ich ohne sie tun? Sie war mein Ein und Alles.

Ich stellte sie ab und zeigte in Richtung von Pop auf der anderen Seite des Zimmers. „Schau doch mal bei Opi vorbei, ja? Ich komme in einer Minute nach." Ich gab ihr einen kleinen Schubs, und sie hüpfte fröhlich hinüber zu Pops, wobei sie die Schwingungen, die zwischen den drei Erwachsenen, die sie zurückließ, nicht bemerkte.

Sobald ich sie weggeschickt hatte, zögerte ich keine Sekunde lang. Ich fuhr herum, hob den linken Arm und traf Dragons Old Lady direkt unter dem Kinn. Dann hämmerte ich die Rechte nach und schrammte meine Knöchel über ihre Zähne. Sie ging sofort zu Boden. Offensichtlich war das Weib nicht von hier. Dragon stand auf, als ob er mich aufhalten wollte, aber er bewegte sich nicht, als er meinen Gesichtsausdruck sah. Er legte nur den Kopf schief, als ob er sich fragte, was ich als nächstes tun würde.

Ich stand über ihr, und sie lag mit blutendem Mund

und einem verwirrten Blick im Gesicht auf dem Boden. Ich hockte mich nahe ihrem Kopf hin, packte ihr Haar und sagte ihr leise: „Meine Tochter hat eine Mutter. Sie ist und wird nie deine sein. Halte dich verflucht noch mal von ihr fern. Und wenn ich jemals wieder sehe, dass du sie so ansiehst wie vorhin, schneide ich dir deine verfluchten Augäpfel mit einem stumpfen Löffel heraus." Ich ließ ihren Kopf fallen, stand auf und sah mich im Zimmer um.

Alle sahen zu. Die meisten sahen mich mit Respekt an, manche überrascht, und Vera trug ein verdammt breites Grinsen auf den Lippen. Es war mir egal. Ich wollte nur verdammt noch mal hier raus. Ich ging zu Pop und schnappte mir Trix.

„Komm schon, Babygirl, Zeit für deinen Mittagsschlaf. Soll sich Mama ein bisschen zu dir legen?"

Ich ging zu Pops Zimmer, nickte zu Trix' Gequassel, aber ich hörte nichts. Die ganze Zeit dachte ich nur: *Shit, direkt zurück auf Anfang.*

Ich war die Prinzessin des Aces MC, und ich hatte die blutigen Knöchel, die es bewiesen.

Kapitel 8

Dragon

Der Trip nach Boise verlief ziemlich gut. Gott sei Dank hatten wir keine Probleme, weil mein Kopf einfach nicht bei der Sache war. Ich wollte das Gelände nicht verlassen, aber ich hatte einen Job zu erledigen. Es gab nicht viel, das Slider davon abhalten würde, mich dorthin zu schicken, wo ich gebraucht wurde, und dass Brenna mit meinem Kind auftauchte, war auf keinen Fall ein Grund dafür, einen verfluchten Tag Urlaub zu bekommen. Ich verstand das, obwohl es mir nicht gefiel.

Es dauerte fast zwei Wochen, den Scheiß aufzuladen und zu verschieben – länger als normal, aber nicht lang genug, um Probleme zu machen. Die Käufer würden das Zeug in dem neuen Warenlager abholen, nachdem sie sich mit Slider getroffen hatten, aber dieser Scheiß ging mich nichts an. Wir kackten nicht dort, wo wir wohnten, daher bewegte ich ständig Sachen vom einen Ort zum anderen. Die Käufer tauchten nie bei unseren Warenlagern auf; wir fanden immer eine neutrale Zone, um den Austausch vorzunehmen. Slider rief ein paarmal an, um sich ein Update zu holen, und jedes Mal wusste ich, dass ihm etwas durch den Kopf ging. Einmal fragte ich nach, aber er machte deutlich, dass wir darüber reden würden, wenn ich zurückgekommen war, also ließ ich das Thema fallen. Er würde es mir sagen, wenn es wichtig wäre.

Zu dem Zeitpunkt, als ich wieder auf unserem Anwesen angekommen war, war ich verschwitzt, müde und hungrig. Ich freute mich nicht darauf, mit Brenna zu sprechen. Ich konnte die Tatsache einfach nicht begreifen, dass sie mir mein Kind vorenthalten hatte. Wer zum Teufel machte sowas? Ich freute mich auch nicht auf die Retourkutsche, die mich von Poet erwartete. Es würde verflucht noch mal wehtun. Ich wusste, dass er mich nicht umbringen würde, aber wenn er mit mir fertig war, würde ich mir vermutlich wünschen, dass er es getan hätte. Fuck. Ich konnte es aber nicht erwarten, meine Kleine zu sehen. Ich hatte nicht geplant, Kinder zu bekommen. Ich wusste einfach nicht, wieso. Sicher, mit Brenna hatte ich darüber nachgedacht – Während der einen Nacht, die wir gehabt hatten. Aber seither? Auf keinen Fall. Ich brauchte diesen Scheiß nicht, der mein Leben verkomplizierte.

Kendra, das Weib, mit dem ich seit dem letzten Jahr zusammen gewesen war, hatte auf keinen Fall mütterliche Gene. Die Bitch konnte sich kaum selbst die verdammten Schuhe binden. Aber es klappte mit ihr. Sie hatte einen scharfen Körper. Sie ließ mich mit ihr anstellen, was zum Teufel ich wollte, beschwerte sich nie und schien sich über nichts außerhalb ihrer kleinen Seifenblase von Welt bewusst zu sein. Außerdem war sie ein Freak im Bett. Verflucht irre.

Vor ungefähr zwei Monaten hatte sie wegen eines Rings herumkrakeelt, also hatte ich ihr einen gekauft. Sie glaubte, dass hieß, dass ich sie heiratete, aber das würde ich nicht tun. Nur eine Frau hatte jemals die Chance darauf gehabt, und sie war vor fünf Jahren in unbekannte Gefilde abgehauen.

Als ich auf das Tor zufuhr, reihte sich ein Kerl in einer dunkelgrauen Limousine hinter uns ein und ließ sein Fenster herunter. Er sah aus wie ein Geschäftsmann, aber er hatte ein paar schwere Wachmänner bei sich.

„Hey, ich muss mit Slider reden. Können wir euch nach oben folgen?“

Der Arsch lächelte mich an. Scheiß drauf.

„Yeah, klar.“

Wenn Slider ein Problem mit dem Kerl hatte, würde ich es wissen. Ich erkannte ihn nicht, aber ich konnte sehen, dass er kein Cop war. Nach all diesen Jahren konnte ich einen Cop aus einer Meile Entfernung riechen. Ich sah keinen Grund, ihn draußen stehen zu lassen.

Wir fuhren zu den Garagen, und ich sah Brenna und Trix, die von ein paar Picknicktischen im Gras auf zu uns kamen. Gott, sie war wunderschön. Sie hatte ihre Haare nicht geglättet, und all die kleinen Korkenzieherlocken fielen ihr wie eine Wolke um das Gesicht. Sie und Trix trugen beide Sommerkleider und sahen aus, als ob sie einen kleinen Sonnenbrand hätten. Brenna sah mich nervös an. Ich hörte, wie der Schnösel hinter mir anfing zu reden, aber es dauerte eine Sekunde, bis mir klar wurde, was er gesagt hatte, weil Brenna den Kopf wandte und bleich wurde. Ich sah zu Trix hinab, die versuchte, sich unter Brennas Rock zu verstecken. Es dauerte einen Moment, bis ich kapierte, was los war. Sie schienen beide kleiner zu werden. Direkt vor meinen Augen zogen sich meine wunderschönen Mädchen in sich selbst zurück, als ob sie verschwinden würden, wenn sie einfach nur klein genug, ruhig genug wären. Dann begriff ich. Es gab nur einen Grund, weshalb der Kerl hinter mir diese Reaktion hervorrufen konnte.

Ich dachte nicht einmal nach. Das musste der Kerl sein, der Brenna verprügelt hatte. Der Kerl, vor dem sie abgehauen war. Der Kerl, der meine Tochter so in Angst versetzte, dass sie beim ersten Anzeichen einer Bedrohung still wie eine Statue wurde. Ich hatte keine Ahnung, wie zum Teufel sie an diesen Schnösel geraten war, der so anders war als wir mit seinem teuren Anzug und den verfickten Härchen, die er über seinen Kahlkopf gebürstet hatte, aber das war egal.

Ich würde ihn verflucht noch mal umbringen.

Ich schaffte es bis etwas über zwei Meter auf ihn zu, als ich hörte, wie Slider nach Grease brüllte. Zwei Schritte weiter, und ich bemerkte, dass die Männer von Schnösel ihre Waffen auf mich gerichtet hatten. Egal. Sie konnten sich verpissen, weil meine Brüder mir den Rücken freihielten. Es gab kein verdammtes Ding, das irgendjemand tun konnte, abgesehen davon mich zu töten, um mich davon abzuhalten, ihn dort, auf der Stelle kalt zu machen. Dann hörte ich, wie Trix nach ihrem Papa rief. Wen rief sie da? Sie konnte doch nicht im Ernst auf den Arsch vor mir zulaufen. Das machte keinen Sinn.

Ich wandte den Kopf, um zu ihr zu sehen, und sie rannte direkt auf uns zu. Was zum Teufel machte Brenna da, dass sie ihr erlaubte, mitten in diese Scheiße zu laufen? Ich sah rasch zu Brenna, konnte aber nicht ihren Blick erwidern. Sie sah unglaublich erschrocken aus. Dann jagte sie Trix nach. Gerade als ich wieder zu Trix sah, rannte sie so schnell sie konnte und sprang wie ein verdammter Affe auf mich zu. Als ich sie auf den Arm hob, vergrub sie ihr Gesicht an meinem Hals, und ich konnte ihren sanften, warmen Atem an mir spüren.

„Papa, Papa, Papa, Papa."

Meine kleine Kriegerin wimmerte verdammt noch mal an meinem Ohr. Ich hörte, wie Brenna hinter uns heranlief, und machte ein paar Schritte zurück, damit Trix näher an den Jungs war und weiter weg von Brennas Ehemann und seinen Schlägern. Ich wollte sie nicht in der Nähe von diesem Bastard wissen.

Wir endeten neben Brenna, und ich konnte fühlen, wie sie zitterte, daher legte ich die Hand auf ihren verlängerten Rücken. Ich mochte verflucht angepisst sein, aber ich konnte nicht anders, als zu versuchen sie zu trösten. Sie machte sich fast in die Hosen vor Angst, und ich musste sie berühren. Ich wollte meine Arme um sie schlingen und ihr versprechen, dass er sie nie wieder berühren würde, dass ich mich um sie kümmern würde, dass sie keine Angst haben müsse. Sie schien meine Bewegung nicht zu registrieren. Sie stand einfach da. Jeder Mann im Vorhof wusste jedoch, was das bedeutete. Es war eine besitzergreifende, Anspruch anmeldende Geste.

Dieser Bastard musste wissen, dass ich sie ihm nie wieder zurückgeben würde. Er begann, verfluchten Scheißdreck von sich zu geben, und mein Magen zog sich so eng zusammen, dass ich glaubte, dass ich wie ein verfluchtes Weib auf den Asphalt kotzen müsste. Herr im Himmel. Brenna stand immer noch wie eine Statue neben mir, und ich wusste, dass ich sie und Trix hier wegschaffen musste. Sie musste jetzt gehen, bevor ich die Waffe zog und diesen Bastard erschoss. Sobald ich meine Waffe zog, würde hier die Hölle losbrechen, und ich wollte nicht, dass sie mitten in dem Chaos waren. Ich reichte Trix an Brenna weiter und sagte ihr, sie solle das Baby reinbringen. Sie versuchte zu streiten, aber ich gab ihr einen kleinen Schubs, um sie in Bewegung zu setzen. Ich wusste nicht, wie lange ich das noch aushalten konnte, bevor ich durchdrehte.

Sobald sie durch die Türen des Clubhauses verschwunden war, zog ich die Waffe hinten aus meiner Hose, aber bevor ich den Arm heben konnte, war Slider da. Ich hatte ihn noch nie so angepisst gesehen. Ich konnte den Schnösel so lange nicht erschießen, so lange Slider mitten im Chaos stand, also wartete ich einfach ab. Ich würde den Bastard erwischen.

„Was soll die Scheiße, Richards? Glauben Sie, Sie können sich auf meinen Grund und Boden begeben, zu meinem Club kommen und anfangen, Ihren Müll hier zu verbreiten? Haben Sie gottverfluchte Todessehnsucht?“ Der Kerl öffnete den Mund, um zu protestieren, aber Slider schnitt ihm das Wort ab. „Ich weiß, wer Ihr Vater ist, und offen gestanden ist mir das verfickt egal. Sie kommen her, uneingeladen, und ich überlasse Sie Poet. Er wird dafür sorgen, dass Sie sich wünschen tot zu sein, lange bevor er Ihnen den Wunsch erfüllt. Und jetzt verpissen Sie sich von meinem Gelände, bevor ich sie verflucht nochmal begrabe.“

Mir wurde klar, dass Brenna neben mich getreten war, als ich das Brummen von Kendras Auto hörte. Was für eine beschissene Scheiße. Herrgott nochmal, ich hoffte, die Bitch wäre klug genug und würde im Auto bleiben.

Nein, natürlich nicht. Sie trat direkt zwischen Brenna und mich und schlang ihre Arme um mich, als ob sie die fünfzehn Waffen, die auf uns gerichtet waren, nicht bemerkte. Gott, diese Bitch war so dämlich. Ich bewegte mich nicht. Ich konnte mich nicht dazu bringen, sie in den Arm zu nehmen, als ich mit Brenna ihrem Ehemann gegenüber stand. Dieses Weib gehörte zu mir, schon seit einem Jahr, und ich konnte sie nicht anfassen. Brenna sah Kendra an, als ob sie nicht wüsste, was sie mit ihr anfangen solle, als Richards wieder herumkeifte.

Er stieg wieder in sein Auto und fuhr los, aber ich konnte den Blick nicht von Brenna abwenden. Sie sah aus, als ob sie in sich selbst zusammengesunken wäre. Ich wusste nicht, wie es möglich war, aber sie sah kleiner aus als noch Sekunden zuvor. Ihre Augen waren geschlossen, und sie atmete in schnellen, flachen Atemzügen. Sie schlang die Arme um sich selbst und hielt ihre Ellbogen so fest, dass ich ihre weißen Knöchel sehen konnte.

Ich wollte einen Schritt auf sie zu machen, als ich mich daran erinnerte, dass Kendra an mir hing. Fuck. Das Arschgesicht hatte recht – man konnte Kendra und Brenna nicht miteinander vergleichen. Selbst mit totenbleicher Haut und dem Leid, das ihr ins Gesicht geschrieben stand, würde Brenna mit verflucht fliegenden Fahnen gewinnen.

Poet ging auf Brenna zu und erwiderte meinen Blick. Ich wusste, dass er sich um sie kümmern würde, daher ließ ich sie auf dem Hof stehen, während ich meine Old Lady hineinbrachte. Kendra schien überhaupt nicht zu begreifen, in was sie da gestolpert war, und als wir hineingingen, redete sie davon, wie sehr sie mich vermisst hätte und was sie alles in den vergangenen zwei Wochen getan hatte. War sie schon immer so verdammt nervtötend gewesen? Ihre Stimme glich Nägeln auf einer Tafel, und das war mir nie aufgefallen, bis ich wieder Brennas heisere Stimme gehört hatte. Und warum redete das Weib wie eine Fünfjährige? Dachte sie, das wäre attraktiv? Diese Scheiße hatte sie nicht gemacht, bevor ich weg gewesen war. Ich musste sie dazu bringen, damit aufzuhören. Wenn sie diese Scheiße abzog, während ich sie fickte, würde ich garantiert mit schlaffer Nudel dastehen. Ich wünschte, sie würde einfach für eine Sekunde die gottverdammte Klappe halten.

Trix rannte zu mir, sobald wir uns auf ein paar Sessel in einer Ecke des Zimmers gesetzt hatten. Ich zog sie an mich, wobei sie mich wieder und wieder *Papa* nannte. Ihre Hände zogen am Hals meines T-Shirts und zerrten es auseinander, während sie sich unter meinem Cut vergrub. Mein Mädchen war ein bisschen erschüttert, also hielt ich sie einfach fest und ließ sie machen.

Kendra hatte einen seltsamen Gesichtsausdruck, aber das war mir scheißegal. Ich würde es ihr sagen und dann wäre das erledigt. Wenn sie ein Problem mit meiner Tochter hatte, sollte sie sich verpissen. Überall hier gab es Weiber, daher wäre es nicht schwer, mir eine neue zu suchen. Fuck, wenn ich ehrlich war, würde ich nicht mal danach suchen. Es gab nur eine Frau, die ich in meinem Bett wollte.

Ich sah zurück zur Tür, aber Brenna war noch nicht hereingekommen. Fuck, aber ich wünschte wirklich, dass ich da draußen wäre und mich um sie kümmern könnte.

Kapitel 9

Brenna

Am Ende machte ich ein Nickerchen mit Trix, und wir sahen Dragon in dieser Nacht nicht wieder. Ich nahm an, er würde seine Bitch nach Hause bringen, um sicherzugehen, dass sie keinen Zahnarzt brauchte. Ich war ziemlich sicher, dass ich ihr irgendeinen Scheiß gelockert hatte. Mir fiel es schwer zu akzeptieren, dass ich eine Frau wie ein gängiges Clubweib niedergeschlagen hatte. Das war nicht gerade mein bester Moment gewesen.

Allerdings wurde mir klar, dass ich, als ich immer und immer wieder darüber nachdachte, es jederzeit wieder tun würde. Ich war sauer, dass Dragon eine Old Lady hatte, aber das war nicht ihre Schuld. Sie wusste vermutlich nicht einmal etwas von mir – nicht, dass es da viel zu wissen gab, außer einer Nacht vor fünf Jahren. Ich hasste es, dass er mit ihr zusammen war, aber dafür hätte ich sie nicht geschlagen. Allerdings konnte und würde ich sie nicht in die Nähe meiner Tochter lassen. Die Art, wie sie Trix angesehen hatte, weckte in mir immer noch den Wunsch, auf etwas einzuprügeln. Wer zum Teufel starrte ein vierjähriges Mädchen wütend an, wenn niemand hinsah?

Ich hoffte einfach, ich würde sie nie wieder sehen müssen.

Nach dem Abendessen informierte mich Slider darüber, dass wir am nächsten Tag in das kleine Haus ziehen würden, also musste ich mein Zeug zusammenpacken. Ich war erleichtert, mich der Anspannung im Clubhaus entziehen zu können, und konnte es nicht erwarten, ohne Trix zu schlafen, die im Schlaf immer um sich trat. Ich vermisste es, einen Platz für mich zu haben, aber ich war auch wirklich nervös, dass ich dort alleine wäre. Einer der Männer würde immer in der Nähe sein, aber das ließ meine Ängste nicht weniger werden.

Der Morgen des Umzugs war regnerisch und nass, und ich war noch nie so glücklich gewesen, dass wir nicht viel mitgebracht hatten. Pop und ich packten unser Zeug in mein kleines Auto, und ich folgte der Kiesstraße an den Rand des Anwesens. Das Haus war hübsch … klein, aber hübsch. Es besaß eine Veranda, die förmlich nach einem Schaukelstuhl schrie, und eine große Grasfläche vorne, auf der Trix spielen konnte. Innen war der Grundriss offen gestaltet, und die Eingangstür führte direkt in ein Wohnzimmer mit der altmodischen Küche dahinter. Ein kleiner Flur führte zu einem Badezimmer und zwei Schlafzimmern von der Größe einer Briefmarke, aber das würde für Trix und mich reichen. Wir brauchten nicht viel Platz.

Ich verbrachte den Tag damit, mich mit allem vertraut zu machen, erstellte eine Einkaufsliste, damit Vera am nächsten Tag für uns zum Einkaufen fahren konnte, und erledigte letzte Dinge in unserem kleinen Haus.

Vera hatte die Old Ladys versammelt, und sie stifteten uns Möbel und andere Haushaltssachen, die ich vergessen hatte, so dass ich bei Null starten musste. Sie schenkten uns Dinge, die sie nicht brauchten oder einfach nicht wollten. Die hässliche Couch im Wohnzimmer war noch in sehr gutem Zustand, daher war ich mir ziemlich sicher, dass sie in die *nicht wollen*-Kategorie fiel. Nichts im Haus passte zusammen, und das verursachte ein wenig Beklemmung in meiner Brust, als ich mich umsah. Ich war es gewöhnt, alles makellos zu halten, und obwohl unser kleines Haus sauber war, würde es nie so aussehen, wie früher, als ich gezwungen war, Ordnung zu halten.

Trix und ich besaßen beide Betten und Kommoden in unseren Zimmern, wofür ich wirklich dankbar war. Mein Queen-Size-Bett wirkte riesig in meinem Zimmer und sorgte dafür, dass es nur wenig Raum gab, um herum zu gehen. Aber Trix' Zimmer war perfekt. Ihr Bett passte perfekt an eine der Wände, und sie hatte genug Raum, um ihre Spielsachen und Kleider unterzubringen. Ich konnte es nicht erwarten, Trix Cartoonbettwäsche und dazu passende Vorhänge aussuchen zu lassen. In Tonys Haus sah Trix' Zimmer aus wie aus einem Magazin mit gedämpften Farben und cremefarbenen Teppichen. Ich wollte, dass sie hier ein richtiges Kinderzimmer hatte – ein Zimmer, in dem sie die Barbies auf dem Boden liegen lassen und diese kleinen Leuchtsternchen an der Decke anbringen konnte.

Die Räume waren so aufgebaut, dass Trix' Fenster auf die Vorderseite des Hauses und meine nach hinten zeigten. Ich war anfangs damit zufrieden gewesen, weil das hieß, dass in aller Herrgottsfrühe die Sonne in mein Zimmer fiel und nicht in ihres. Ich konnte trotzdem weiterschlafen, sie aber nicht. Es dauerte ungefähr eine Minute, bis die Tatsache, dass unsere Zimmer auf verschiedenen Seiten des Hauses lagen, mich ganz irre machte. Wenn jemand versuchte in Trix' Raum zu kommen, würde ich es nicht einmal hören. Ich hätte gar keine Ahnung. Shit. Ich wusste nicht, ob ich Trix überhaupt so weit weg von mir haben wollte. Was, wenn etwas passieren würde? Ich entschloss mich, diese Gedanken zu verdrängen, um mich stattdessen um unser Haus zu kümmern. Ich konnte wegen unserer Schlafzimmer die Nerven verlieren, wenn es Zeit zum Schlafengehen wäre. Es gab keinen Grund, sich schon so früh am Tag deswegen Sorgen zu machen.

Grease tauchte auf, kurz nachdem wir uns eingerichtet hatten, und riss mich damit aus einer halben Panikattacke. Trix saß auf der verdammt hässlichen Couch und spielte mit ihren Barbies, als ich ihn hereinließ, und ich war damit beschäftigt, alles nach meinen Vorstellungen zu arrangieren. Ihn im Haus zu haben, beruhigte mich, und ich fragte mich, was zum Teufel ich tun sollte, wenn er heute Abend nach Hause ging. Ich wusste nicht, ob er eine Familie hatte, ob er im Club lebte, ob er ein Haus in der

Stadt hatte oder ob er genervt war, weil er auf mich aufpassen musste. Es war witzig, wie viele Dinge sich ändern, wenn man fünf Jahre verschwunden ist, wie das Leben weitergeht, während man erwartet, dass es gleich bleibt. Ich öffnete den Mund, um ihn nach seinem Leben zu fragen, als er das Kinn in Richtung Küche nickte und dorthin ging. Sobald wir dort waren, antwortete er ein paar meiner ungestellten Fragen.

„Fuck, Brenna. Diesmal hast du dich wirklich in die Scheiße geritten. Tony fuckin' Richards. Verflucht, wenn du Mist baust, dann im großen Stil. Du fickst mit Dragon, haust ab, heiratest Tony fuckin' Richards, bekommst Dragons Kind, kommst her und brüllst nach einer Zuflucht, und ziehst den ganzen verfickten Club in deine Scheiße mit rein. Fuck, sein Dad hat die ganze Polizei in der Tasche!" Er schüttelte den Kopf.

„Ich wusste nicht, dass er ein Arschloch ist! Ja, ich wusste, dass sein Dad politische Verbindungen hat, aber ich habe nie erwartet, dass ich hierher zurückkommen würde. Ich dachte, wir würden einfach ein ganz normales Leben führen. Du weißt schon, eines, bei dem man keinen Schiss haben muss, dass die Polizei klingelt! Er wirkte normal!" Meine Stimme klang defensiv.

„Normal? Der Kerl ist ein verfickter Soziopath!"

„Ich war schwanger und musste etwas tun. Ich war zweiundzwanzig Jahre alt und kaum vom College runter. Ich habe nie einen verdammten Job gehabt, und bei mir war ein Baby unterwegs. Ich habe nicht gerade klar gedacht", murmelte ich. Ich wusste, dass ich das Soziopath-Statement nicht widerlegen konnte.

„Erwähn diesen Scheiß nicht mal, Brenna! Du hättest zurückkommen können. Dorthin, wo deine Familie ist. Wo der Vater deines Kindes ist. Du hast Dragon echt verarscht und mich gleich dazu. Ich habe dich in dieser verfickten Nacht gesehen und musste mich entscheiden, ob ich Poet irgendwas davon sagen würde. Ich bin zwei

Monate, nachdem du weggegangen bist, wie auf rohen Eiern hier rummarschiert und war nicht sicher, was das Richtige war. Am Ende denke ich mir, yeah, lass über die ganze Scheiße einfach Gras wachsen. Niemand muss das wissen. Du warst erwachsen und hast eine eigene Entscheidung getroffen, nicht? Geht mich nichts an. Dann tauchst du mit Dragons Kind auf, und die ganze Scheiße kommt wieder hoch. *Herrgott nochmal!*"

„Es tut mir leid! Das alles tut mir so leid! Es tut mir leid, dass ich dich in diese Lage gebracht habe. Es tut mir leid, dass ich einfach abgehauen bin. Es tut mir leid, dass ich diesen Bastard geheiratet habe. Es tut mir leid, okay?"

Shit, ich weinte und versuchte, Trix den Rücken zuzuwenden, damit sie es nicht mitbekam. Ich hatte Grease mein ganzes Leben gekannt. Er war das Kind eines Ace, genau wie ich, und er hatte seinen Cut erhalten, bevor ich aufs College ging. Ich hatte mich beschissen gefühlt, dass ich abgehauen war und ihn zurückgelassen hatte, so dass er sich mit allem herumschlagen musste. Ich hatte mich beschissen gefühlt. Punkt. Ich fuhr mir mit der Hand über das Gesicht und sah zu Boden, um meine Gefühle unter Kontrolle zu bekommen, als ich nur Sekunden später seine Arme um mich fühlte. Er roch genauso wie vor fünf Jahren. Er hatte immer das gleiche Deo benutzt, und der Geruch davon, der sich mit Zigaretten mischte, erinnerte mich an Zuhause.

Ich hörte, wie die Tür sich hinter mir öffnete, und fühlte, wie Grease den Kopf hob, aber ich drehte mich nicht um. Wenn es eine Bedrohung gab, würde er es mich wissen lassen. Ich würde einen Moment einfach dort bleiben, wo ich war.

„Was zum Teufel … Bruder?", hörte ich Dragon heiser sagen.

Shit.

Ich senkte die Arme und drehte mich um. Dragon kam in die Küche, und Trix sprang von der Couch, um zu ihm zu gehen. Aber er bemerkte sie nicht einmal. Sein Blick hing an Greases Arm, der locker um meine Schultern lag. Sein Kinn war angespannt, und er sah nicht besonders glücklich aus. Ich war nicht bereit für Drama, also trat ich aus Greases Griff und rief nach Trix, die nun versuchte, Dragons Aufmerksamkeit zu erregen.

„Baby, soll ich uns mit Käse überbackene Makkaroni machen? Ich denke, wir haben alle Zutaten hier. Du darfst auch den Käse darüber streuen und die Cracker darauf verteilen, wenn du willst", sagte ich mit einem Lächeln zu ihr.

Sie liebte es, mir beim Kochen zu helfen, und ich war ziemlich einfallsreich geworden, mir Dinge einfallen zu lassen, die sie tun konnte, nur wenig Dreck machten und keine große Verletzungsgefahr boten.

„Okay, Mama! Darf ich auch Erdbeermilch haben? Makkaroni mit Käse sind köstlich, aber noch besser mit Erdbeermilch. Können wir auch Broccoli machen? Mit Ranch-Dressing?"

Es erstaunte mich, wie weit sie sich aus ihrem Schneckenhaus gewagt hatte, obwohl wir erst seit ein paar Wochen hier waren.

„Klar. Geh doch ein wenig in deinem Zimmer spielen und zieh dir deinen Schlafanzug an, dann rufe ich dich, wenn es Zeit ist, dass du deinen Teil übernimmst?"

„Okay", rief sie, wandte sich um und rannte in ihr Zimmer.

Als ich aufsah, bemerkte ich, dass die Anspannung im Zimmer nachgelassen hatte, und beide Männer mich erstaunt ansahen.

Warum guckten sie so?

Grease begann leise zu lachen. „Köstlich? Das Kind ist ja wohl der Kracher. Ich wusste nicht mal, dass sie reden kann."

„Natürlich kann sie reden, du Idiot. Sie ist vier Jahre alt. Sie spricht schon seit drei Jahren."

War er noch nie in der Nähe von Kindern gewesen? Was war schon dabei?

„Brenna, sie hat ungefähr drei Worte gesagt, seit ihr hier angekommen seid. Eines davon war Papa, und die anderen beiden waren ja und nein“, sagte Dragon neben mir sanft.

Ich sah, wie er den Flur hinab stolz zu Trix' Schlafzimmer sah.

Nach einer Weile sah er zurück zu uns beiden. „Mein Mädchen ist klug. , Makkaroni mit Käse sind köstlich‘, hat sie gesagt.“ Er schüttelte den Kopf. „Fuck, Brenna, sie klingt genauso wie du.“

Grease und Dragon blieben für die selbstgemachten Makkaroni mit Käse, und Trix war in ihrem Element. Sie quasselte ununterbrochen davon, was sie den ganzen Tag alles getan hatte, und erklärte, wo genau sie jedes einzelne Spielzeug in ihrem neuen Zimmer hingelegt hatte. Die Männer saßen einfach geduldig da, warfen etwas ein, wenn sie konnten, und stimmten im Großen und Ganzen einfach zu, wenn sie etwas sagte.

Es war ein netter Abend, obwohl ich mir zutiefst jeder Bewegung Dragons bewusst war und ihn häufig anstarrte. Gott, er sah so gut aus, besser als das letzte Mal, dass ich ihn gesehen hatte. Er wirkte größer, hatte seinen Körper mehr unter Kontrolle. Jede Bewegung, die er machte, war durchdacht. Seine Schultern waren breiter, und um seine Augen lagen mehr Fältchen. Der sanfte Blick, an den ich mich erinnerte, war nun auf Trix gerichtet, aber das war mir egal. Das Gegenteil war sogar der Fall – er war noch tausend Mal besser, wenn ich ihn auf mein Baby gerichtet sah.

Ich fragte mich, was er sah, wenn er mich anblickte. Yoga hatte mich die letzten Jahre schlank gehalten, also besaß ich nicht mehr die Schwangerschaftskilos, aber mein Körper wirkte weicher. Meine Brüste waren nicht mehr ganz so keck, meine Hüften waren runder, und mein Bauch würde nie wieder so flach werden wie zuvor. Zum ersten Mal in fünf Jahren machte ich mir Gedanken darüber, wie ich nackt aussah. Es war lächerlich. Er hatte eine Old Lady, eine Ehefrau. Er war nicht wegen mir hier. Das wusste ich, aber das hielt mich nicht davon ab, dass ich mir Sorgen über die Dehnungsstreifen auf meinem Bauch machte oder über den vernünftigen BH, den ich trug, damit meine Brüste etwas höher wirkten.

Trix riss mich mit etwas aus den Gedanken, das so auch direkt aus Tonys Mund hätte stammen können.

„Mama und ich gehen zum Yoga. Wir bücken und strecken uns und machen Tierformen nach. Wir gehen da hin, damit wir nicht fett werden. Niemand liebt fette Mädchen. Mama läuft auch, damit sie keinen fetten Arsch mehr bekommt, aber ich laufe nicht."

Ich hatte sie noch nie so etwas sagen hören, aber ich wusste, dass sie viel Schlimmeres von Tony gehört hatte. Ich starrte sie einen Moment an, bevor ich mich genug zusammenriss, um schnell zu sagen: „Trix, Arsch sagt man nicht! Das ist kein Wort, das Kinder in den Mund nehmen sollten! Außerdem bist du nicht fett. Du wirst nie fett sein. Wir gehen zum Yoga, weil es Spaß macht." Ich merkte, wie mein Gesicht vor Scham heiß wurde, aber ich dämpfte meine Stimme, damit sie nicht glaubte, sie würde Ärger bekommen. „Schlafenszeit, Kleines. Geh schon mal und putz dir die Zähne. Ich komme gleich nach."

Als sie das Gesicht verzog, als ob sie widersprechen wollte, bedachte ich sie mit meinem Mama-meint-es-ernst-Gesichtsausdruck, und sie rutschte rasch von ihrem Stuhl und flitzte ins Badezimmer.

Shit.

Ich wollte keinen der Männer an meinem Tisch ansehen, aber ich konnte die Feindseligkeit im Zimmer spüren und wusste, dass ich das Thema erklären musste. Als ich aufsah, sah ich den Abscheu auf ihren Gesichtern, und ich merkte, wie mein Gesicht, das gerade kühler geworden war, wieder heiß wurde.

„Du erzählst ihr so einen Scheiß?", grollte Dragon. „Du erzählst deiner Vierjährigen, dass sie trainieren muss, damit sie nicht fett wird?"

„Natürlich nicht! Das würde ich nie tun! Sie ist vier, gottverdammt noch mal!"

„Na, ihr wird diese Scheiße ja wohl nicht selbst eingefallen sein!" Seine Stimme wurde immer lauter.

„Beruhige dich, Dragon." Grease versuchte, Dragons Zorn etwas abzumildern. „Du weißt doch, dass so ein Mist nicht von Brenna gekommen ist."

„Bruder, das geht dich alles nichts an. Halt die verdammte Klappe. Das hier ist etwas zwischen Brenna und mir. Ich weiß sowieso nicht, was zum Teufel du noch hier willst. Wenn ich herkomme, verpisst du dich. Ich werde keinem weiteren Schwanzträger erlauben, für mein Mädchen den Daddy zu spielen, und ich werde dir verflucht noch mal nicht erlauben, Brenna nachzusabbern."

Grease zuckte nach vorn, so dass er nicht mehr an dem hässlichen grauen Esszimmerstuhl lehnte, auf dem er saß. Es wirkte, als ob er sich jeden Moment auf Dragon werfen würde. Mir war klar, dass die Worte, die aus Dragons Mund kamen, nicht für Grease gemeint waren. Er war stinkig, aber sein Zorn war nicht wegen etwas hervorgerufen worden, das Grease getan hatte.

Dragon würde nicht nachlassen, und wenn ich danach ging, wie Grease mich ansah, um meine Reaktion abzuschätzen, wusste ich, dass die Situation nur noch weiter eskalieren würde, wenn ich ihn nicht dazu brachte, zu gehen. Er sah mich an, wie um abzuchecken, ob er bleiben sollte, und obwohl ich ihm dafür dankbar war, wusste ich, dass das Dragon nur noch mehr sauer machen würde.

„Geh lieber, Grease. Wir sehen uns später, okay? Ich bringe Trix sowieso ins Bett."

Er nickte langsam und stand auf. Sein Blick war auf eine Art auf Dragon gerichtet, die ich für den Moment nicht ratsam hielt. Er musste hier raus. Was zum Teufel versuchte er hier, dass er auf einmal Beschützerinstinkte für mich entwickelte? Ich war keine verflucht hilflose Jungfrau in Nöten. Ich konnte mich selbst um diesen Mist kümmern. *Ärks. Ich wünschte, jemand würde mich vor dem Testosteron und diesen Weitpisswettbewerben retten.*

Sobald Grease aus der Tür war, stieg die Anspannung im Zimmer an, bis ich fast keine Luft mehr bekam.

„Okay, Brenna, wir haben heile Welt gespielt. Haben dich verflucht noch mal hier eingezogen. Es wird Zeit, dass du und ich uns unterhalten. Erledige die Scheiße, die du mit Trix machen musst, und dann schaffst du deinen Arsch wieder hier runter."

Dragon stand auf und ging hinüber zur Couch, während ich am Tisch saß und versuchte herauszufinden, wie ich Zeit schinden konnte. Fuck. Ich könnte den Abwasch machen, aber ich wusste, dass das nicht klappen würde. Es gab quasi nichts, das ich tun konnte, um alles noch ein wenig nach hinten schieben zu können, also war es an der Zeit, meine Frau zu stehen und es einfach durchzuziehen.

Als ich nach Trix sah, entdeckte ich sie auf meinem Bett im Tiefschlaf. Sie hatte ihre Decke unter die Wange gezogen und ein Buch unter ihrem Bauch. Gott, ich liebte sie. Sie war das Beste, was ich jemals erschaffen hatte, und ich würde alles tun, um sie sicher zu wissen – selbst wenn das bedeutete, dass ich sie verlassen müsste. Deshalb musste ich wieder raus zu Dragon. Wenn ich sie nicht in Sicherheit bringen konnte, wenn ich nicht hier wäre, um sie zu erziehen, wäre er hier. Ich zog das Buch unter ihr hervor und brachte es, um doch noch Zeit zu schinden, zurück in ihr Zimmer und stellte es weg. Unglücklicherweise gab es dort nichts geradezurücken oder sauber zu machen, da wir gerade erst eingezogen waren. Es war Zeit, sich allem zu stellen.

Kapitel 10

Brenna

Als ich wieder ins Wohnzimmer kam, saß Dragon auf meiner Couch und hatte die Ellbogen auf die Knie gestützt. Ich stand einen Moment im Türrahmen zum Flur und betrachtete ihn. Er hatte seinen Cut ausgezogen und über die Rückenlehne der Couch geworfen. Seine Stiefel standen an der Eingangstür. Es machte mich ein wenig nervös zu sehen, dass er es sich in meinem Zuhause gemütlich machte. Seine muskulösen Schultern und Arme wurden durch das mit Öl verschmierte weiße T-Shirt perfekt zur Geltung gebracht, und ich musste mich bewusst davon abhalten, sie mir nackt vorzustellen … und neben mir abgestützt. Er sah niedergeschlagen aus, wie er so dasaß, als ob er das Gewicht der Welt auf den Schultern trug. Ich machte einen leisen Schritt näher, um sein Gesicht besser sehen zu können, und da bemerkte er, dass ich da stand.

„Schwing deinen Hintern rüber, Brenna." Er hob den Kopf nicht, als er fortfuhr: „Du wirst diese Scheiße nicht aufschieben. Wir müssen reden."

Zögerlich ging ich zu ihm und fragte mich, wo ich mich hinsetzen sollte. Wir hatten nur die megahässliche Couch im Wohnzimmer, und ich wollte wirklich, wirklich nicht neben ihm sitzen. Damit blieb mir nur der Boden. Das gefiel mir nicht, aber die Alternative war Stehen, und ich wusste, dass ich mich für diese Unterhaltung setzen musste. Sobald ich nahe genug war, packte er meine Hand und zog mich neben ihn.

„Hör verfickt noch mal auf, Zeit zu schinden!"

Jetzt konnte ich sein Gesicht sehen. Er war nicht niedergeschlagen, er war angepisst.

Ich rutschte so dicht ich konnte an das Ende der Couch und zog die Füße hoch, damit ich meine Arme darum schlingen konnte.

„Ich schinde keine Zeit“, sagte ich trocken. „Ich weiß, wir müssen das hier klären. Ich freue mich nur nicht unbedingt darauf.“

„Schläft Trix?“ Sein Gesichtsausdruck wurde sanfter, als er Trix’ Namen nannte, aber dann kam sofort wieder der strenge Ausdruck, den ich zu erwarten begann.

„Ja, sie ist auf meinem Bett eingeschlafen, bevor ich überhaupt reingekommen bin. Es war ein anstrengender Tag, und sie war erschöpft.“ Ich konnte seinen Blick nicht erwidern, daher sah ich über seine Schulter zur Küche, als ich redete. „Wegen dem, was sie am Tisch gesagt hat …“

Er unterbrach mich, bevor ich fertig war: „Tony hat diese Scheiße zu dir gesagt? Trix gesagt, sie wäre fett?“

„Nun, ich habe ihn das nie zu Trix sagen hören. Er hat es zu mir gesagt. Es ist wirklich nicht wichtig. Er ist ein Arsch. Wir wissen beide, dass er ein Arsch ist.“ Ich lachte nervös. Ich wollte wirklich nicht meine Beziehung zu Tony mit Dragon besprechen. Ich fühlte mich schon wie eine komplette Idiotin, weil ich so lange bei ihm geblieben war. Er sollte das nicht auch noch denken.

„Es ist wichtig, Brenna. Du bist winzig. Du warst schon immer verdammt winzig. Trix braucht diese Scheiße nicht in ihrem Kopf. Was wird sie denken, wenn sie dich ansieht und sieht, wie klein du bist, und dann glaubt sie, dass sie noch viel kleiner sein muss?“ Er sah mich ungläubig an. „Sie hat auch ein bisschen von mir in ihr. Auf keinen Fall wird sie so klein bleiben wie du.“

„Also, lass uns mal Klartext reden. Wenn das das Schlimmste ist, an das sie sich von Tony erinnert, ist das okay.“ Ich versuchte, ihn zu beschwichtigen, aber ich bemerkte sofort, dass es das Falsche gewesen war.

Die Spannung im Raum stieg sprunghaft an, und sie strahlte von Dragon aus. Er trug den gleichen Blick, den ich während der Konfrontation im Hof gesehen hatte –

pure und tiefe Wut. Mein Herz begann in meinen Ohren zu dröhnen, während ich auf die Explosion wartete.

Als er redete, war seine Stimme so leise, dass es fast ein Flüstern war. „Erklär mir das, Brenna. Sofort, verdammt. Scheint, als ob heute die Nacht der Erklärungen ist.“

Ich schluckte schwer und zog mich noch ein wenig mehr in mich zusammen. „Du weißt doch, dass er die Hand erhoben hat …“

„War Trix dabei, wenn er diese Scheiße abgezogen hat?“

„Ja“, flüsterte ich. „Nicht immer, aber oft genug. Sie wusste, wie sie sich in Sicherheit brachte, wenn er damit anfing, also hat sie meistens den Anfang miterlebt. Ich versuchte, sie davon fernzuhalten. Ich wusste, dass sie es nicht sehen sollte, aber manchmal hatte ich keine Zeit, um mich vorzubereiten.“ Ich versuchte verzweifelt, mich zu erklären, redete schneller und schneller, bis meine Worte sich fast überschlugen. „Manchmal hat er mir keine Zeit gegeben, sie aus dem Zimmer zu schaffen. Sie wusste, dass sie gehen sollte, sobald es losging, und ihm aus dem Weg zu gehen. Ich hatte nur keine Vorwarnung! Es gab keinen Grund dafür. Manchmal kam er einfach nach Hause und fing damit an. Manchmal passierte es mitten am Tag oder abends nach dem Essen. Es gab keine Vorwarnung. Er wirkte oft nicht mal wütend!“

„Unsere Tochter musste lernen, sich zu *verstecken*?“, fragte er und hob die Hände zur Betonung.

Instinktiv zuckte ich zurück in die Couch und schlang die Arme um den Kopf. Ich konnte nicht anders. Ich begann zu weinen. Meine Brust schmerzte unter dem Druck, der sich aufgebaut hatte, seit ich zurück auf das Gelände gekommen war. Ich wusste, dass es meine Schuld war, dass unsere Tochter so schreckliche Erinnerungen hatte. Ich war dort geblieben, hatte abgewartet und gedacht, dass Trix es vergessen würde, sobald wir es geschafft hatten zu gehen. Ich hatte geglaubt, dass es nicht ewig dauern würde, und wir es schaffen würden, bis ich mir etwas hatte einfallen lassen. Ich hatte meine Tochter in Gefahr gebracht, weil ich nicht wusste, wohin ich gehen sollte, wenn wir weggehen würden. Ich verdiente Dragons Zorn, aber ich wusste nicht, ob ich damit umgehen konnte. Ich stand bereits am Rand einer Schlucht der Nutzlosigkeit. Wie viel konnte ein Mensch ertragen, bevor er vollständig zerbrach?

Ich schämte mich so sehr, dass ich mich wie ein Schwächling zusammengekauert hatte. Wo war mein Rückgrat? Ich fürchtete mich nicht vor Dragon. Was zur Hölle war mit mir los? Sobald ich anfing zu weinen war es, als ob mich alles auf einmal traf: die Angst um Trix, der Stress unserer Flucht, die Erleichterung, sich zum ersten Mal seit fünf Jahren sicher zu fühlen, und die Angst vor Tony, als er auf das Gelände gekommen war. Das alles hatte widersprüchliche Gefühle in mir hervorgerufen.

„Baby?“, fragte er. Seine Stimme war auf eine Art sanft, wie ich sie seit fünf Jahren nicht mehr gehört hatte. „Baby? Was zum Teufel ist los? Ich werde dich nicht schlagen.“

Er fuhr mit den Händen an meinen Beinen auf und ab. Als ich den Kopf nicht hob, schlang er die Arme um mich und zog meinen immer noch zusammengerollten Körper auf seinen Schoß. Ich konnte meine Tränen nicht unter Kontrolle bringen und schämte mich, dass er mich so sah.

„Hey, beruhige dich“, flüsterte er, als er meinen Rücken in kleinen Kreisen streichelte. „Du bist in Sicherheit. Dieser Arsch wird nie wieder Hand an dich legen.“

Bei seinen Worten holte ich zittrig Luft, schlang die Arme um seine Taille und drückte meine Stirn an seinen Hals. Er fühlte sich so gut an – groß und stark und sicher. Ich wollte nie wieder von seinem Schoß steigen, und ihm schien es nichts auszumachen. Als ich die Beine in eine bequemere Position brachte, spannten sich seine Arme um meinen Rücken warnend an.

„Bleib, wo du bist. Nur, weil du dich in einen blubbernden Tränensee verwandelt hast, heißt das nicht, dass du mir wieder entkommst."

Ich konnte das Lächeln in seiner Stimme hören.

„Du bist so ein Idiot." Ich kicherte ein wenig. „Es tut mir leid", flüsterte ich. „Normalerweise breche ich nicht bei der kleinsten Provokation in Tränen aus."

„Ach, du hattest einen üblen Monat. Mach dir deswegen keine Sorgen." Er rieb mir wieder über den Rücken. „Wir müssen diesen Scheiß regeln, Brenna. Ich bin immer noch stocksauer, weil du das vor mir geheim gehalten hast. Das ist so abgefuckt."

„Ich weiß", seufzte ich. „Es tut mir leid, dass ich dir nicht gesagt habe, wer ich war. Zuerst wollte ich es, und dann hatte ich nur Angst, dass du aufhören würdest, wenn ich es täte. Ich dachte mir, was macht eine Nacht schon für einen Unterschied? Und dann änderte sich alles. Du warst anders, als ich gedacht hatte. Ich wollte mehr, aber ich wusste, dass ich Scheiße gebaut hatte, und wenn ich irgendwas gesagt hätte, würde mein Pop dich umbringen …"

„Diese Scheiße ist schon lange Schnee von gestern. Es ist vorbei. War ich angepisst? Yeah. Aber das ist vorbei." Seine Hand legte sich an meine Hüfte, während er redete, und als er fertig war, rieb er wieder über meinen Rücken. „Ich will mehr von Trix erfahren und wie du bei diesem Schnösel gelandet bist."

„Ich habe Tony am College kennengelernt. Wir sind ein wenig miteinander ausgegangen, aber ich war während meines Abschlussjahrs beschäftigt, daher haben wir irgendwie aufgehört, uns zu treffen. Wir waren nicht zusammen, als ich dich getroffen habe, nur um das klarzustellen." Ich sah zu ihm auf, und er nickte. „Ich fand ihn heiß, aber es gab keine Funken zwischen uns, verstehst du? Es war irgendwie ziemlich langweilig. Als ich wieder zurück zur Schule ging, hatte ich eine Zeitlang ziemlich viel um die Ohren, und Tony rief mich ununterbrochen an und wollte mich treffen. Ich hatte anderen Kram zu tun, also habe ich ihm ständig abgesagt. Aber dann, als mir klar wurde, dass unser bisschen Spaß Konsequenzen nach sich gezogen hat, brauchte ich einen Freund, also rief ich ihn an."

Dragon erstarrte vollständig. „Und er hieß dich einfach mit offenen Armen willkommen, obwohl du gerade mit einem anderen gevögelt hattest und das Kind eines anderen Mannes in dir trugst?"

„Ich war nicht sicher, wie er anfangs reagieren würde, aber ja, er sprang einfach ein. Ich war dankbar. Dass er so einsprang. Ich war am Ende. Ich habe dich vermisst, meinen Pop vermisst, und ich wusste nicht, was zum Teufel ich tun sollte. Ob ich einfach zurückkommen sollte oder nicht. Als er mir einen Antrag machte, schien es die einfachste Lösung zu sein."

Bei meinem letzten Satz senkte Dragon die Arme und lehnte sich zurück, womit er sich gegen die Couch drückte. „Warum zum Teufel bist du nicht zu mir gekommen, Brenna? Ich hätte mich um dich gekümmert! Was zum Teufel war los? Hast du mich einfach vergessen? Dich einfach entschlossen so zu tun, als ob du mich nicht auf sämtliche Arten gevögelt hast, die dir eingefallen sind?"

Da er mich nicht mehr festhielt, stand ich auf und machte einen Schritt auf die Seite. „Ich will dieses Leben nicht! Ich will nichts mit Clubweibern zu tun haben und damit, dass mein Mann Aufträge erhält und ständig in Gefahr ist. Ich will dich nicht im Gefängnis besuchen müssen. Ich will nicht, dass Trix dieses Leben führen muss!"

„Ah, also hast du einfach entschieden, dass du für dieses Leben zu gut bist. Schon verstanden. Zu gut für mich, zu gut für deinen Pop, zu gut für Slider und Vera. Also heiratest du stattdessen einen verfickten Psycho! Echt smarter Move, Brenna. Du Genie!“ Seine Stimme war lauter geworden, und er stand auf, so dass wir nun nur wenige Zentimeter voneinander entfernt waren. „Sag mir doch, was dich glauben lässt, dass du so verflucht unglaublich besser bist als wir, weil es auf keinen verfickten Fall dein gesunder Menschenverstand sein kann!“

„Ich glaube nicht, dass ich besser bin als ihr! Mein Pop ist ein guter Mann, egal, was er tut, um seine Brötchen zu verdienen, und Slider und Vera lieben mich. Ich bin nicht besser als sie!“

„Oh, also geht es nur um mich?“ Dragon begann, leise und gemein zu kichern, als er seinen Nacken rieb. „Weißt du, was dein Dad in Irland gemacht hat? Warum er alles gepackt hat und hergekommen ist?“

„Nein. Wir reden nicht darüber, aber offensichtlich gibt es etwas, das du mir deswegen sagen willst.“ Ich verschränkte die Arme vor der Brust. Das hier würde zu nichts führen, und er hatte alles vollständig aus dem Kontext gerissen.

„Dein Pop? Kennst du den ‚guten Mann’, von dem wir reden, überhaupt? Er war bekannt als der Schlächter von Dublin. Er war ein verdammter Auftragskiller.“

Ich schüttelte den Kopf. „Wovon redest du?“ Ich begriff nicht einmal, was er gerade gesagt hatte, aber er redete immer noch.

„Dein Dad war ein Auftragskiller, Brenna. Er hat Menschen für Geld getötet. Er war tief in einem der Clubs da drüben verwurzelt, und als die Scheiße zu dampfen begann, kam er rüber und hat sich Sliders Vater angeschlossen.“

„Warum erzählst du mir das?“

Ich verstand nicht, weshalb er das nun erwähnte. Ich hatte immer gewusst, dass mein Pop eine Vergangenheit gehabt hatte. Es war nicht, als ob das alles geheim gehalten wurde, wir redeten einfach nicht darüber. Das erklärte so viele Dinge in meiner Kindheit, und ich würde bald mit Pop darüber sprechen, aber ernsthaft, warum schnitt er das Thema an?

„Dass du abgehauen bist und mein Baby mitgenommen hast, lag nicht daran, dass dein Pop ein verdammter Auftragskiller war. Und es lag nicht am Club. Was zum Teufel ist es, Brenna? Bist du zu gut für mich? Wolltest du nicht, dass dein Baby einen ölverschmierten Mechaniker als Daddy hat? Hast du ein Problem mit meiner Hautfarbe?" Seine Stimme wurde wieder lauter, und er starrte böse auf mich hinunter.

„N-Nein", stotterte ich. Ich war schockiert, dass er glaubte, ich würde ihn auf diese Weise sehen, und ich konnte die Worte nicht herausbringen.

„Du warst gut, aber ich hatte schon bessere. Diese kleinen Geräusche, die du von dir gibst? Verdammt. Aber diese zögerliche Show, die du abgezogen hast? Ich werde nicht lügen. Das war verdammt nervig. Du hast es fast wieder gut gemacht mit deiner süßen, verdammten Pussy, aber jetzt, da dieser Scheißkerl drin war, bezweifle ich, dass sie noch süß ist ..."

Er war in Fahrt gekommen, aber ich war verdammt noch mal fertig damit, also unterbrach ich ihn, indem ich ihm ins Gesicht schlug. Meine Brust fühlte sich an, als ob sie aufgebrochen worden wäre, und ich konnte nicht genug Luft in meine Lungen bekommen. Die beste Nacht meines Lebens war nur eine von vielen mittelmäßigen für ihn. Eine von vielen – das war es, was ich war. Das war der Grund, weshalb ich gegangen war. Er wollte wissen, warum ich fünf Jahre lang nicht zurückgeblickt hatte? Dann würde ich ihm das mal sagen, und er könnte daran ersticken.

„Du willst wissen, warum ich gegangen bin?" Meine Stimme zitterte, und ich arbeitete hart daran, sie zu kontrollieren. „Ich bin gegangen, weil ich verrückt nach dir war, und ich wollte nicht zusehen, wie du herumvögelst.

Ich bin gegangen, weil ich nie die Scheiße hören wollte, die du gerade vom Stapel gelassen hast."

Er zog die Augenbrauen vor Überraschung hoch.

„Ich bin gegangen, weil ich nie zusehen wollte, wie du verletzt wirst. Ich wollte dich nie im Gefängnis besuchen. Ich wollte nicht, dass du nach Hause kommst und wie eine Bitch riechst, die ich im Club gesehen habe."

Er wollte mich unterbrechen, aber ich hob die Hand, um ihn aufzuhalten.

„Ich war verrückt nach dir, und du hast *nie* etwas gesagt, das mich an mehr als diese eine Nacht glauben ließ. Du hast mir nie Anlass dazu gegeben zu denken, dass du mehr als das wolltest. Ich wollte nicht zurückkommen und mich von dir in irgendein Haus stecken lassen, während du tust, was zum Teufel du willst. Ich wollte nicht, dass du mir wehtust." Ich lachte humorlos und rieb an ein paar Tränen, die sich ihren Weg mein Gesicht hinab gebahnt hatten. „Aber vermutlich ist das jetzt nicht mehr wichtig, oder? Du hast eine Ehefrau, und ich sitze hier fest. Ich habe dich verlassen und bin weggeblieben, weil ich mich lieber wieder von Tony zu Brei schlagen lasse, als dass du mich ansiehst und so mit mir sprichst, wie du es gerade getan hast. So, als ob ich nichts als ein *Ärgernis* bin."

„Brenna …" Seine Stimme war voller Reue. Er sah aus, als ob ich ihm den Wind aus den Segeln genommen hätte. Er sah aus, als ob es ihm leid täte.

Aber ich war fertig. „Ich gehe ins Bett. Schließ ab, wenn du gehst." Ich ging zu meinem Zimmer und zu Trix. Ich wollte, dass dieser Tag vorbei war. Ich war erschöpft und aufgelöst, und ich wollte nur mein Mädchen eine Weile festhalten.

Ich zog mir rasch Shorts und ein T-Shirt an, schlüpfte mit Trix unter die Laken und schlang die Arme um sie. Ich versuchte zu lauschen, ob Dragon gegangen war, aber ich hatte nicht die Energie, aufzustehen und nachzusehen. Sollte er gegangen sein, hatte er bestimmt sichergestellt, dass alles sicher verriegelt war. Ich war fast eingeschlafen, als ich jemanden im Flur hörte, und ich sah auf, als er ins Zimmer kam. Er ging um das Bett herum, und ich musste mich drehen, um ihn im Blick zu behalten.

„Ich bleibe heute Nacht hier." Er packte sein T-Shirt hinten am Nacken und zog es aus. Damit bot er mir einen Blick auf seine breite, mit Tattoos bedeckte Brust im Mondlicht.

Ich war zu müde, um zu streiten oder Trix aufzuwecken. Ehrlich gesagt war ein Teil von mir irgendwie froh, dass Trix und ich nicht alleine waren. Ich entschloss mich, einfach aufzugeben und mich am Morgen damit auseinanderzusetzen. Als ich hörte, wie seine Jeans auf den Boden fiel, und er neben mir ins Bett kam, versteifte ich mich. Er schmiegte sich an meinen Rücken, schlang seine Arme um Trix und mich und zog uns an sich. Ich versuchte, angespannt zu bleiben, aber die Wärme an meinem Rücken führte zu schnell dazu, dass ich mich entspannte.

Sobald er merkte, wie ich mich beruhigte, flüsterte er mir ins Ohr: „Hab gelogen. Es war die beste Nacht, die ich jemals hatte." Dann küsste er meine Schläfe.

Ich hörte, wie sein Atem regelmäßig wurde, und merkte, wie sein Körper schwerer wurde.

Der Mann hatte eine Ehefrau. Das wusste ich. Ich hatte sie kennengelernt, aber das schien nicht wichtig zu sein. Er hatte die Arme so eng um mich geschlungen, schnarchte leise, und ich konnte nicht anders als glücklich zu sein, dass er hier war. Ich war so verwirrt. Ich war so lange weggelaufen, dass ich nicht wusste, was ich jetzt mit mir anfangen sollte. Wollte ich aufhören wegzulaufen? Ich hatte mich fünf Jahre lang nicht so sicher oder heimisch gefühlt, aber ich war nicht sicher, ob ich eine Old Lady sein wollte. Ich hatte die gleichen Ängste, die mich vor fünf Jahren gequält hatten, als ich herausfand, dass ich schwanger war. Ich wusste nicht, ob Trix hier aufzuziehen das war, was ich tun wollte, aber ich konnte sie jetzt nicht Dragon wegnehmen. Erwartete er, dass das, was er gerade zu mir gesagt hatte, einfach alles ändern würde? Dass wir wieder dort weitermachen würden, wo wir das letzte Mal, als ich ihn gesehen hatte, aufgehört hatten?

Meine Gedanken rasten. In meinem Kopf erinnerte ich mich selbst daran, dass er vergeben war, aber ich konnte das Gefühl nicht unterdrücken, dass er schon immer mir gehört hatte.

Es dauerte Stunden, bevor ich einschlief.

Kapitel 11

Brenna

Ich erwachte, weil eine raue Hand über das Tattoo, das unten auf meinem Bauch angebracht war, hin und her streichelte. Die weiße Wand, auf die ich sah, war mir unbekannt, aber es dauerte nur wenige Sekunden, bis ich begriff, wo ich war und wer hinter mir lag. Ich stützte mich auf einen Ellbogen, strich mir das Haar aus dem Gesicht und wandte den Kopf zu dem Mann hinter mir. Morgens war nie die beste Zeit für mich, und ich suchte darin die Schuld, dass ich ein schläfriges Lächeln in seine Richtung schickte. Sein Haar war strubbelig, und sein Blick liebenswert schläfrig.

Ich hatte ihn schon schlafend gesehen, vor fünf Jahren, aber nie wenn er gerade aufgewacht war. Nach unserer Nacht vor all diesen Jahren war ich gegangen, während er schlief, um mir etwas zu trinken zu holen und die Zähne zu putzen, in der Absicht, später wieder zu ihm ins Bett zu steigen. Die Männer und ihre Spielgefährtinnen wachten nach einer Party nie besonders früh auf, und ich war froh, ein wenig zusätzliche Zeit mit ihm zu haben, bevor wir uns wie Fremde verhalten mussten. Aber als ich meine Zahnbürste aus der Tasche auf dem Rücksitz meines Käfers herausangeln wollte, fuhren mein Pop und ein paar der Männer auf den Vorhof, und die Gelegenheit zu einem Morgen, an dem ich es langsam hätte angehen können, schwand.

„Hey, Baby. Hast du gut geschlafen?“, fragte er mich in einer nochraueren Stimme als sonst.

„Ja“, erwiderte ich sanft und nahm seine morgendlichen Bartstoppeln und den liebevollen Blick in mich auf, mit dem er mich bedachte. „Wo ist Trix?“, fragte ich, als mir auffiel, dass sie nicht mit uns im Bett war.

„Sie ist voller Tatendrang aufgewacht, also habe ich sie

in ihr Zimmer zum Spielen geschickt. Du hast letzte Nacht verflucht lange Zeit noch wachgelegen und hast den Schlaf gebraucht."

„Was meinst du damit, dass ich wachgelegen sei?", fragte ich und fühlte, wie meine Wangen heiß wurden. „Woher willst du das denn wissen? Du bist doch gleich eingeschlafen, nachdem du ins Bett gekommen bist."

„Man überlebt nicht lange in diesem Leben, das wir führen, wenn man sich nicht ständig seiner Umgebung bewusst ist, Babe. Du warst bis drei Uhr früh wach. Dein Körper hat sich erst dann entspannt."

Der morgendliche Nebel, der mich umgeben hatte, hob sich, als mir klar wurde, dass er gewusst hatte, dass ich wach gelegen und stundenlang gegrübelt hatte. Es irritierte mich, dass er die ganze Zeit wach gewesen war, in der ich geglaubt hatte, mit meinen Gedanken alleine zu sein. Ich runzelte die Stirn und sah ihn wütend an.

„Ich muss nach meinem Baby sehen."

Ich versuchte, mich unter seinem Arm hervor zu winden, aber er verstärkte seinen Griff und zog mich an sich. Er rollte sich von der Seite halb auf mich, und sein Knie schob sich zwischen meine, womit er mich unter sich gefangen hielt.

„Ihr geht es gut, Brenna. Warum wischst du dir nicht dieses Stirnrunzeln vom Gesicht und wünschst deinem Mann einen guten Morgen?", fragte er amüsiert.

„Ich habe keinen Mann und ich muss nach meinem Baby sehen." Ich drückte gegen seine Schultern, aber das schien ihn nicht zu kümmern.

„Oh, du hast also keinen Mann, hm?"

„Nein, habe ich nicht. Runter von mir. Ich brauche Kaffee. Trix braucht ihr Frühstück. Warum gehst du nicht heim zu deiner Frau? Sie kann dir guten Morgen sagen", grummelte ich und versuchte immer noch, mich aus seinen Armen zu winden.

Er begann zu lachen; ein Poltern, das tief in seinem

Bauch anfing. Es war verdammt nervig. Das hier war nicht witzig, und ich wollte dringend von ihm weg.

„Ich hab keine Frau. Ist es das, was dich so pissig macht? Kendra?", fragte er und sah immer noch auf mich hinunter, als ob er diese ganze Situation unglaublich amüsant finden würde.

„Genau, Kendra. Ich bezweifle, dass sie wirklich glücklich wäre, wenn sie sehen könnte, wie du auf mir liegst und mich begrabschst. Und jetzt runter von mir!"

Ich drückte, so fest ich konnte, und seine Schultern bewegten sich nach hinten. Sobald ich versuchte, wegzukriechen, schlang er die Arme um mich und drückte seine Brust an meine. Meine Arme waren vollständig gefangen, und er ließ seinen Kopf sinken, bis unsere Gesichter nur wenige Zentimeter voneinander entfernt waren.

„Du musst dir keine Sorgen um Kendra machen. Ich kümmere mich darum. Hast du verstanden?"

Ich sah ihn weiter wütend an, weil ich keine Lust auf diese Unterhaltung hatte.

„Hast du mich verstanden, Brenna? Das geht dich nichts an."

Er schüttelte mich ein wenig, also nickte ich, obwohl ich mich immer noch weigerte, etwas zu sagen.

„Du sagst, dass du keinen Mann hast?" Er wartete ein wenig, ob ich antwortete, aber ich sagte nichts. „Du kriechst einfach jedem Mann auf den Schoß und heulst dir die Augen aus? Hm? Du lässt einfach jeden Kerl mit dir und deiner Tochter ins Bett steigen, und dann kuschelt ihr euch wie ein paar Welpen an ihn?"

Ich schnappte nach Luft, als ich hörte, was er mir da unterstellte. „Natürlich nicht! Sie hat nicht mal bei Tony und mir geschlafen!" Dann wurde ich mir der Falle bewusst, in die ich getappt war.

„Lässt du dir den Namen von jedem Kerl auf den Bauch tätowieren?", fragte er ruhig.

„Das ist nicht dein Name." Ich biss die Zähne zusammen.

„Da steht Draco." Als ob er mich daran erinnern müsste, was genau dort stand.

„Ja." Ich nickte. „Das ist nicht dein Name."

„Tun wir jetzt einfach so, als ob wir nicht wüssten, was Draco bedeutet?", fragte er ungläubig.

„Ich hab's doch gesagt. Das ist nichts, was dich etwas angeht." Ich bekam langsam Panik angesichts der Richtung, die diese Unterhaltung nahm.

„Yeah, okay, Brenna. Du willst so tun, als ob du und ich nicht das sind, was wir sind. Alles klar. Ich werde das nicht tun. Und ich glaube dir deinen Scheiß auch nicht. Baby, ich habe fünf Jahre auf dich gewartet. Dieser Scheiß ist nie vergangen. Also kannst du rumjammern und stöhnen und dein eigenes Leben miserabel machen, oder du kannst einfach die verdammten Arschbacken zusammenkneifen und endlich zu mir aufschließen. Ich gehe nirgendwo hin."

Ich öffnete den Mund, um zu sagen, dass er falsch lag, aber Trix riss die Tür auf und sprang auf das Bett.

„Hi, Mama! Was macht ihr?" Sie sah neugierig zwischen Dragon und mir hin und her.

Ich versuchte, mich unauffällig aus seinen Armen zu winden, aber er ließ mich nicht los.

„Morgen, Baby. Hast du Hunger?", fragte ich sie und versuchte so zu tun, als ob ich nicht unter einem Mann lag, den sie erst vor zwei Wochen kennengelernt hatte.

Sie hatte nie etwas Ähnliches gesehen, als wir bei Tony gelebt hatten. Sie hatte gewusst, dass sie nicht in unser Schlafzimmer kommen durfte.

„Ja, darf ich Joghurt zum Frühstück haben? Wir haben den guten im Kühlschrank. Ich hab nachgeguckt!" Sie fing an herumzuwippen, als ob sie es eilig hätte.

„Natürlich. Erinnerst du dich, wo wir die Löffel haben? Neben dem Kühlschrank in der Schublade", sagte ich, als sie vom Bett kletterte. „Und setz dich an den Tisch!", rief ich, aber sie war bereits den kurzen Flur hinabgelaufen und hatte dabei die Schlafzimmertür weit offen gelassen.

„Ich denke, sie wollte nur sehen, was wir hier drin tun", sagte Dragon mit einem Lächeln.

„*Runter* von mir! Was zum Teufel ist mit dir los? Sie ist vier! Sie muss nicht gerade einen fremden Kerl in meinem Bett sehen, der auf mir liegt."

Endlich konnte ich mich von ihm lösen und rollte mich zum Bettrand, stand auf, wirbelte herum und sah böse auf ihn hinunter. Ich erwartete, dass er mich auslachte oder angepisst war. Bei seiner unbeständigen Persönlichkeit musste es zu diesem Zeitpunkt entweder das eine oder das andere sein. Was ich nicht erwartete, war, dass er aufstand und sich mit vollkommen leerem Gesichtsausdruck die Jeans anzog. Ich stand dümmlich da und versuchte herauszufinden, wo er mit seinen Gedanken war, als er sich das T-Shirt anzog und ich einen weiteren Blick auf die Tattoos erhaschte, die seinen Oberkörper bedeckten. Sie sahen aus wie kleine Punkte auf seiner Haut. Ich konnte sie nicht sehr deutlich sehen, aber es sah aus, als ob sie seine ganze Brust und seinen Bauch bedeckten. Als er mit dem Anziehen fertig war, ging er um das Bett herum und sah auf mich hinunter. Ich stand wie festgefroren von seinem ausdruckslosen Gesicht an der Stelle.

„Ich bin kein Fremder. Ich bin ihr Vater. Sie weiß, dass ich ihr Vater bin. Keine Ahnung, wer ihr das verdammt noch mal erzählt hat. Ich bin nur froh, dass ich es nicht erklären musste. Sie wird sich daran gewöhnen, dass ich hier bin, weil ich vorhabe, häufig da zu sein. Sie wird sich auch daran gewöhnen, dass ich in deinem Bett liege, weil ich dort schlafen werde. Mütter und Väter schlafen zusammen. Das ist normal. Wenn du andere Bedenken hast, wirst du mir damit später auf die Nerven gehen müssen. Ich muss los."

Sobald er aufhörte zu reden, schlang er seine große Hand um meinen Nacken und zog mein Gesicht für einen raschen Kuss an sich, rieb seine Zunge an meiner Unterlippe und biss dann sanft in meine Oberlippe. Sein Gesichtsausdruck änderte sich nicht, und bevor ich noch etwas sagen konnte, war er hinaus in den Flur gegangen. Ich folgte ihm langsam und sah, wie er Trix anlächelte, ihren Scheitel küsste und dann aus der Tür ging.

Es war wie in jeder anderen Familie in Amerika – das Kind frühstückt und die Mutter steht in ihrem Schlafanzug da, während der Vater zur Arbeit geht. *Nun, fast wie in jeder anderen Familie,* dachte ich, als ich sah, wie er seinen Cut überstreifte, und hörte, wie nur Sekunden später der Motor seines Motorrades aufheulte.

Nicht lange nachdem Dragon gegangen war und ich mich angezogen hatte, hörten wir den Kies knirschen, weil jemand zu unserem Haus fuhr. Ich hatte vergessen, wie ruhig es hier draußen war. Wir hatten erst in einer Siedlung gewohnt und dann im Clubhaus, in dem ständig Leute kamen und gingen. Die Stille war schön und hatte den zusätzlichen Vorteil, dass wir immer wussten, wenn jemand hierher kam. Es beruhigte mich etwas; niemand würde zu Fuß herkommen, da wir mitten in der Pampa waren. Trix rannte zum Fenster, schon gelangweilt von dem Zeichentrickfilm, den sie angesehen hatte.

„Tante Vera!", rief sie und rannte zur Tür.

Hm, das könnte ungemütlich werden. Vera hatte mir seit neulich Abend, als wir bei ihr zum Essen waren die kalte Schulter gezeigt.. Ich war überrascht, dass sie hier auftauchte. Trix riss die Tür auf, und ich sah, wie Vera die hintere Tür ihres Autos öffnete und dann den Kofferraum.

„Brenna!", rief sie. „Hilf mir mit diesen Schachteln!"

„Komme schon!"

Ich rannte in mein Zimmer und schnappte mir ein paar Flipflops. Vermutlich sollte ich endlich ein Paar an der Eingangstür lassen, aber ich hatte mir angewöhnt, alles sofort wegzuräumen, sobald ich heimkam. Tony mochte

Unordnung nicht besonders, und nachdem er einmal nach dem Abendessen über meine Highheels gestolpert war, hatte ich nie wieder Schuhe herumliegen lassen. Aber das hier war mein Haus, und wenn ich überall Sachen herumliegen lassen wollte, konnte ich das tun. Aber allein der Gedanke daran beschleunigte meinen Herzschlag, also würde ich es vielleicht morgen versuchen … oder nächste Woche.

„Was ist das alles?“, fragte ich, als wir die letzte der sechs Schachteln hereingebracht hatten, die Vera herbeigeschafft hatte.

Die Schachteln waren im ganzen Wohnzimmer verteilt, und ich konnte bereits die beginnende Panikattacke spüren. Sie mussten irgendwo hin, irgendwo, aber in unserem kleinen Haus gab es keine Möglichkeit, Dinge zu verstauen.

„Hey, was ist los? Geht es dir gut?“, fragte Vera und sah mich an, als ob sie nicht verstand, worin das Problem lag. Ihr Gesichtsausdruck sagte mir, dass sie wusste, dass ich kurz vorm Ausflippen war.

„Äh, was ist in den ganzen Schachteln?“ Ich sah mich im Zimmer um.

„Das sind deine alten Sachen. Als dein Pop sein Haus verkauft hat, bin ich rein und habe dein Zimmer zusammengepackt. Kleider und Schuhe sind in ein paar der Schachteln und Erinnerungsstücke in ein paar anderen. Ich habe die Erinnerungsstücke nicht mitgebracht, weil ich nicht denke, dass du hier Platz dafür hast. Ich habe all deine Bücher über Sterne mit den Kleidern zusammengepackt. Ich habe mir gedacht, wenn du jemals heimkommst, würdest du die als erstes auspacken wollen.“

Das Zittern in ihrer Stimme sagte mir, was sie nie aussprechen würde. Ich hatte sie verletzt, als ich abgehauen war. Jetzt, da ich Trix hatte, konnte ich endlich verstehen, wie sie sich gefühlt haben musste.

Ich fühlte, wie sich ein Kloß in meinem Hals bildete.

„Es tut mir leid. Ich hätte …“

Sie unterbrach mich, indem sie die Arme um mich schlang und mich fest umarmte. Ihre Stimme klang gedämpft an meiner Schulter. Ich konnte ihren Atem zittrig an meinem Hals fühlen, als ob sie versuchte, nicht zu weinen.

„Es ist okay, Baby. Jetzt bist du ja hier.“

Ich atmete ihren Geruch nach Vanilleparfüm und Zigaretten ein, und meine Panik verschwand wie von Zauberhand.

Auf einmal trat sie von mir weg, zog unten an ihrem Harley Davidson-Tanktop und tat so, als ob das alles nie geschehen war.

„Also, ich hab dir alle Kleiderschachteln gebracht. Ich hab hauptsächlich Sachen für Trix gekauft, als ich diesen Trip in die Stadt gemacht hab. Eine Frau braucht Kleider. Vermutlich wird dein Hintern nicht mehr in die alten Jeans passen …“

„Autsch!“

„Aber all die Röcke und T-Shirts, die du hattest, passen dir vermutlich noch.“ Sie sah auf und lächelte, während sie mit ihrem Taschenmesser die Schachteln öffnete. „Ich könnte sogar ein paar Sommerkleider für Trix machen, wenn du willst … aus deinen alten Band-T-Shirts. Erinnerst du dich, wie ich das zum ersten Mal für dich gemacht habe, als du klein warst? Du hast nicht mal in die kleinste Größe gepasst, die sie gehabt haben, und trotzdem hast du darauf bestanden, jedes Band-T-Shirt zu haben, das du in die Finger bekommen hast.“

„Willst du ein paar neue Kleider, Trix?“, fragte ich meine Tochter, die auf eine der größten Schachteln im Wohnzimmer geklettert war und ihre schmalen Hüften schwenkte. Sie sah aus wie eine Miniatur-Go Go-Tänzerin.

„Yeah!“, rief sie und sprang von der Schachtel aus auf die Couch.

„Trix! Spring nicht auf die Couch!" In dieser Millisekunde sah ich vor meinem inneren Auge fehlende Zähne und eine Fahrt zur Notaufnahme.

„Trix, du wirst deiner Mutter noch einen Herzinfarkt verpassen."

Trix kicherte, als Vera sie von der Couch zog.

„Warum gehst du nicht vorne raus und spielst ein wenig? Lass die Tür offen."

Ich öffnete den Mund, um zu protestieren, aber ein Blick zu Vera ließ ihn mich wieder schließen. Ich wusste nicht, wie sie den *Mom*-Blick perfektioniert hatte, aber sie hatte ihn mir gegenüber benutzt, so lange ich mich erinnern konnte.

„Okay, hier sind die Regeln." Ich hielt Trix auf, als sie zur Tür ging. „Bleib weg von Tante Veras Auto. Kein Klettern auf irgendwas. Du darfst im Gras spielen, aber bleib von der Auffahrt weg. Und wenn ein Auto kommt, kommst du sofort wieder rein. Verstanden?" Ich wartete, bis sie nickte, dann ließ ich ihren Arm los. Sie rannte hinaus, und ich wandte mich wieder Vera zu. „Würdest du mir dabei helfen, diese Schachteln auszupacken?"

„Natürlich. Nimm lieber einen Wäschekorb dazu." Sie begann durch die erste Schachtel zu wühlen, als ich Richtung Flur ging. „Diese Kleider müssen gewaschen werden. Ich habe Slider dazu gebracht, sie auf dem Grundstück zu lagern, also habe ich keine Ahnung, mit was sie in Kontakt gekommen sind."

Ich nahm mir einen Korb aus Trix' Zimmer und machte mich mit Vera an die Arbeit.

Vera war in vielen Aspekten wie eine Mutter für mich, aber sie war auch meine beste Freundin. Während wir auf dem Boden saßen, fühlte es sich an, als ob ich nie weg gewesen wäre. Wir lachten über kitschige Strasssteintops und redeten darüber, was im Club passiert war, als ich weg war, und ich erzählte ihr von meinem Leben mit Tony. Sie regte sich für mich auf, und nach der Hälfte meiner Geschichte stand sie auf und holte uns ein paar Biere aus dem Kühlschrank.

„Wir werden eine Stärkung brauchen."

Wir arbeiteten uns rasch durch die Schachteln, legten meine Astronomiebücher auf den Fernseher, als wir sie fanden, und sortierten die Kleidungsstücke in einen *Behalten-* und einen *Spenden*-Stapel. Viele der Sachen waren viel zu klein, aber als wir mit der zweiten Schachtel fertig waren, hatte ich eine volle Ladung Wäsche für die Waschmaschine. Es war seltsam, meine alten Sachen durchzusehen. Ich hatte mich so lange wie die perfekte Ehefrau angezogen, und ich fühlte mich etwas nervös dabei, wieder meine alten Zigeunerröcke und Sommerkleider anzuziehen. Ich hörte zu, wie Trix sich mit sich selbst auf der Veranda unterhielt, und rieb ein altes Drop Kick Murphy-Shirt zwischen den Fingern, als Vera sich zu Wort meldete.

„Ich habe gehört, was du zu Slider gesagt hast, aber jetzt will ich es von dir hören. Was zum Teufel ist da zwischen dir und Dragon?"

Kapitel 12

Dragon

Ich verließ das Haus an diesem Morgen in dem Wissen, dass mein Tag beschissen sein würde. Ich wollte nicht, dass Brenna sich Sorgen machte. Ich wusste nicht, woher sie ihr mitfühlendes Herz hatte, aber ich wusste, dass sie ausflippen würde, wenn sie herausfand, was heute geschah. Der Unsinn von vor fünf Jahren holte mich nun endlich ein, und ich würde heute Abend in die Welt des Schmerzes eintauchen.

Als ich zum Clubhaus kam, war alles still. Ein paar der Männer saßen herum und tranken Kaffee, aber unser Boss war noch nicht angekommen. Ich nahm mir eine Tasse, als Poet vom hinteren Flur hereinkam. Ich war nicht sicher, wie wir zueinander standen, weil die meiste Zeit, die ich hier verbracht hatte, seit Brenna wieder hier war, von meiner Reise nach Boise oder Auseinandersetzungen mit meinen Mädchen in Anspruch genommen worden war. Ich hatte gehofft, dass wir erst nach meinem Geschäft am Nachmittag reden könnten, aber er ging direkt auf mich zu.

„Dragon. Hast du eine Minute für mich?"

Es war eine Frage, aber es gab nur eine Antwort.

„Yeah."

Ich ging zur Ecke des Raums, um uns ein wenig Privatsphäre zu geben, aber ich wusste, dass unsere Unterhaltung innerhalb weniger Stunden überall im Club Gesprächsthema Nummer eins sein würde. Ich setzte mich auf einen der Sessel und stützte die Ellbogen auf die Knie. Ich war nicht sicher, was mich mehr beschämte – die Tatsache, dass ich keinen Schimmer hatte, wer Brenna war, als wir uns in jener Nacht getroffen hatten, oder dass ich diesen ganzen Scheiß für fünf Jahre geheim gehalten hatte.

„Heute wird die Scheiße für dich richtig beschissen laufen.“ Poet hustete und nahm dann einen Schluck von seinem Kaffee. „Ich kann nicht behaupten, dass ich froh darüber bin, dass du mit Brenna zusammen gewesen bist. Ich bin auch ziemlich sauer, dass du und Grease diese Scheiße vor mir geheim gehalten habt. Ihr habt mein Baby fünf Jahre von mir ferngehalten. Es war Brennas Wahl, aber eine Wahl, die sie getroffen hat, damit sie dich nicht sehen musste.“

Ich sagte nichts. Ich konnte nicht widersprechen, weil alles, was er sagte, wahr war. Wenn ich meinen Mann gestanden hätte, hätte Poet Brennas Hintern hierher zurückgeschleift, besonders da sie schwanger gewesen war.

„Ich hatte keine Ahnung, was im Kopf dieses Mädels vor sich gegangen ist, als sie hier raus gerannt ist. Ich dachte, sie würde wegbleiben, weil sie sich geschämt hat und vielleicht nicht wollte, dass ihr Ehemann wusste, woher sie kam. Vielleicht war das ein Teil des Grundes, aber nicht alles. Sobald sie weg war, hätte er sie so oder so nicht wieder herkommen lassen.“

Ich hielt ihn auf und stellte eine Frage, die mich seit Wochen beschäftigte. „Warum hast du sie nicht im Auge behalten? Scheiße, Poet!“

„Mein Sohn, ich glaube nicht, dass du mir grad auf die Zehen treten willst“, antwortete er ruhig, aber ich wusste, da sein Akzent deutlicher zu hören war, dass ich ihn angepisst hatte.

Das war mir egal. Der Gedanke daran, dass Brenna und Trix ohne Schutz da draußen in der Welt waren, brachte mich fast zum Kotzen. „Ich habe jetzt nichts mehr zu verlieren. Heute ist der Tag der Abrechnung, nicht wahr? Ich könnte dich genauso gut gleich fragen, was zum Teufel du dir dabei gedacht hast.“ Es war mir egal, ob mir das mehr von dem einbringen würde, was mich später erwartete. Ich wollte wissen, was zum Teufel er sich dabei gedacht hatte.

„Junge, ich erklär es dir nur einmal, und dann fragst du mich besser nie wieder danach." Seine Mimik sah normal aus, aber sein Blick war der kälteste, den ich jemals gesehen hatte. „Ich hatte Brenna immer auf dem Schirm. Immer. Männer aus einem Chapter im Norden haben sie ständig beobachtet. Aber nur aus der Ferne. Sie haben sie nur gesehen, wenn sie das Haus verlassen hat. Keiner von ihnen hat etwas gesehen, das gezeigt hätte, dass sie Probleme hat. Sie haben nach Problemen im Außen Ausschau gehalten. Sie haben nicht daran gedacht, sich den Ehemann genauer anzusehen." Er schüttelte den Kopf. „Sie hat ihn ausgesucht. Ich dachte, sie würde schon wieder heimkommen, wenn sie nicht glücklich wäre. Es hat eine Weile gedauert, aber das hat sie schließlich getan. Jetzt bin ich fertig mit der gottverdammten Märchenstunde. Wenn du dich wieder bei mir gut stellen willst, verpisst du dich am besten sofort aus diesem Clubhaus und lässt mich vergessen, dass du mich jemals wegen etwas befragt hast, das dich einen Scheißdreck angeht."

Er stand auf und ging zurück zu seinem Zimmer, ohne zu jemand anderem ein Wort zu sagen. Ich hatte immer noch Fragen, aber ich vermutete, dass das alles war, was ich von ihm bekommen würde, daher ging ich. Ich war wegen heute angespannt und musste mich beschäftigen, sonst würde ich durchdrehen. Außerdem musste ich mich in der Stadt um etwas kümmern.

Als ich zu meiner Wohnung kam, war die Eingangstür unverschlossen, und ich ging direkt hinein. Kendra saß auf der Couch, bepinselte ihre Zehennägel und redete am Handy. Keine Ahnung, wie viele Male ich ihr schon gesagt hatte, die verdammte Tür abzuschließen, wenn ich nicht daheim war, aber das Weib hörte mir nie zu.

„Tracy, ich muss dich zurückrufen. Mein Mann ist wieder daheim!", quietschte sie, sprang dann von der Couch und schlang ihre Arme und Beine um mich. „Wo bist du gewesen?"

„Hab mich um Sachen im Club gekümmert. Ich habe dir gesagt, dass du die Tür abschließen sollst.“ Ich sah wütend auf sie hinunter. „Schließ. Die. Tür. Ab.“

Ich drückte gegen ihre Schenkel, um sie dazu zu bringen, mich loszulassen. Sie sank auf die Füße und begann sich sofort darüber zu beschweren, dass ich den Nagellack auf ihren Zehennägeln ruiniert hätte. Echt jetzt? Sie befand sich in ihrer eigenen verdammten Welt. Ich stand an der Eingangstür, offensichtlich in der Absicht zu gehen, und das Weib hatte keine Ahnung. Ich stand ein paar Sekunden dort in der Hoffnung, dass sie bemerken würde, dass etwas los war und sie mich danach fragen würde, aber sie malte einfach wieder ihre Nägel an. Schließlich sprang ich einfach ins kalte Wasser.

„Yeah, Kendra, das hier läuft einfach nicht mehr. Du musst dir was anderes suchen, wo du wohnen kannst.“

Ich sah zu, wie sie aufhörte herumzujammern und mich ein paar Sekunden lang anblinzelte, als ob sie nicht verstand, wovon ich redete.

„Was?“, fragte sie mich überrascht mit großen Augen.

Ich wusste nicht, warum sie so überrascht war. Ich war von meinem Auftrag zurückgekommen und hatte sie die letzten paar Tage gemieden, und sie hatte immer noch nicht gemerkt, dass etwas falsch lief. Normalerweise war ich nach einem Auftrag immer aufgeputscht und brauchte ein Ventil. Ich war immer hier, sobald ich wieder zurück war und mich gemeldet hatte. Ich verschaffte mir etwas Erleichterung und war dann wieder mit den Männern unterwegs. Manchmal kam sie mit mir mit und manchmal nicht, aber ich kam immer nach Hause, sobald ich mich bei Slider gemeldet hatte.

„Yeah. Du hast zwei Wochen, um dir was Neues zu suchen. Bis dahin kannst du hier bleiben, aber ich werde nicht hier sein.“

„Wo wirst du denn dann sein?“ Sie begriff endlich und war nicht besonders glücklich darüber. Sie machte das, was Frauen immer taten, wenn sie sauer waren – Hand an der Hüfte und Kopf auf die Seite gelegt.

„Es geht dich nichts an, wo ich sein werde. Das war schon vorher nicht deine Angelegenheit. Warum sollte ich es dir jetzt sagen? Such dir einen neuen Wohnort, Kendra." Ich wollte nur noch hier raus. Ich hatte ein paar Erledigungen zu machen, bevor ich wieder zurück ins Clubhaus ging. Mein Kopf war bereits mit dem Rest des Tages beschäftigt, und ich schenkte dem, was sie sagte, kaum Aufmerksamkeit.

„Was zum Teufel … Dragon! Du lässt mich einfach fallen? Aus dem Blauen raus und ohne eine Erklärung?", fragte sie, und ich nickte. „Weil deine Bitch zurückgekommen ist, die dein Kind ihr ganzes Leben lang vor dir versteckt hat? Wirklich? Du lässt mich für diese rothaarige Schlampe fallen?"

„Frau, du strapazierst meine Geduld. Es geht dich einen verdammten Scheißdreck an, mit wem ich zusammen bin. Das ist die Mutter meines Kindes, und du wirst Respekt zeigen, wenn du von ihr sprichst, oder ich werfe deinen Arsch auf die Straße mit nichts als den Kleidern am Leib, die du grade trägst!"

Sie hielt ziemlich schnell die Klappe, als ich anfing zu brüllen, und als ich fertig war, weinte sie. Ich hatte ein schlechtes Gewissen, aber ich hatte so viel Scheiße, um die ich mich kümmern musste, dass ich einfach keine Zeit dafür hatte.

„Kendra, such dir eine eigene Wohnung. Du kannst hier für die nächsten zwei Wochen bleiben. Wenn du bis dahin nichts anderes findest, ruf mich an, und wir lassen uns etwas einfallen."

Sie eilte auf mich zu – vermutlich hatte sie gemerkt, dass Tränen ihr nicht das verschaffen würden, was sie wollte – und hing an mir, bevor ich wusste, was sie vorhatte. Sie knöpfte meine Jeans auf und zog den Reißverschluss hinunter, bevor ich sie packen und zurückschubsen konnte. Normalerweise hätte ich ihr erlaubt, es zu versuchen, und wäre danach so oder so gegangen – wenn die Bitch so herumbettelt, konnte ich ja noch einen Blowjob mitnehmen –, aber der Gedanke ihres Mundes auf mir war, nachdem Brenna zurückgekommen war, für mich unerträglich. Ich schob sie von mir und knöpfte meine Jeans wieder zu. Obwohl sie sich förmlich auf mich gestürzt hatte, war ich nicht hart. Fuck, ich wollte mich jetzt mit diesem Drama nicht auseinandersetzen.

Bevor sie mich wieder packen konnte, war ich aus der Tür und saß auf meinem Motorrad. Sie stand an der Eingangstür, und als ich hinaufbrüllte: „Schließ die verfickte Tür ab!“ und sie mich anlächelte, wusste ich, dass sie Probleme machen würde.

Ich besuchte noch ein paar Geschäfte in der Stadt, bevor ich zurück zum Club fuhr. Ich stopfte alles in meine Motorradtaschen und überprüfte mein Handy auf verpasste Anrufe. Grease hatte ein paar Mal angerufen, aber er hatte keine Nachricht hinterlassen, also dachte ich mir, dass es nichts Wichtiges gewesen war. Ich bemerkte aber, dass es Zeit war, zurück zum Club zu fahren, also ließ ich meinen Nackenwirbel knacken und entschied mich aufzuhören, Zeit zu schinden. Showtime.

Als ich zum Club kam, war nur ein Bruder am Tor, ein Rekrut namens Curly. Der Kopf des Kerls war glatt und schimmerte wie eine Billardkugel in der Sonne. Er schenkte mir ein kleines Lächeln, als ich durch das Tor fuhr, aber es sah aus, als ob der Junge nervöser war als ich. Er machte sich vermutlich Sorgen, weil er das Tor alleine bewachen musste. Den Rekruten war für Scheiße wie diese nicht erlaubt im Haus zu bleiben, und der einzige andere Rekrut, den wir hatten, war bei Brennas Haus und stellte sicher, dass sie dort blieb.

Ich konnte alle drinnen im Hauptzimmer reden hören, aber sobald ich durch die Tür trat, verstummten alle. Ich sah mich im Zimmer um und entdeckte Grease, aber er erwiderte meinen Blick nicht. Es sah aus, als ob er schwitzte, was verdammt seltsam war, weil es heute nicht heiß war.

„Dragon, bist du bereit?“ Slider trat neben mich.

„Was für eine beschissene Frage ist das?“, fragte ich ihn, aber ich war im Grunde froh, dass er herüber gekommen war. Das gab mir ein wenig mehr Rückgrat, und ich hob mein Kinn etwas an.

Wir gingen aus dem Hauptraum und in eine leere Garage. Alle Brüder bildeten einen Kreis mit Slider, Grease und mir in der Mitte. Ich sah zu Grease und fragte mich, was zum Teufel er tat, als Slider anfing zu reden.

„Dragon hier hat fünf lange Jahre seine Brüder angelogen. Er hat nicht nur Poet nicht respektiert, sondern danach seine Respektlosigkeit versteckt, so dass Poet es erst fünf Jahre später herausfinden musste. Poet, Tommy Gun, Razor und ich hatten heute Morgen ein kleines Meeting und wir haben uns für ihre Bestrafung entschieden. Obwohl es Dragon war, der Brenna gevögelt hat, hat auch Grease seine Rolle in diesem kleinen Fiasko gespielt und ihm geholfen, es zu verstecken. Jeder von euch erhält einen Schlag. Mit bloßen Händen. Ich nehme nicht teil, aber Poet kommt als letzter. Zieht ordentlich durch und erinnert euch daran. Ich werde nicht mehr so nachgiebig sein, wenn ich mich ein weiteres Mal um so eine Scheiße kümmern muss.“

Eine Minute lang verstummte ich, weil die Bestrafung so leicht war, aber dann klickte es und ich begriff, dass Grease immer noch neben mir stand, und die Brüder sich in eine Schlange stellten.

„Boss! Moment!“

Slider drehte sich langsam um.

„Grease sollte nicht hier sein. Er hat mich verdammt noch mal gewarnt, aber ich habe nicht zugehört. Er ist verflucht dumm, aber er sollte nicht hier sein.“

Slider starrte mich eine Sekunde an, und dann sah ich,

wie sich seine Mundwinkel hoben. „Willst du seine Bestrafung übernehmen? Ich habe meinen Jungs zwei Schläge versprochen, nicht nur einen."

Ich zögerte nicht einmal. „Ich mach's …"

Grease sah endlich zu mir auf. „Tu das nicht, Mann. Das ist schon okay."

„Verpiss dich. Aber wenn du mich schlägst, prügle ich dir die Scheiße aus dem Leib." Ich schubste ihn ein wenig. Ich war immer noch verdammt froh, dass diese Scheiße nicht das war, was ich erwartet hatte. Ich hatte noch etwas zu sagen, und ich entdeckte Poet in der Menge. „Keine Schläge ins Gesicht, okay? Ich will Trix keine Angst einjagen, wenn ich heute Nacht heimkomme." Ich erwiderte seinen Blick, bis er nickte, und dann machte ich mich gefasst und stellte mich den Männern.

Als nur noch wenige Männer übrig waren, dachte ich ernsthaft daran, dass ich die Bestrafung unterschätzt hatte. Mir war auch klar geworden, weshalb Slider gelächelt hatte, als ich Greases Schläge übernommen hatte. Dieser hinterhältige Bastard hatte mich reingelegt. Meine Rippen standen in Flammen, und ich hatte mir schon zweimal die gottverdammten Eingeweide aus dem Leib gekotzt. Beim zweiten Mal war nichts mehr drin gewesen, und das trockene Würgen ließ mich fast das Bewusstsein verlieren. Es war schwer, nicht zurückzuschlagen, wenn diese Mistsäcke wieder und wieder zuschlugen, besonders wenn man sein Leben damit verbracht hatte, sich an die Spitze zu kämpfen. Nach den ersten zehn Brüdern hatte ich alles andere ausgeblendet, abgesehen davon zu atmen und auf den Beinen zu bleiben, und zu diesem Zeitpunkt war ich noch nicht mal halb durch die Schlange durch. Bei den letzten zehn kämpfte ich darum, bei Bewusstsein zu bleiben.

Endlich erhaschte ich einen Blick auf Poet, der auf mich zu kam und sich Schlagringe über die Finger schob.

Ich glaube, ich murmelte: „Oh, Fuck“, bevor er mich bewusstlos schlug.

Ich war eine Weile ausgeknockt, und als ich aufwachte, hatten mich die Männer in mein Zimmer im Club gebracht. Doc kam rein, um nach mir zu sehen, aber ich war immer noch ziemlich fertig, also lag ich einfach ein paar Stunden im Bett, froh, dass ich immer noch atmete. Schließlich stand ich auf, nahm die qualvollste Dusche meines Lebens und ging raus, um mit meinen Brüdern einen zu trinken. Das war das Beste an diesem Club und etwas, das ich mir immer gewünscht hatte, als ich aufgewachsen war. Du konntest Scheiße bauen, aber die Brüder würden nie so tun, als ob du nicht willkommen wärst. Sie würden dich bestrafen, aber dann war es vorbei und vergessen. Du warst wieder Teil der Gruppe. Nachdem ich von einem Zuhause ins nächste geschoben worden war, wann immer es zu anstrengend wurde, mich in den Griff zu bekommen, waren die Aces wie eine Zuflucht gewesen.

Später in der Nacht ging ich hinüber zu Brennas Haus. Ich nahm nicht das Motorrad, weil ich mir dachte, dass ich meinen Rippen für die Nacht eine Ruhepause gönnen sollte. Das Haus war hell erleuchtet, und ich konnte Musik hören. Die Eingangstür stand offen, und bevor ich die Fliegentür öffnete, erhaschte ich einen Blick auf Brenna und Trix, die in der Küche tanzten. Mein Atem stockte, und es war, als ob jemand seine Hand um meinen Hals gelegt hätte.

Der Tisch war gegen die Wand geschoben worden, und zwei der Stühle standen mitten im Wohnzimmer. Die Musik war laut, und sie bemerkten mich nicht, als ich dort stand und sie beobachtete. Brenna trug ein kleines weißes Tanktop und einen langen Rock. Ihr Top war kurz genug und ihr Rock saß tief genug, dass ich ihr Tattoo sehen konnte, das sich unterhalb ihres Bauchnabels über ihre Taille erstreckte. Ich liebte es, meinen Namen dort zu sehen, obwohl sie gern so tat, als ob das Tattoo nicht wegen mir entstanden war. Wie ihre Brüste hüpften zeigte mir, dass sie keinen BH trug. Ihre Titten waren fantastisch, aber ihr Gesichtsausdruck war es, was mich stoppte und sie anstarren ließ. Ihre Lippen bogen sich zu dem schönsten, verdammten Lächeln. Es erhellte das ganze verfluchte Zimmer.

Ich hatte dieses Lächeln fünf Jahre lang nicht gesehen.

Sie bewegte die Hüften, aber Trix war wie ein Tornado. Sie hüpfte auf und ab und hielt im Rhythmus der Musik inne. Sie trug einen kleinen Zeichentrickfilmschlafanzug, und ihr nasses Haar fiel ihr ums Gesicht. Offensichtlich hatte sie gerade ein Bad genommen. Ich sah sie an und konnte es immer noch nicht fassen, wie ähnlich sie mir sah, aber jetzt sah ich, dass sie Brennas Lächeln hatte. Mein Babygirl hatte noch nie so sorgenfrei ausgesehen wie jetzt, seit sie hergekommen war.

Sobald das Lied schneller wurde, wirbelten sie beide in der Küche herum. Brennas rotes Haar und Trix' schwarzes Haar flog in alle Richtungen, als sie tanzten. Ich sah ihre Füße, und beide stampften im Rhythmus der Musik auf das gerissene Linoleum. Es erinnerte mich an die Kriegsräte, auf die ich als Kind geschleppt worden war. Ich erinnerte mich daran, wie eine Tante einer meiner Cousinen gesagt hatte, dass sie sicherstellen solle, dass ihre Füße die Erde mit jedem Schlag der Trommel trafen. Trix' Rhythmus war verdammt gut für eine Vierjährige. Sie hatte es echt drauf. Es war, als ob sie beide genau wussten, was die jeweils andere tat, als sie sich in der winzigen Küche umeinander drehten. Ihre Blicke waren ineinander verschränkt.

Meine Brust schmerzte, als mir klar wurde, dass sie sich gegenseitig ansangen. Sie tanzten in der verdammten Küche herum und sangen sich gegenseitig an. Trix sah Brenna an, als ob sie das Beste wäre, was sie jemals gesehen hatte, und ich fragte mich, ob das der Blick war, den andere auf meinem Gesicht sahen, wenn ich die zwei ansah. In dem Lied ging es darum zueinander zu gehören und sich gegenseitig „Sweetheart" zu nennen, wobei das letzte Wort lang gezogen war, als sie sich anlächelten.

Ich hatte Brenna nun bei ihrer *Mom*-Sache in den letzten paar Tagen beobachtet. Ich liebte es, sie bei all den einfachen Dingen zu beobachten, wie wenn sie Trix beim Zähneputzen half. Ich liebte es, wie sie die Hand auf Trix' Kopf legte, wenn sie beieinander standen, als ob sie nicht einmal wusste, dass sie es tat. Und ich liebte es, dass sie sich die Zeit nahm, jeder einzelnen von Trix' unglaublich langatmigen Erzählungen zu lauschen, die sich um nichts im Besonderen drehten. Aber das hier? Dieses unglaublich sorgenfreie Tanzen in der Küche? Das übertraf die ganze restliche Scheiße.

Ich hatte vor fünf Jahren Scheiße gebaut. Einen ehrlichen Fehler gemacht, aber so war das nunmal. Damals war ich verdammt gewieft gewesen und hatte kein Wort darüber verloren. Wenn ich einfach Grease zugehört hätte und nicht diese Straße genommen hätte, wäre das Leben für mich jetzt verfickt einfach. Ein paar Mal an diesem Nachmittag hatte ich mich gefragt, ob ich es wieder tun würde, ob es das wirklich verflucht wert gewesen war. Sie beim Herumalbern in der Küche zu beobachten gab mir die Antwort.

Sie waren das Schönste, das ich in meinem ganzen gottverdammten Leben gesehen hatte, und sie waren jeden verdammten blauen Fleck wert, den ich hatte.

Kapitel 13

Brenna

Ich tanzte mit Trix in der Küche, als ich eine Bewegung aus dem Augenwinkel sah. Ich sah hinüber zur Eingangstür und gerade, als ich anfangen wollte zu schreien, hörte ich Dragons Stimme von der anderen Seite der Fliegentür.

„Ich bin's nur, Brenna", sagte er ruhig, als er die Tür öffnete.

Trix hielt mitten im Tanzen inne, starrte in mein Gesicht und wartete darauf, dass ich mein Okay gab. Mein Herz brach, dass sie an meiner kleinsten Regung versuchte abzulesen, ob etwas Schlimmes passierte, da sie ständig damit rechnete. Als sie Dragons Stimme hörte, fuhr sie herum und rannte direkt auf ihn zu.

„Papa!", rief sie aufgeregt, aber sobald sie ungefähr einen halben Meter von ihm entfernt war, hielt sie inne, als ob sie gegen eine Wand gelaufen wäre, und hob den Kopf. „Warum bist du verletzt? Keine Sorge. Ich bin vorsichtig." Und dann schlang sie ihm vorsichtig die Arme um die Oberschenkel.

Ich hatte nichts an Dragon bemerkt, bis Trix etwas gesagt hatte. Dann bemerkte ich, wie er den Körper hielt. Er stand nicht gerade. Seine Schultern und sein Rücken waren leicht gebeugt, als ob er die Vorderseite seines Körpers schützen wollte.

Ich kannte diese Haltung.

Ich sah hinauf in sein Gesicht und kam näher, als ich die blauen Flecken auf seinem Kinn und einen Riss in seiner Unterlippe bemerkte. Ich konnte den Blick in seinem Gesicht nicht entziffern.

„Trix, es ist Zeit fürs Bett", sagte ich der Kleinen, die immer noch vorsichtig Dragons Beine festhielt und sie jetzt tröstend streichelte. „Hol dir ein Buch und klettere schon mal ins Bett. Ich komme in ein paar Minuten, um dich zuzudecken. Du kannst dir die Zähne morgen putzen.“ Ich wartete darauf, dass sie meinen Anweisungen folgte, aber bevor sie das tat, legte sie den Kopf in den Nacken, um zu Dragon aufzusehen.

„Es tut mir leid, dass du verletzt bist, Papa“, flüsterte sie, und ich konnte sehen, dass mein zartfühlendes Mädchen gleich anfangen würde zu weinen.

„Papa geht es gut, meine kleine Kriegerin. Reg dich nicht auf.“ Dragon fuhr mit den Fingern durch ihre Haare. „Mach dich mal fürs Bett fertig, wie deine Mom es dir gesagt hat.“ Er begann sich vorzubeugen, als ob er ihr einen Kuss geben wollte, aber er zuckte zusammen und richtete sich wieder auf.

Ich wusste, dass, wenn er sich nicht einmal bücken konnte, etwas wirklich falsch lief, und ich fühlte, wie meine Handflächen anfingen zu schwitzen.

Sobald Trix den Flur hinab lief, streckte Dragon die Hand aus und stützte die Hand an die Wand. Sein gesamter Körper sank in sich zusammen, als ob er erschöpft wäre. Ich begann langsam durchzudrehen, als ich bemerkt hatte, dass er verletzt war, aber sobald er sich an der Wand abstützte, war ich vollkommen ruhig geworden. Ich erinnerte mich, dass ich etwas Ähnliches empfunden hatte, als Trix ein Baby gewesen war und fast an einem Stück Obst erstickt war. Ich hatte gewusst, dass ich es herausbekommen musste, und hatte sofort den Baby-Heimlich-Griff angewendet, obwohl ich ihn noch nie benutzt hatte. Das gleiche geschah mit mir, als ich zu Dragon ging und ihm die Hand entgegenstreckte. Sobald er sie nahm, führte ich ihn ins Schlafzimmer.

„Kannst du dein T-Shirt ausziehen?“, fragte ich ihn, überrascht wie stark meine Stimme klang.

„Schon gut, Brenna. Doc hat es sich vorhin angesehen. Ich brauche nur ein wenig Schlaf.“

Er drehte sich zum Bett, aber ich hielt ihn mit einer

Hand an seinem Arm auf.

„Ich habe nicht gefragt, ob Doc es sich angesehen hat. Ich habe gefragt, ob du dein T-Shirt ausziehen kannst."

Er hatte einen seltsamen Blick, aber er versuchte, hinter sich zu greifen, um sein T-Shirt zu nehmen. Er kam nicht weit, bevor er schmerzerfüllt die Hand wieder sinken ließ. Er sagte nichts, er hob nur das Kinn und sah über meine Schulter zur Tür. Ich fühlte, wie sich meine Augen mit Tränen füllten, als ich begriff, dass er es sich nicht ausziehen konnte. Auf einmal war der Blick auf seine Wunden bei weitem nicht so wichtig wie sein verdammtes T-Shirt auszuziehen. Während ich es ansah, überkam mich ein seltsames Gefühl von Klaustrophobie. Es musste *weg*.

„Okay, fein. Bleib einfach da. Ich komme gleich wieder", sagte ich ihm, als ich herumfuhr.

Ich sah rasch nach Trix, die sich ein Buch ansah, als ich den Flur entlangeilte, um mir eine Schere vom Kühlschrank zu nehmen. Als ich zurück zum Schlafzimmer kam, setzte sich Dragon vorsichtig auf das Bett.

„Ich habe eine Schere geholt. Ich will es dir nicht über den Kopf ziehen, also werde ich es einfach zerschneiden, okay?", fragte ich rasch.

„Schließ die Tür, damit Trix nicht reinkommt", befahl er.

Ich schloss die Tür und bemerkte, dass ich kein Schloss hatte, also klemmte ich einen Schuh von meiner Kommode dazwischen, um sie halbwegs zu schließen. Sobald ich fertig war, griff ich nach dem Saum seines T-Shirts und schnitt von unten nach oben. Was ich auf seinem Körper sah, war schlimmer, als ich mir vorgestellt hatte.

Seine Brust, Bauch und Rippen waren ein einziger riesiger blauer Fleck, so dunkel, dass ich kaum die Tattoos auf seinem Körper erkennen konnte. Ich fühlte, wie mir die Tränen über die Wangen rannen, als ich hinter ihn glitt und versuchte, nicht das Bett ins Wanken zu bringen, während ich ihm den Rest seines T-Shirts die Arme hinab zog. Sein Rücken war fast vollständig unversehrt. Ich beugte mich vor, um mir wieder seine Brust anzusehen. Ja, es war genauso schlimm, wie ich gedacht hatte. Ich verstand nicht, weshalb in aller Welt nur die vordere Hälfte seines Körpers verletzt war.

Ich begann, ihm Fragen zu stellen. „Was …“ Und auf einmal wurde es mir klar. „Sag mir, dass das nicht wegen mir geschehen ist“, flüsterte ich. Meine Tränen rannen mir nicht länger über die Wangen, sie strömten nun. Ich konnte kaum aus den Augen sehen. „Sag mir, dass mein Vater dir das hier nicht angetan hat.“

Er antwortete nicht, und das war Antwort genug.

„Oh, mein Gott. Es tut mir so leid. Es tut mir so leid. So leid …“ Ich zitterte vor Unglauben und Horror.

„Hey.“ Er strich mir das Haar aus dem Gesicht und legte die Hand an meine Wange. „Das ist nicht deine Schuld, Brenna. Hörst du? Ich bin ein Ace. Ich wusste, was ich tue. Das ist nicht deine Schuld.“

Ich konnte ihn kaum verstehen, als ich dort saß, erbärmlich zitterte und in seine Augen starrte. Es war, als ob das Einzige, dessen ich mir wirklich bewusst war, mein gigantisches Chaos war, das ich verursacht hatte, und seine wunderschönen dunkelbraunen Augen. Bevor ich wusste, was los war, zog er mich auf seinen Schoß.

„Dragon, nicht! Deine Rippen!“ Ich wollte nicht, dass er mich festhielt, weil ich ihn nicht verletzen wollte, aber ich konnte mich ihm nicht entwinden, weil das alles noch schlimmer machen würde. Ich war hier auf seinem Schoß gefangen und versuchte alles, um nicht gegen seine Brust zu stoßen.

„Es geht mir gut, Brenna. Es ist vorbei, Baby.“ Er hielt eine Hand um meine Taille geschlungen, die andere lag an meinem Gesicht, während seine Finger durch das Haar hinter meinem Ohr strichen. „Es ist vorbei, Baby. Es gibt keinen Grund zu weinen. Jetzt können wir diese Scheiße endlich hinter uns lassen. Keine weiteren Konsequenzen.

Okay?“

Meine Tränen trockneten auf meinem Gesicht, als ich schniefte, und er rieb sanft mit dem Daumen über meine Wange. Es war als ob ich von dem Blick auf seinem Gesicht gefesselt wäre, von der Art, wie sich sein Körper um mich schlang.

„Baby. Es ist vorbei für uns. Nicht nur für mich. Es ist auch für dich vorbei. Du musst dir keine Sorgen darüber machen, dass irgendwelche Leute irgendeinen Scheiß zu dir sagen, Slider angepisst ist, nichts davon. Das liegt hinter uns.“

Er beugte sich vor, so dass der Abstand zwischen unseren Gesichtern verschwand, und ich schloss die Augen, als er langsam mein Gesicht zu küssen begann.

Ich flüsterte: „Okay“, als er mich sanft auf die Wange, meine Nasenspitze und meine Stirn küsste.

Er rieb mit den Lippen über die Tränen auf meinen Augenlidern, und dann fühlte ich, wie er sich die Lippen leckte. Das war der Trigger. Ich wusste nicht, warum diese einfache Bewegung mir den Atem stocken ließ und mich dazu brachte, ihm die Lippen entgegen zu heben, aber das tat sie. Auf einmal flehte ich ihn an, mich zu küssen. Glücklicherweise ließ er mich nicht warten.

Dieser Kuss war nicht sanft. Die Zärtlichkeit, die ich nur Sekunden vorher gefühlt hatte, war komplett verschwunden, und er schob mir drängend die Zunge zwischen meine geschwollenen Lippen. Er fuhr mit ihr zwischen meine Oberlippe und die Zähne und streichelte dann damit über meinen Gaumen. Ich zitterte. Ich wollte mich an ihn drängen. Mein Herz schlug so schnell, dass ich es in den Ohren hören konnte, und ich wollte in dieser Minute nichts mehr, als ihn auf das Bett zu drücken und sicherzustellen, dass er okay war, indem ich seinen Körper mit den Lippen nachfuhr. Ich wollte ihn inhalieren, ihn so tief in meinen Körper ziehen, dass er nie wieder verletzt werden konnte. Ich wusste, dass meine Gedanken verrückt waren. Nichts war zwischen uns geklärt worden, und ich wusste nicht, was zum Teufel ich tat, aber ich wollte ihn, genau jetzt. Aber er war verletzt, und er saß auf meinem Bett, hielt unnatürlich still, also saß ich gefügig auf seinem Schoß und nahm mir, was immer er mir anbot.

Er küsste mich scheinbar ewig, aber das war immer noch nicht lang genug. Seine Hände waren in mein Haar gekrallt, und jedes Mal, wenn er daran zog, fühlte ich ein kleines Wimmern, das mir die Kehle emporkroch. Auf einmal stellte er mich vor sich hin, und in der Minute, in der ich mein Gleichgewicht fand, schob er mein Tanktop über meinen Kopf. Ich hob rasch die Arme, um mich zu bedecken, aber er packte meine Handgelenke, und ich war mir seiner blauen Flecken zu bewusst, um mich gegen ihn zu wehren.

„Verdammt, Brenna. Du bist noch viel schöner, als in meiner Erinnerung." Seine Stimme war leise, und er starrte direkt auf meine Brüste.

Ich schämte mich. Ja, er hatte mich bereits nackt gesehen, aber das war, bevor ich die langen Dehnungsstreifen am Bauch bekommen hatte. Ich hoffte, dass er von meinen größeren Brüsten so gefesselt wäre, dass er nicht einmal weiter südlich sehen würde. Mein Bauch war früher so glatt und trainiert gewesen. Ich hatte ein Bauchnabelpiercing gehabt, das ich stolz gezeigt hatte, wann immer ich konnte. Jetzt konnte ich kaum meinen eigenen Bauch ansehen, und auf keinen Fall würde ich jemand anderem freiwillig diesen Blick ermöglichen. Meine Gebete, dass er alles außer meine Brüste ignorieren würde, blieb unbeantwortet. Er ließ eines meiner Handgelenke los, und ich stand da, erstarrt, als er hinauf griff und über die dickste Narbe auf meinem Bauch strich.

„Stammt die von deinem Nabelring?", fragte er mich und fuhr immer noch mit dem Finger über die Narbe.

Es fühlte sich seltsam an. Die Haut dort war so dünn,

dass sie besonders sensibel war.

„Ja“, sagte ich mit heiserer Stimme. „Ich habe es herausgenommen, als ich herausgefunden habe, dass ich schwanger gewesen war, aber es ist nicht gleich abgeheilt. Dann hat es dazu geführt, dass der Dehnungsstreifen noch hundert Mal schlimmer wurde.“

Er nickte und starrte weiter auf meinen Bauch. Als ich von ihm weggehen wollte, hob er die andere Hand und benutzte beide, um die silbrigen Linien auf meinem Leib nachzufahren. Er fuhr mit den Fingern darüber, und es erinnerte mich daran, wie ein Blinder die Brailleschrift las. Sein Blick war konzentriert und wirkte irgendwie ehrfuchtsvoll. Endlich konnte ich einen Schritt wegmachen, aber ich hielt inne, als er aufsah, um mir in die Augen zu sehen.

„Ich kann es nicht fassen, dass du mein Baby bekommen hast. Sie war da drin, und ich habe es nie gesehen.“ Er schüttelte den Kopf. „Das ist alles, was ich jemals sehen werde, Brenna. Das ist alles, was ich bekommen kann. Lass mich schauen.“

Mein Atem stockte, als er sprach, und ich machte einen kleinen Schritt zu ihm, nachdem er erklärt hatte, was er tat. Er prägte sich die Veränderungen ein, wie jeder andere Vater es auch tun würde. Er hatte nicht die Chance bekommen, mich dicker werden zu sehen, also folgte er jetzt den Narben wie einer Landkarte dessen, was er verpasst hatte.

Ich wünschte, ich könnte ihm alles davon erzählen. Ich wünschte, ich könnte erklären, dass ich unglaublich riesig gewesen war, dass so viele Dehnungsstreifen nicht normal waren, dass ich kaum Schlaf bekommen hatte, weil da immer ein waches Baby in meinem Bauch gewesen war, das sich herumrollte und gegen meine Rippen trat. Ich wünschte, ich könnte ihm sagen, wie viel Angst ich gehabt hatte, als die Wehen losgegangen waren, wie einsam ich mich gefühlt hatte, wie sehr ich ihn vermisst hatte. Aber ich sagte nichts davon, weil es, wenn ich es getan hätte, eine Diskussion losgetreten hätte, für die ich nicht bereit war, und ich glaubte auch, dass er dafür nicht bereit war.

Klopfen an der Tür riss mich wieder zurück in die Gegenwart, und ich nahm mir rasch ein Nachthemd und zog es mir über den Kopf. „Sekunde, Trix! Was brauchst du denn, Baby?“, rief ich durch die Tür.

„Ich will, dass mich Papa heute ins Bett bringt! Okay?“, rief sie zurück.

Einen Moment stand ich unter Schock, aber ziemlich rasch wechselte das zu Eifersucht. Sie hatte noch nie nach jemand anderem als mich gefragt. Ich wusste, dass er ihr Vater war, aber ich hatte das hier immer alleine gemacht. Sie hatte Tony nie darum gebeten, dass er irgendetwas mit ihr unternahm. Das Motto war immer Trix und ich gegen den Rest der Welt gewesen.

Bevor ich antworten konnte, erledigte Dragon das für mich. „Ich komme gleich, meine kleine Kriegerin. Geh schon mal ins Bett!“ Er drückte sich langsam auf die Beine. „Brenna, gib mir ein T-Shirt aus meiner Tasche.“ Er nickte in Richtung Bettende, wo ich eine Tasche entdeckte.

„Du könntest auch einfach freundlich fragen, weißt du?“, grummelte ich, als ich den Reißverschluss öffnete und durch seine Kleidung wühlte.

„Willst du, dass Trix mich so sieht?“ Er gestikulierte in Richtung seines Oberkörpers.

„Nein, aber …“ Ich grummelte schon wieder.

„Willst du jetzt wirklich einen Streit mit mir anfangen? Ich sollte dir sagen, dass ich nicht in Stimmung bin.“ Er schwankte ein wenig auf den Füßen.

Ich warf ihm ein Hemd zu, das vorne mit Druckknöpfen geschlossen wurde. „Egal. Geh und bring Trix ins Bett.“

Ich beobachtete, wie er vorsichtig versuchte, das Hemd

die Arme hochzuschieben, aber es war ein Kampf, weil die Muskeln seine Schultern so breit machten. Ich sah kurz zu, bevor ich zu ihm ging, um ihm beim Hochziehen zu helfen. Es war schwer, ihm dabei zuzusehen, wie er mit etwas kämpfte, da er normalerweise so stark und selbstsicher war. Ich konnte den Gedanken nicht ertragen, dass ihn etwas in die Knie zwang. Ich schloss das Hemd von unten nach oben, und als ich ihm ins Gesicht sah, grinste er mich an.

„Du kannst einfach nicht anders, oder? Vor fünfzehn Sekunden hast du mich noch angepöbelt und jetzt ziehst du mich an, als ob ich Trix wäre." Er schüttelte den Kopf. „So verdammt süß, Baby."

Mein Gesicht musste in Flammen stehen. Fuck, das war peinlich. Ich zog ihn wirklich wie einen Fünfjährigen an, und das war mir nicht einmal klar gewesen.

„Warum ziehst du dich nicht aus und gehst ins Bett?", flüsterte er, als er die Hände an meine Wangen legte. „Ich bringe Trix ins Bett und komme dann wieder und werde mir alles wieder ertasten, was ich schon so lange nicht gesehen habe." Er küsste sanft meine Lippen, dann endete er: „Erinnerst du dich daran, wie gut es war, Baby? Wie empfindsam du an den Schenkeln bist? Diesen einen Punkt direkt unterhalb deines Pos? Fuck, ich kann es nicht erwarten, dich zu schmecken." Er gab mir einen letzten Kuss, und seine Zunge umrahmte meine Lippen, bevor er die Tür öffnete und zu Trix ging.

Eine Sekunde lang stand ich nur da. Mein Körper brannte, meine Gedanken waren durcheinander, dann riss ich mich zusammen. Zweimal in einer Nacht hatte er mich dazu gebracht, ihn wie einen Baum besteigen zu wollen. Mein Höschen war unangenehm feucht, und ich wollte mich umziehen, aber ich wusste nicht, was ich zum Schlafengehen anziehen sollte. Vermutlich wäre es eine gute Idee, mich in Flanellpyjamas zu werfen, da der arme Kerl vorhin zu Brei geschlagen worden war, aber es war zu verdammt heiß in dem Haus für irgendetwas anderes als das, was ich gerade trug.

Er war verrückt, wenn er dachte, dass ich mich einfach ausziehen und ihn flachlegen würde. Shit. Heute war ich total durcheinander. Ich wollte ihn nicht wollen. Ich war nicht mal sicher, ob Trix und ich für längere Zeit hier bleiben würden, und es gab Dinge, die Dragon nicht wusste, Dinge, die ich ihm sagen musste, bevor wir tiefer in Was-auch-immer-das-hier-war einsteigen würden.

Ich wollte ihn aber. Mein Körper lechzte nach ihm. Ich wollte mich in ihm verlieren und mir nie wieder Sorgen um etwas machen müssen. Ich war es so leid, die Starke sein zu müssen; es wäre schön, mich mal für eine Weile an jemanden anlehnen zu können. Das Problem daran, sich an Dragon anzulehnen, war, dass es zur Gewohnheit werden konnte. Ich kannte ihn im Grunde nicht mehr wirklich – falls ich das jemals getan hatte. Eine Nacht war noch keine Beziehung. Ich musste es in meinem Kopf sortieren, bevor ich mit ihm Sex hatte. *Atemberaubenden, orgasmischen, nassen, schweißnassen Sex … Shit!* Ich glaubte nicht, dass ich in der Lage wäre, ihm zu widerstehen, und obwohl das ein sehr, sehr übler Einfall war, war ich nicht sicher, ob ich das auch wirklich wollte.

Ich konnte Trix und Dragon reden hören und entschloss, ein wenig zu lauschen. Ich war neugierig, worüber sie redeten, obwohl ich es vermutlich nicht sein sollte. Trix konnte stundenlang mit einem Baum reden und immer noch Gesprächsthemen finden. Ich schlich in den Flur und stand außer Sichtweite neben Trix' Tür.

„Heute ist Tante Vera vorbeigekommen und hat einen Haufen von Mamas Sachen gebracht. Sie hat gesagt, dass Mamas Arsch zu groß ist, um in ihre Jeans zu passen."

„Sag nicht Arsch, Trix. Deine Mama würde austicken, wenn sie dich hören könnte."

„Okay, ich werde nicht Arsch sagen. Wusstest du, dass wir Blumen draußen haben? Sie sind im Hof draußen. Ich habe für Mama ein paar vor unserer Tanzparty gepflückt."

„War das das, was ihr heute Nacht gemacht habt? Ihr hattet eine Tanzparty?"

„Yep. Ich und Mama haben *ständig* Tanzpartys. Mama ist eine tolle Tänzerin."

„Ich habe dich singen gesehen. Magst du diese Musik?"

„Yeah! Das sind The Lumineers. Die haben eine Menge guter Musik. Ich mag auch Michael Jackson, aber Mama sagt, dass er tot ist. Aber er hat gute Musik zum Tanzen gemacht."

„Oh ja? Ich werde ihn mir mal anhören." Ich hörte das Lächeln in Dragons Stimme. „Gut, kleine Kriegerin, es ist Zeit für dich, schlafen zu gehen. Soll Mama kommen und dir einen Gute-Nacht-Kuss geben?"

„Yeah." Ich hörte Trix gähnen. „Kannst du mir erst ein Lied singen? Mama singt mir immer ein Lied, bevor ich schlafen gehe."

„Ich kenne keine Kinderlieder …"

„Das ist okay! Du kannst alles singen. Mama singt alle möglichen Lieder."

„Du willst wirklich, dass ich singe? Ich bin kein guter Sänger, kleine Kriegerin."

Trix sagte nichts, und ich konnte mir vorstellen, wie sie sich in ihr Bett kuschelte und nickte. Ein paar Sekunden war Stille, bevor ich hörte, wie Dragon zu singen begann. Ich legte die Hand auf den Mund, um mein Kichern zu unterdrücken und lauschte. Es dauerte ein wenig, bis ich erkannte, was er sang. Seine Stimme war rau, und ich wusste, dass er sich ein wenig schämte, obwohl seine einzige Zuhörerin eine Vierjährige war. Es erwischte mich wie ein Schnellzug, und ich hielt die Hände nun aus einem ganz anderen Grund vor meinen Mund, als mir seine Liedwahl klar wurde.

Er machte mit der zweiten Strophe weiter, und ich hörte Trix flüstern: „‚Walk the Line' … Johnny Cash. Gute

Wahl, Papa."

In diesem Moment verschwanden all meine Ängste und meine Anspannung, als mein Herz sich unter dem Ansturm von Gefühlen weitete. Ich wusste, was ich wissen musste. Wir gehörten zu ihm. Es war so erschreckend und so einfach.

Ich hörte, wie er zur Tür kam, und eilte zu meinem Zimmer, wo ich versuchte so zu tun, als ob ich nicht gerade ihn und Trix belauscht hatte. Ich fuhr herum, als ich ihn direkt hinter mir hörte. Seine Augenbrauen waren bis zu seinem Haaransatz gehoben, und er grinste mich frech an. Er wusste, dass ich gelauscht hatte.

„Trix will, dass ihre Mama ihr einen Kuss gibt", sagte er mir und sah mir in die Augen. „Siehst du, ich nehme nicht deinen Platz ein, Baby. Ich bin einfach neu und aufregend."

„Wovon sprichst du?" Ich schüttelte den Kopf, als ob er verrückt wäre, und ging nonchalant zur Tür.

Bevor ich an ihm vorbeigehen konnte, drängte er sich an mich und beugte sich dicht zu mir. Er legte eine Hand an mein Gesicht. Gott, ich liebte es, wenn er das tat.

„Baby, ich habe vorhin deinen Blick gesehen. Niemand nimmt deinen Platz ein. Ich will diesen Platz nicht. Ich will *meinen* Platz. Bei dir und bei ihr. Okay?"

Ich nickte einfach.

Er sprach so sanft, und seine Hand war so zärtlich an meinem Gesicht, dass ich wie erstarrt war, als ob er mich in eine Trance versetzt hätte.

„Geh und bring dein Mädchen zu Bett, ja?" Sein Blick verdunkelte sich, und ein Grinsen formte sich auf seinen Lippen. „Ich habe Pläne für uns beide heute Nacht."

Seine Worte rissen mich aus dem Nebel, in den er mich gehüllt hatte, und ich schnaubte. „Entspann dich mal, du Weiberheld. Heute wird das nichts. Hast du vergessen, dass dir heute die Scheiße aus dem Leib geprügelt wurde?"

„Keiner der Jungs hat mir in die Eier getreten, Baby. Ich hätte sie umgebracht, wenn sie das getan hätten. Wenn du dir solche Sorgen machst, kannst du ja die ganze Arbeit übernehmen“, sagte er mit einem Grinsen.

„Träum weiter. Ich gehe mal Trix küssen.“ Ich ging aus der Tür und sah zu ihm zurück. „Ich helfe dir mit deinen Klamotten, wenn ich zurückkomme.“

„Fuck, yeah, das wirst du“, murmelte er und sah auf das Handy hinab, das er aus der Tasche gezogen hatte.

Ich schüttelte den Kopf über ihn – zum gefühlt fünfundachtzigsten Mal in dieser Nacht. Entweder das oder Lachen. Ich war nicht sicher, wie wir an diesem Punkt gelandet waren – diesem häuslichen Glück, bei dem wir die Kinder zu Bett brachten und zusammen schliefen. Ich wusste, dass ich dagegen kämpfen sollte. Die Dinge entwickelten sich zu schnell. Ich hatte Geheimnisse, und all das würde mir auf die eine oder andere Weise um die Ohren fliegen. Aber ich war einfach froh, dass er hier war. Er gab mir das Gefühl, sicher und gewollt zu sein. Es war ein Gefühl, das einem zu Kopf steigen konnte.

Kapitel 14

Dragon

Als Brenna ging, um Trix einen Gute-Nacht-Kuss zu geben, warf ich ein paar der Pillen ein, die Doc mir mitgegeben hatte. Ich hatte vergessen, dass ich sie hatte, bis Grease mir gesimst hatte, um mich daran zu erinnern, dass Doc gesagt hatte, ich solle zwei nehmen. Ich hatte eine ziemlich hohe Toleranzquote, was Medizin anging. Vermutlich hatte ich die über die Jahre hinweg aufgebaut. Die meiste Scheiße, mit der ich zu tun gehabt hatte, brauchte aber nicht mehr als Bourbon, um den Schmerz aufzufangen. Heute war die Ausnahme.

Wenn ich einfach schlafen gehen würde, hätte ich mich einfach mit dem Schmerz auseinander gesetzt. So fühlte es sich ein wenig wie eine Auszeichnung oder so etwas an. Es war schön, mir diese Last einmal von den Schultern zu nehmen, als ob ich Brenna endlich haben könnte, weil ich meinen Preis gezahlt hatte. Der Schmerz war temporär, aber das bedeutete, dass sich mir nichts und niemand bei Brenna in den Weg stellen würde. Sie gehörte mir. Sie hatte seit fünf verdammten Jahren mir gehört, und jetzt, wenn ich eine Lusche sein wollte, könnte ich auf das Clubhaus klettern und es vom Dach brüllen. Wie gesagt, wenn ich schlafen gehen würde, würde ich den Schmerz willkommen heißen. Aber ich würde nicht schlafen gehen. Ich würde auf Brenna warten, dass sie ihren Hintern wieder hier reinschaffte, und dann würde ich jeden Zentimeter schmecken, den ich fünf Jahre lang vermisst hatte. Dafür brauchte ich ein verdammtes Schmerzmittel.

Als sie endlich wieder reinkam, schien sie abgelenkt zu sein. Sie sah auf den Boden, und ihre Augenbrauen trafen sich fast über ihrer Nase. Ich saß da, beobachtete sie eine Minute lang, und als sie nicht aufsah, holte ich mir eben ihre Aufmerksamkeit.

„Schläft Trix?"

Ich würde hier nichts anfangen, wenn Trix noch wach wäre. Ich liebte mein Babygirl, aber sie hatte mehr als einmal unter Beweis gestellt, dass sie keinen Sinn für Timing hatte. Sie könnte an die Tür klopfen, gerade wenn es heiß wurde, wenn sie immer noch wach wäre.

„Ja", sagte sie leise, als sie mich von der Tür aus beobachtete.

„Schließ die Tür, Baby", sagte ich ihr, aber sie bewegte sich nicht.

Sie stand einfach da und sah mich an, als ob sie sich nicht entscheiden könnte. Schließlich nickte sie, als ob sie sich entschieden hätte, und sie drehte sich um und schloss die Tür. Bevor sie davon weggehen konnte, sagte ich ihr, sie solle abschließen. Ihre Augen weiteten sich und verdunkelten sich, bevor sie sich räusperte, um zu sprechen.

„Ich kann nicht. Sie abschließen, meine ich. Es gibt kein Schloss."

Sie stotterte ein wenig, wenn sie nervös war, und aus irgendeinem Grund fand ich das höllisch sexy.

„Das richten wir gleich morgen", sagte ich ihr, und meine Stimme klang ungefähr zehnmal tiefer als normal. „Klemm diesen Schuh drunter. So wie vorher. Wir hören sie, wenn sie versucht reinzukommen."

Sie nickte wieder, als sie den Schuh unter die Tür klemmte, so weit es ging. Sie versuchte Zeit zu schinden, ruckelte an dem Schuh und hockte sich vor die Tür. Sie sah lächerlich aus in ihrem großen U of O-T-Shirt und dem verdammt langen Rock, den sie getragen hatte, als ich heute Abend heimgekommen war. Vermutlich hatte sie nicht mal mitgekriegt, was sie angezogen hatte. Das war das verdammt seltsamste Outfit, das ich jemals gesehen hatte, aber so, wie es sich um sie legte, ihre Haut bedeckte und um ihre Hüften wirbelte, brachte es meinen

Schwanz dazu zu zucken. Ich ließ sie eine weitere Minute Zeit schinden, bevor ich sie zu mir rief.

„Ich brauche Hilfe, dieses Hemd auszuziehen, Brenna“, sagte ich, obwohl ich das nicht wirklich brauchte.

Was auch immer Doc mir in dieser kleinen Plastiktüte gegeben hatte, ließ mich von jetzt an keine Schmerzen empfinden. Als ich aus Trix’ Zimmer gekommen war, hatte meine Brust gepocht. Ich war froh, dass ich bei Trix ein wenig hatte sitzen können, aber Fuck, auf ihrem verflucht winzigen Bett zu sitzen hatte meine schmerzenden Muskeln aufschreien lassen.

Brenna kam herüber, um mir mit meinen Klamotten zu helfen, und ich war erstaunt, wie wunderschön sie war. Das überraschte mich immer wieder. Jedes Mal, wenn ich sie ansah. Früher hatte sie dieses Selbstbewusstsein. Sie wusste, dass sie hübsch war, aber sie war deswegen nicht zu einer Bitch geworden. Jetzt? Es war, als ob sie sich nicht selbst sehen konnte. Richards hatte da ganze Arbeit geleistet. Für eine Sekunde lang, als sie Kendra niedergeschlagen hatte, hatte ich geglaubt, dass ich die alte Brenna gesehen hätte, aber sie hatte sich sofort wieder in eine der Frauen von Stepford verwandelt. Ich freute mich darauf, dieses Stepford-Weibchen direkt aus ihr raus zu vögeln, und wenn das nicht funktionierte, würde ich etwas anderes versuchen.

Sie zog die Druckknöpfe meines Hemds von oben nach unten auseinander, genau andersherum als sie sie mir vor einer Stunde geschlossen hatte. Ihre Hände zitterten, und ich wusste nicht, was zum Teufel ich tun sollte, um sie weniger nervös zu machen, also stand ich einfach da. Sie leckte sich die Lippen, während sie mir das Hemd von den Schultern schob, und ich bewegte sie ein wenig, um es auf den Boden fallen zu lassen. Ja, diese Pillen von Doc funktionierten großartig. Ich hatte keine Schmerzen.

Als sie nach dem Knopf an meiner Jeans griff, hielt ich sie auf und hob ihr Kinn, so dass sie mich ansehen musste. Die letzten paar Minuten war sie meinem Blick ausgewichen, und ich war mir nicht sicher, weshalb. Ich konnte ihren Gesichtsausdruck nicht lesen, aber sie schien wirklich verdammt nervös, nervöser als ich ursprünglich gedacht hatte. *Scheiß drauf. Es wäre besser, es einfach beim ersten Mal hinter sich zu bringen, oder? So, wie man ein Pflaster rasch abriss.* Es war ja nicht so, als ob wir es nicht schon einmal getan hätten. Sie war keine gottverdammte Jungfrau.

Bevor sie wusste, was ich tat, beugte ich mich vor und schob ihren Rock auf den Boden, so dass sie in einem Knäuel aus Stoff stand. Als nächstes zog ich ihr das übergroße T-Shirt über den Kopf. Ihre Augen waren weit aufgerissen, und ihr Atem kam flach, als sie zu mir aufsah. Sie musste sich an meine Reaktion von vorhin erinnern, weil sie nicht versuchte, sich zu bedecken. Sie sah mir direkt in die Augen und behielt die Arme locker an den Seiten.

Leck mich am Arsch. Ich musste meinen Schwanz in meiner Jeans zurechtrücken, als ich sie ansah. Ihre Hüften waren breiter als in meiner Erinnerung. Ihre Brüste waren auch größer. Ich hatte beides vorher bemerkt, aber sie nackt zu sehen war etwas ganz anderes. Als ich sie in meinem Bett hatte, war ihr Körper durchtrainiert, fest und rund gewesen. Ich hatte ihn geliebt. Aber ihr Körper im Hier und Jetzt war unglaublich. Sie war verflucht üppig mit ihren gerundeten Hüften, dem vernarbten Bauch und den größeren Brüsten. Mir fiel es schwer, mich zu entscheiden, womit ich anfangen wollte, als sie einen bekümmerten Laut ausstieß. Ich sah auf und bemerkte, dass ihr Gesicht rot wie eine Tomate war, und in ihren Augen standen Tränen.

„Ich weiß, dass ich nicht so aussehe, wie früher. Mein Körper ist so breit und ekelhaft …“

Ich schnitt ihr das Wort ab, indem ich mich vorbeugte und einen ihrer Nippel in meinen Mund sog – hart. Sie hob die Hände und packte mein Haar, während ich sie leckte und an ihr saugte, als ob ich nicht genug bekommen konnte, was ziemlich dicht an der Wahrheit war. Ihre Haut war so weich, besonders dort, wo ihre Narben waren, und ich fuhr mit der Nase auf ihrem Bauch auf und ab, leckte und knabberte an ihren Narben. Ich wusste nicht, warum sie so ein verdammtes Problem mit ihrem Körper hatte. Sie musste diesen Scheiß aus dem Kopf bekommen.

Es verblüffte mich immer wieder, dass Trix dort drin gewesen war, und ich es verpasst hatte. Sie war so winzig. Ich konnte es mir nicht einmal vorstellen, aber sie war mit Sicherheit wunderschön gewesen. Fuck, sie war immer wunderschön. Sie hatte eine Narbe, die anders war als die anderen und die von ihrem Tattoo bedeckt wurde. Es war eine erhobene Linie, die sich an den Seiten leicht nach oben bog, wie ein Lächeln. Eine Kaiserschnittnarbe. Ich hatte nicht gewusst, dass sie einen Kaiserschnitt gehabt hatte, aber wir hatten nicht viel über Trix' Geburt gesprochen. Fuck, wenn sie einen Kaiserschnitt gehabt hatte, hieß das, dass nichts sie gedehnt hatte. Der Gedanke daran, wie sich ihre enge Pussy um meinen Schwanz schmiegen würde, brachte mich fast zum Durchdrehen. Ich stand rasch auf. Fuck, dieser Stoff, den mir Doc gegeben hatte, war stark. Ich schwankte ein wenig, und Brenna schlang fest die Arme um mich. Sie öffnete den Mund, um etwas zu sagen, aber ich gab ihr keine Chance dazu. Ich nahm ihre Hand und setzte mich. Dann legte ich mich auf das Bett zurück.

„Zieh mir die Jeans aus", sagte ich.

Ich war fertig damit, Takt an den Tag zu legen. Ich würde nicht bitte sagen. Ich würde verdammt noch mal nicht darum bitten. Eine Sekunde lang fragte ich mich, ob sie mich ankeifen würde, aber in dem Moment, in dem ihr klar wurde, was ich gesagt hatte, weiteten sich ihre Pupillen, und sie riss an meinen Jeans. Sie zerrte am Knopf auf und riss den Reißverschluss runter, und ich versuchte die Hüften zu heben, aber stechender Schmerz schoss mir durch die Rippen, also ließ ich mich wieder auf das Bett sinken. Sie sah mich an, als ob sie nicht ganz sicher wäre, was wir hier machten. Ich war ein verdammtes Wrack. Wie das Fingerfarbenbild eines wirklich abgefuckten Kindes, das auf meinem Oberkörper mit Schwarz, Lila und Blau gemalt hatte.

„Dragon, das ist eine schlechte Idee. Sieh dich doch an. Du kannst dich kaum bewegen. Ich glaube nicht, dass das hier gut …“

Ich unterbrach sie. Wenn sie nicht bald auf meinen Schwanz kletterte, würde ich verdammt noch mal irre werden. „Du machst doch die ganze Arbeit, Baby. Zieh. Mir. Die. Jeans. Aus. Ich warte keine weitere verfickte Minute länger, um in dir zu sein.“

Sie bewegte die Lippen auf die Seite, nicht indem sie darauf biss, aber sie verzog irgendwie den Mund. „Okay“, flüsterte sie, und ich konnte sehen, dass sie zitterte.

Sie hatte keine Angst. Ich hatte ihren verängstigten Gesichtsausdruck zu viele Male gesehen, seit sie zurückgekommen war, und das hier ähnelte ihm nicht im Geringsten. Sie war so ungeduldig wie ich. So ungeduldig, dass sie zitterte. Heilige. Scheiße.

Ich schob die Hände unter mich und drückte mich wieder hoch. Meine Bauchmuskeln und Brust meldeten sich schmerzhaft zu Wort. In dem Moment in dem ich vor ihr stand, griff sie nach unten und schob meine Hosen auf den Boden. Sie kniete schließlich vor mir und zog die Jeans unter mir weg. Eine Sekunde lang blieb sie dort sitzen und hob dann den Blick von meinen Füßen zu meinem Gesicht, wobei sie etwas länger an meinem Schwanz innehielt. Als sie meinen Blick erwiderte, wusste ich, was sie wollte. Ich erinnerte mich daran. Brenna war nicht aggressiv. Das wusste ich vom ersten Kuss an, als sie wimmerte und stöhnte, bis ich sie so küsste, wie sie es brauchte. Jetzt kniete sie mir zu Füßen, und ich wusste, was sie wollte. Shit, ich hoffte, ich würde nicht vorher das verdammte Bewusstsein verlieren und uns beide zu Boden werfen. Ich griff nach ihr und fuhr mit den Fingern ein paar Mal durch ihre Haare. Ich liebte ihre Haare, verflucht. Beim dritten Mal packte ich sie, zog sie hoch und vor. In dem Moment, in dem ich das tat, fing sie an diese Geräusche von sich zu geben, die mich in den vergangenen verdammten fünf Jahren verfolgt hatten. Ich war nicht sicher, wie lange ich durchhalten würde.

„Mund auf", knurrte ich, und sie sah wieder zurück zu meinem Schwanz.

Sie griff hoch und schlang die Hände hinten um meine Oberschenkel, so dass ihre Finger unter meinem Hintern lagen. Gott, ihre Hände waren weich. Als mein Schwanz fast ihr Kinn berührte, senkte sie den Kopf nur ein wenig und nahm mich fast vollständig auf, bis ich das Ende ihres Rachens spüren konnte. Ich hielt sie fest, bis sie wieder zu mir aufsah.

„So ist es gut, Baby", sagte ich, als ich hinaus- und wieder hineinglitt und mit dem Daumen über ihre Wange streichelte. Mein Blick ließ ihren nie los. „Nimm mich tief in dich auf, Brenna. Schluck." Fuck, das fühlte sich gut an.

Ihre Halsmuskulatur massierte die Spitze meines Schwanzes. Ich redete einfach weiter mit ihr. Sagte ihr, was sie tun sollte, und bewegte ihren Kopf für sie. Je länger ich redete, desto größer wurden ihre Pupillen, bis sie fast das Grün ihrer Augen verschluckten. Sie wand sich und bewegte sich am Boden, und ihre Nägel gruben sich in die Rückseite meiner Schenkel. Sie wimmerte nun wirklich und knurrte tief im Hals. Ich war nicht sicher, wie viel mehr ich verdammt noch mal ertragen konnte, und ich war ziemlich sicher, dass sie Erleichterung brauchte.

Ich zog ihren Kopf von mir weg und strich ihr das Haar aus dem Gesicht, das zurückgefallen war, als ich es losgelassen hatte. Sie war so verdammt sexy mit ihrem wild durcheinander gebrachten Haar, weil sie nichts trug als ein winziges Höschen, ihre Lippen waren rot und geschwollen, und sie sah benommen aus.

„Komm schon, Baby."

Ich ignorierte den Schmerz in meiner Brust, als ich sie hochzog, bis sie vor mir stand. Sie atmete schwer und sah mich an, als ob sie verwirrt wäre.

„Ich komme nicht in deinem Mund, Brenna. Ich komme, wenn du meinen Schwanz mit dieser süßen kleinen Pussy reitest. Darauf habe ich viel zu lange gewartet."

Ihr Atem stockte, und ich wusste, ich hatte sie. Es sah so aus, als ob ich einfach weiter reden musste. Wenn sie jetzt ihre Meinung änderte, könnte es sein, dass ich jemanden umbrachte. Mein Schwanz war so verdammt hart, dass es sich anfühlte, als ob er gleich platzte.

„Aufs Bett, Brenna."

Ich kroch hinter ihr auf das Bett und legte mich flach auf den Rücken mit dem Kopf auf dem Kissen. „Komm her, Baby", rief ich ihr zu, und sie kletterte auf das Bett, bis sie neben meiner Hüfte kniete.

„Ich bin nicht sicher, wo ich dich berühren kann", flüsterte sie mit einem Lächeln. „Das ist gar nicht so, wie ich es mir vorgestellt habe."

„Bekommst du nicht das, was du brauchst?", fragte ich sie verärgert. Fuck, ich hatte mir für sie gerade die Scheiße aus dem Leib prügeln lassen, und sie beschwerte sich. Die ganze Zeit hatte sie geschwiegen, und als sie sich jetzt entschloss zu sprechen, kam sie mir so.

„Baby, das habe ich nicht gemeint", flüsterte sie. „Ich will dich berühren. Ich habe nur Angst, dass ich dir wehtue, das ist alles."

Sie sah auf ihre Knie hinab, und ich wusste, dass das ein weiteres Mal war, dass ich ihr sagen sollte, was sie tun soll. Sie wollte mir zu Diensten sein. Meine Verärgerung löste sich in Luft auf.

„Steig auf", sagte ich mit rauer Stimme.

Meine Stimme machte heute Nacht wirklich was sie wollte, verdammt. Keine andere Frau war mir je so unter die Haut gegangen wie die hier. Als sie über meine Schenkel stieg, schüttelte ich den Kopf.

„Hier oben, Brenna. Die Knie neben meine Schultern."

Sie wurde rot, und das war verdammt niedlich. Wer hätte gedacht, dass eine Frau in ihrem Alter immer noch so rot werden konnte, wenn ich ihr Dinge im Bett befahl? Sobald sie über meinem Gesicht kniete, hatte sich die Röte in ihrem Gesicht bis hinab zu ihren Schlüsselbeinen ausgebreitet. Sie stützte eine Hand am Kopfende des Bettes ab, die andere hatte sie beschämt vor das Gesicht gelegt.

„Weshalb schämst du dich?", versuchte ich sie zu fragen, ohne zu lachen.

Sie war so verflucht niedlich, als sie über meinem Gesicht hockte und sich zu Tode schämte. Sie musste aber das Lachen in meiner Stimme gehört haben, weil sie anfing die Stirn zu runzeln.

„Ich habe das schon seit *Jahren* nicht mehr getan, verflucht, und ich sitze auf deinem verdammten Gesicht! Mach mal 'nen Punkt!"

„Dieser Drecksack hat dich nie geleckt?" *Das konnte doch nicht wahr sein!*

„Äh, nein. Hat er nicht."

„Niemals?" Ich war nun vollkommen verwirrt. Er musste sie gefickt haben. Soviel hatte ich herausgehört, als er am Clubhaus aufgetaucht war.

„Er sagte, das wäre …" Sie beendete den Satz in einem Murmeln. Ihre Hand lag wieder komplett über ihrem Gesicht.

„Es wäre was?", fragte ich sie. Sie würde mir hier nicht rauskommen.

„Er sagte, dass das eklig wäre. Er hat es nie gemacht", sagte sie, und ihre Stimme bebte.

Gott, ich wollte diesen Bastard umbringen. Er hatte dafür gesorgt, dass sie sich wie Scheiße fühlte, hatte sie geschlagen und ihr gesagt, sie wäre eklig? Was zum Teufel …?

„Er sagte, es wäre eklig, hm?“, sagte ich und zog die Augenbrauen hoch. Dann leckte ich ihre Pussy von ihrem Hintern bis zu ihrer Klit. Genau wie ich mich daran erinnerte, war sie so süß wie ein verfluchtes Bonbon. „Nee, gar nicht eklig.“ Ich leckte sie wieder.

Sie hatte immer noch die Hand vor das Gesicht gelegt, und ich konnte ihre Mimik nicht sehen, aber ihre Augen schwammen in Tränen. Ich griff nach oben, zog ihre Hand von ihrem Gesicht und drückte sie neben die andere an die Wand. Sie sah unsicher aus, daher sagte ich ganz offen: „Lass deine verdammten Hände an der Wand. Ich will nicht, dass du fällst. Deine Hände bleiben da oben, damit ich diesen sexy Titten dabei zusehen kann, wie sie sich bewegen, wenn du mein Gesicht reitest. Du siehst mich an, Brenna. Nirgendwo sonst hin.“ Dann schlang ich die Hände um die Rückseite ihrer Schenkel und begann, sie regelrecht aufzufressen. Als ich das erste Mal ihre Klit in den Mund saugte, ließ sie den Kopf in den Nacken sinken. Ich liebte das, verdammt, aber ich hatte ihr gesagt, sie solle mich ansehen, also hörte ich auf mit dem, was ich tat. „Sieh mich an, Brenna. Dein Blick bleibt auf mir, Baby“, sagte ich ihr, und ihr Blick wurde sanft.

Sie war so verdammt benommen. Ich war ziemlich sicher, dass sie mir in diesem Moment alles geben würde, was ich wollte. Ich saugte, biss und leckte und sog an ihr mit meinen Lippen. Dann schob ich zwei Finger tiefer und in sie. Ich stieß einmal in sie, dann wieder, und das war alles, was es brauchte, damit sie durch meine Hand und Lippen kam. Bevor sie fertig war, packte ich ihren Schenkel und zog ihn über mich, so dass sie neben mir kniete. Sie konnte sich kaum aufrecht halten, und ich wusste, dass es reine Willensstärke war, dass sie nicht auf meiner übel zugerichteten Brust zusammenbrach.

„Setz dich auf meinen Schwanz, Brenna“, befahl ich ihr.

Ich wusste nicht, wie sie mich verstand, weil meine Stimme so tief war, dass ich sie selbst kaum verstand. Aber sie hörte mich und rutschte rasch tiefer, wobei sie versuchte, sich wieder zu fassen. Als sie sich auf mir niederließ, fühlte ich, wie ihre Nässe auf meine Schenkel tropfte, und ich drehte fast durch. Ich musste *jetzt* in sie. Ich packte ihre Hand, um sie an mich zu ziehen, und meine Muskeln protestierten. Fuck, aber sie würde das hier selbst tun müssen.

„Baby, du wirst mir nicht wehtun.“

Sie sah auf meinen Körper hinab, und der benebelte Blick verschwand langsam aus ihren Augen. Fuck.

„Brenna, gottverdammt noch mal! Steig endlich auf mich, verdammt!“, fauchte ich, und das war genug für sie, eine Entscheidung zu treffen.

Sie rutschte hoch, bis ich ihre Pussy an der Spitze meines Schwanzes spüren konnte, und bevor ich auch nur einen weiteren Atemzug machen konnte, hatte sie mich bis zum Anschlag in sich aufgenommen.

„*Shit!*“

„Es tut mir leid!“ Sie sah mich mit aufgerissenen Augen an, als sie versuchte, sich von mir zu lösen.

„Brenna, wenn du aufstehst, lege ich dich übers verfickte Knie! Verdammt, reite mich endlich, Weib!“ Ich schrie schon fast.

Ihre Augen füllten sich mit Tränen, aber sie begann sich zu bewegen, rollte mit den Hüften und nahm mich sogar noch tiefer in sich auf. Wie zum Teufel hatte sie es geschafft, so verdammt mitfühlend zu sein, obwohl sie auf diesem Gelände aufgewachsen war?

„Baby“, sagte ich mit tiefer Stimme. „Sieh mich an.“

Als sie endlich gehorchte, fühlte es sich wie ein Tiefschlag gegen die Brust an.

„Du fühlst dich so gut an, Baby. Ich wollte nur nicht,

dass du aufhörst.“ Ich lachte leise. „Wenn du aufhörst, verliere ich den verdammten Verstand. Du siehst so verfickt schön aus da oben, wie du deinen Mann reitest und deine Titten sich bewegen.“

„Ja?“, fragte sie leise mit einem kleinen Lächeln auf den Lippen.

„Ja, Baby. Das Schönste, das ich jemals gesehen habe.“

„Dragon?“ Ihre Stimme war sanft, und ihre Hüften bewegten sich langsam. Sie nahm mich tief in sich auf und hob sich immer nur bis zur Hälfte meines Schwanzes an, bevor sie sich wieder herabließ und das wieder und wieder tat.

„Ich bin hier, Baby.“

„Ich habe keinen Mann“, sagte sie, als ihr Lächeln sich von sanft zu etwas anderem veränderte.

„Keinen Mann, hm?“ Ich packte ihre Hüften und zog sie hoch, bis sie ganz leer war. „Vermutlich sollten wir das ändern.“ Dann zog ich sie hart herunter und hörte, wie sie aufschrie.

Ich zog sie nur fünf Mal wieder auf mich, bevor sie zitterte und meinen Namen rief, als sie kam. Ihre Muskeln packten mich so fest, dass ich mit ihr kam. Alles in mir spannte sich an, und es war purer Schmerz, als ich kam. Ich hatte diese Scheiße nicht richtig durchdacht. Ich hatte geglaubt, dass ich es nicht in meiner Brust und meinen Bauchmuskeln spüren würde, wenn sie die Arbeit übernehmen würde. Ich hatte nicht an den Moment gedacht, in dem ich kommen und mein gesamter verdammter Körper sich anspannen würde.

Ich fühlte, wie ich noch ein paar Mal in ihr pulsierte, und mein Sichtfeld wurde an den Rändern grau. Fuck, ich wusste, was das bedeutete. Innerhalb von Sekunden war alles schwarz, und ich verlor das verdammte Bewusstsein.

Kapitel 15

Brenna

Ich schaffte es gerade noch, nicht auf Dragon zusammenzubrechen, nachdem ich gekommen war. Unsere beiden Oberkörper hoben und senkten sich heftig, und ich wusste einfach, dass seine Rippen ihn umbringen mussten. Als ich aber auf ihn hinabsah, waren seine Augen geschlossen. Zuerst war mir nicht klar, dass hier etwas nicht stimmte – ich hatte selbst nur Sekunden zuvor die Lider geschlossen gehabt. Als ich aber seinen Namen rief, erhielt ich keine Antwort. Ich schämte mich, dass es ein paar Minuten dauerte, bis ich begriff, dass er während dem Sex das Bewusstsein verloren hatte. Echt jetzt? Das musste eine Art Rekord sein. Okay, ich wusste, dass Kerle ständig nach dem Sex einschliefen, aber das hier war beschämend. Ich wusste nicht mal, ob er selbst zum Höhepunkt gekommen war. Wie romantisch.

Ich stieg vorsichtig vom Bett, um ihn nicht zu stören, aber es war vermutlich sogar egal. Als ich aufstand, um ins Bad zu gehen, fühlte ich die Nässe zwischen meinen Beinen. Ja, er war zum Höhepunkt gekommen. Und wir hatten kein Kondom benutzt. *Fan-fucking-tastisch.* Ich wusste nicht, weshalb ich nicht davor daran gedacht hatte. Nein, das war gelogen. Ich wusste, weshalb ich es nicht in Frage gestellt hatte. So dumm es auch war, das hier war Dragon. In der Sekunde, in der er mich berührte, verlor ich regelmäßig den Verstand. Er hatte immer diesen Effekt auf mich. Unglücklicherweise. Hatten alle Gedanken mein Gehirn verlassen? Nein. Allerdings schienen, wenn er mich berührte, alle anderen Dinge im Vergleich dazu unbedeutend zu sein. Kein Kondom? Ach, kein Problem. Die Beziehung zwischen euch ist nicht geklärt? Ach, kein Problem. Nicht sicher, wie lange du hier leben wirst? Ach, kein Problem. Er könnte immer noch eine Old Lady haben? Ach, kein Problem.

Ich war eine Idiotin, wenn es um ihn ging.

Mit all diesen Gedanken in meinem Kopf zog ich mein Nachthemd und Shorts an und nahm mir ein Höschen. Ich würde es nicht anziehen, bis ich mich sauber gemacht hatte. Ich musste das ganze Sperma nicht länger an mir lassen, als notwendig. Und nasse Höschen? Eklig.

Ich ging leise ins Bad und schloss die Tür hinter mir. Ein Blick in den Spiegel über dem Waschbecken ließ mich innehalten und hineinstarren. Ich erkannte mich kaum selbst. Mein Haar war wie ein Vogelnest, meine Lippen sahen aus wie mit Collagen aufgespritzt, und meine Wangen und mein Kinn waren knallrot wegen seiner Bartstoppeln. Aber ich sah glücklich, zufrieden aus. Es machte mich kirre. Diese Person kannte ich nicht mehr – die Person, die rote Stellen wegen Bartstoppeln bekam, wild durcheinander geratenes Haar und glänzende Augen hatte. Seit fünf Jahren war ich nicht mehr diese Person gewesen.

Auf einmal begann eine Panikattacke, und ich tat das Einzige, was ich tun konnte. Ich drehte die Dusche so heiß, wie ich es aushalten konnte, und stieg hinein. Ich musste wieder aussehen wie ich. Es war alles so verwirrend. Ich hatte all diese alten Kleidungsstücke, die ich tragen konnte, Trix begann, Spielzeug herumliegen zu lassen statt es wegzuräumen, und Dragon warf seinen Cut über die Rückenlehne der Couch, weil wir keinen Kleiderschrank hatten. Ich hatte unglaublichen Sex mit einem Kerl, der so verletzt war, dass er sofort das Bewusstsein verlor, sobald wir fertig waren. Das hier war nicht mein Leben. War ich hier glücklich? Ja. Fühlte es sich wirklich an, als ob es von Dauer wäre? Nein.

Als ich mit der Dusche fertig war, war die Panikattacke vorbei, aber meine Haut rot wegen des Schrubbens. Ich hatte gar nicht gemerkt, wie grob ich gewesen war, während mir so viel im Kopf herumgeschwirrt war. Ich trocknete mich rasch ab, schlang mir ein Handtuch um den Körper und sah nach Trix, um sicherzustellen, dass ich sie nicht geweckt hatte. Glücklicherweise lag sie immer noch wie ein kleiner zusammengerollter Ball mitten auf ihrem Bett. Da ich bereits auf Zehenspitzen in einem Handtuch herumschlich, entschied ich mich, nach Dragon zu sehen, um sicherzustellen, dass ich ihn nicht mit Sex getötet hatte. Ich öffnete die Tür und zuckte zusammen. Shit! Ich war vorhin so in Eile gewesen, dass ich ihn splitternackt auf dem Bett zurückgelassen hatte. Ich hatte ihn weder mit einer Decke noch mit einem Laken bedeckt. Die Wahrscheinlichkeit, dass Trix zu mir ins Bett kletterte, war ziemlich hoch, daher wusste ich, dass ich ihn zumindest teilweise bedecken musste.

Dragon war sexy. Und muskulös. Ich könnte ihn stundenlang ansehen und mich nicht langweilen. Allerdings war er auch verdammt schwer. Ich fand ein paar Retropants in seiner Tasche, aber nachdem ich auf die Unterwäsche gesehen hatte, dann wieder zu ihm, dann wieder zurück und das ungefähr fünfzehn Mal, wusste ich, dass ich sie ihm auf keinen Fall anziehen könnte. Sie waren zu eng und viel zu sexy. Schließlich entschied ich, ihn in die Boxershorts zu stecken, in denen ich normalerweise schlief. Ich mochte es, das Gummiband umzurollen, also hatte ich sie größer gekauft. Ich war immer noch ein bisschen sauer, dass er das Bewusstsein verloren hatte, daher nahm ich die mit den Herzchen darauf. Die Genugtuung, die mir mein Scherz bereitet hatte, verflog, als ich versuchte, ihm die Shorts anzuziehen.

Einen Erwachsenen anzuziehen, der schlief, war bei weitem nicht so wie ein Kind anzuziehen. Erstens war ein Erwachsener viel schwerer. Zweitens waren sie viel größer. Man konnte einen Erwachsenen nicht einfach herumschieben, um einen besseren Winkel zu erhalten; man war selbst derjenige, der sich bewegen musste. Ich musste über das ganze Bett klettern und hier ein wenig und da ein wenig hochziehen. Als ich seinen Hintern erreichte, war ich schweißüberströmt und ich fühlte, wie sich mein Haar anfing zu kringeln. Ich kniete über seinen Oberschenkeln und griff um seine Taille, dann schob ich die Hände von seinem Rücken über seine Pobacken nach unten, bis ich den Gummizug der Shorts fühlen konnte. Mein Gesicht war so nah an seinen Bauchmuskeln wie ich es konnte, ohne die blauen Flecken zu berühren. Als ich die Shorts hochzerrte, wurde der Idiot hart. Also stieß sein Schwanz, während ich leise grummelte und versuchte, die Boxershorts hochzuziehen, damit er sich unserer vierjährigen Tochter nicht aus Versehen nackt präsentierte, bei jeder Bewegung gegen mein Schlüsselbein. Zieh, Stoß. Wackel, Stoß. Seufz, Stoß. Ich überprüfte, ob er sich einen Scherz mit mir erlaubte, aber als ich zu ihm aufsah, war er immer noch bewusstlos. Schließlich schaffte ich es, ihm die Shorts anzuziehen.

Ich zog das Laken über ihn und schlich aus dem Schlafzimmer, um mich anzuziehen. Sobald ich im Bad war, schloss ich die Tür ruhig hinter mir und holte die Sachen für meine Haare hervor. Ich musste mein Haar wieder glätten. Es dauerte gute vierzig Minuten Föhnen und Glätten, aber schließlich sah ich wieder wie ich aus. Mein Haar war wieder so glatt wie ich es getragen hatte, seit ich vor fünf Jahren wieder in die Schule zurückgekehrt war. Es gab kein Anzeichen der wilden, zügellosen Brenna, was genau das war, was ich wollte. Ich hatte in den letzten Wochen versucht, langsam die Frau loszulassen, zu der mich Tony gemacht hatte – die perfekte Haushalterin, die klassische Mutter und Hausfrau. Ich erlaubte Trix, ihre Spielsachen draußen liegen zu lassen und später zurückzukehren, um wieder mit ihnen zu spielen. Ich trug nicht mehr das präzise aufgetragene Make-up mit Eyeliner und Lippenstift. Ich trug Tops und weite Röcke und Flipflops wie ein Hippie. Aber heute Nacht brauchte ich ein wenig von der Kontrolle, die ich aufgegeben hatte.

Ich brauchte ein wenig von der Kontrolle, die ich an Dragon abgegeben hatte. Als ich daher zurück zum Bett ging, war mein Haar perfekt gestylt, und ich hatte das Nachthemd angezogen, das ich aus Tonys Haus mitgebracht hatte.

Ich sah aus wie Tonys Brenna, aber ich fühlte mich Dragon zugehörig, als ich mich neben ihn kuschelte und die Decke über uns zog. Ich erinnerte mich zurück an unsere Nacht, die Nacht, bevor mein Leben mit dieser Abwärtsspirale begonnen hatte, der zu entkommen ich fünf Jahre gebraucht hatte.

Ich war keine Jungfrau gewesen, als wir uns getroffen hatten. Ich war vor Dragon mit zwei anderen Männern zusammen gewesen. Der erste war ein Typ, den ich im ersten Jahr an der U of O kennengelernt hatte. Er war süß und charmant gewesen und eine komplette Niete im Bett. Vermutlich war das nicht mal seine Schuld gewesen, weil keiner von uns eine Ahnung gehabt hatte, was wir da eigentlich taten, und am Ende war es ungelenk, seltsam und unbequem. Wir entschlossen uns, Freunde zu bleiben, aber ich sah ihn kaum mehr, nachdem wir im Bett gewesen waren. Vermutlich waren wir beide zu peinlich berührt, um uns jemals wieder in die Augen sehen zu können.

Tony war der zweite, mit dem ich geschlafen hatte. Er wusste, was er tat. Er war raffiniert und wusste, welche Knöpfe er drücken musste, daher hatte ich immer einen Orgasmus. Ich kam selbst dann, wenn ich nicht in der Stimmung war oder es nicht genoss. Damals hielt ich das für etwas Gutes. Er musste wirklich gut im Bett sein, wenn er mich immer zum Höhepunkt brachte, oder? Erst als ich mit Dragon zusammen gewesen war, bemerkte ich, was an diesem Szenario falsch war. Ja, Tony konnte mich zum Höhepunkt bringen, aber die Chemie stimmte einfach nicht. Mein Herz raste nicht, mein Atem wurde nicht schneller, und ich hatte nicht das Bedürfnis, ihn zu kratzen, zu stöhnen oder seinen Arsch mit beiden Händen zu packen und ihn so hart in mich zu ziehen, wie ich konnte.

Als ich Dragon traf, hatte ich eine beschissene Woche gehabt. Meine Noten waren im Keller, ich hatte neue Reifen für meinen Käfer kaufen müssen, was ein Loch in mein Erspartes gerissen hatte, und ich war nach Hause gekommen, damit ich Pop etwas vorjammern konnte, aber das konnte ich nicht, weil er mit den Männern wegen eines Auftrags unterwegs war. Ich war angepisst und tat mir selbst leid, als ich mit meiner Runde bei den Old Ladys fertig war und mich draußen auf meine Motorhaube setzte. Ich hatte in jener Nacht nicht zurück zur Schule fahren wollen, also überlegte ich, ob ich bei Vera und Slider übernachten konnte oder in Pops Zimmer im Clubhaus.

Ich hatte keine Ahnung, dass sich meine Übernachtungsmöglichkeiten mit der Ankunft eines hochgewachsenen, mit Grübchen bedeckten indianischen Ureinwohners ändern würden, der Tattoos auf den Knöcheln und einen übernächtigten Blick hatte. Er war wunderschön. Ich wusste, dass man Männer nicht als wunderschön bezeichnete – sie sahen gut aus, waren heiß oder cool. Aber diesen Mann konnte man nicht als cool oder gutaussehend beschreiben, und heiß war einfach nicht genug, um ihn zu beschreiben. Er trug einen Vollbart, der dicht an seinem Kinn geschnitten war, und sein Haar war in einem Pferdeschwanz zusammengebunden, aus dem ein paar Strähnen an den Seiten seines Gesichts herab hingen.

Als er zu mir kam und meine Hüfte packte, wusste ich, dass er keine Ahnung hatte, wer ich war. Ich wusste wegen des neuen Cuts, dass er noch nicht von mir gehört hatte, sonst hätte er nie einen Annäherungsversuch mir gegenüber unternommen. Zuerst protestierte ich ein wenig, aber als er seinen Bart an der Seite meines Halses rieb, war ich erledigt. Ich hätte alles getan, was er wollte. Ich war in einer seltsamen Stimmung, machte mir Sorgen wegen meiner Noten und war enttäuscht, dass ich Pop verpasst hatte, und er ließ mich alles vergessen. Ich wollte ihn, ohne Rücksicht auf die Zukunft oder ihn. Das, worauf ich mich eingelassen hatte, hätte ihn töten können, und als ich jetzt neben ihm lag, erinnerte ich mich daran, wie gedankenlos und kindlich ich damals gewesen war. Ich hatte ihm keine Chance gegeben, eine bessere Wahl zu treffen oder seine Meinung zu ändern. Ich hatte ihm nicht gesagt, wer ich war.

Wir hatten in jener Nacht nicht nur Sex. Wir hatten viel Sex – wirklich guten, überwältigenden Sex –, aber das war nicht alles, was geschehen war. Wir redeten über alles und nichts. Er sagte nicht viel, also wäre es vielleicht besser zu sagen, dass ich redete. Ich erzählte ihm von der Schule und Astronomie. Sterne anzusehen war schon immer mein Ding gewesen, als ich aufgewachsen war. Meine Mom war gestorben, als ich klein gewesen war, und weil mein Pop mir gesagt hatte, dass sie im Himmel war, war ich immer vom Himmel fasziniert gewesen. Als ich älter wurde und zur Schule ging, wurden mir die Wolken und die Sonne genauestens erklärt, aber die Sterne waren immer noch ein Mysterium. Sie waren ein Mysterium, das ich lösen wollte. Ich erzählte ihm von meinen Lieblingskonstellationen und den hellsten Sternen am Himmel. Irgendwann nahm ich einen Edding von seinem Nachttisch und malte die Drachenkonstellation, Draco, direkt auf seine Brust und erklärte ihm die Konstellation. Dann brachte er mich dazu, meine Lieblingskonstellation Orion direkt daneben zu malen.

Ich ließ mich auf Dragon ein in der Absicht, ein wenig von der Realität zu flüchten, und ich hatte weit mehr erhalten als erwartet. Er war nicht charmant wie Tony. Er sagte mir keine netten Dinge. Er war grob und unhöflich, und die Dinge, die er mir sagte, brachten mich zum Erröten. Aber wie er mich ansah unterschied sich von allem, wie mich ein Mann jemals angesehen hatte. Als ob er sich mein Gesicht einprägte. Manchmal sah er mich an, als ob er mich für das lustigste Mädchen hielt, das er jemals getroffen hatte, und manchmal sah er mich an, als ob er mich zum Abendessen verspeisen wollte. Er hörte meinem Geplapper zu, und er verhielt sich, als ob alles, was ich sagte, das interessanteste war, das er jemals gehört hatte.

Ich wusste, dass ich tief im Schlamassel steckte. Ich wollte ihn nicht verlassen. Ich war entschlossen so lange wie möglich in seinem kleinen Schlafzimmer auf dem Gelände zu bleiben und mich zu verstecken, damit ich bei ihm bleiben konnte. Unglücklicherweise war Pop früh nach Hause gekommen. Dragon hatte nie etwas von Für Immer gesagt. Er hatte nicht versucht, Pläne zu machen, oder mich gefragt, wo ich lebte. Als Pop mich fragte, was ich hier machte, sagte ich, ich hätte die Nacht in seinem Zimmer verbracht, aber zurück zur Schule gehen müsse.

Ich hatte Angst, dass Pop, wenn er genauer hinsah, erkennen konnte, was ich vor ihm verbarg, und machte mir ein wenig zu spät Sorgen darüber, was mit Dragon passieren würde, wenn andere von uns erfuhren. Ich ließ Dragon schlafend in seinem Bett zurück und kehrte zur Schule zurück. Ich wollte so schnell, wie ich konnte, zurückkehren, aber ein paar Wochen später fand ich heraus, dass ich schwanger war. Zu diesem Zeitpunkt hatte ich mich selbst davon überzeugt, dass Dragon nicht so großartig war wie in meiner Erinnerung und er nur einen One-Night-Stand gesucht hatte. Also heiratete ich Tony und kehrte nie zurück.

Kapitel 16

Brenna

Als ich am nächsten Tag erwachte, lag ich alleine im Bett, und die Sonne schien durch die Schlafzimmervorhänge. Als ich mich von meinem Bauch auf meinen Rücken rollte, streckte ich die Arme über den Kopf und krümmte die Zehen. Ich hasste Morgen, aber wenn ich die Chance hatte, auszuschlafen, liebte ich das langsame Räkeln beim Aufwachen. Das war das beste Strecken am Tag und fast nichts fühlte sich so gut an. Ich konnte leises Reden hören, das aus dem Wohnzimmer kam, also rollte ich mich an den Bettrand und stand auf, um nachzusehen, was Trix und Dragon machten. Trix' Stimme war auf jeden Fall nicht in ihrer üblichen Lautstärke, und es gefiel mir, dass sie wegen mir leise waren.

Ich ging ins Wohnzimmer und strich mir über das Haar und das Nachthemd. Es war schon ein ziemlich warmer Morgen, daher nahm ich mir weder ein Sweatshirt noch einen Bademantel. Als ich im Wohnzimmer ankam, saßen Trix und Dragon auf dem Boden und bauten ein Baumhaus oder etwas ähnliches aus rosa und weißen Legosteinen, die ich noch nie zuvor gesehen hatte.

„Hi, Mama!", rief Trix mir zu, und offensichtlich dachte sie nicht mehr, sie müsse ihre Lautstärke kontrollieren, da sie ohrenbetäubend laut war.

„Hey, Baby. Hast du schon gefrühstückt?"

„Yeah, Papa hat mir Müsli gemacht", antwortete sie mit einem Lächeln in Dragons Richtung, als ob er eine Heldentat vollbracht hätte.

Dragon sah mich nicht einmal an, als er sagte: „Ich hab dir gestern ein neues Handy besorgt, als ich weg war. Liegt auf dem Tisch mit deiner neuen Nummer. Wir müssen das alte loswerden."

Ich fuhr zur Küche herum. Dort lag eine glänzende

neue Smartphone-Schachtel auf dem Küchentisch, während das Handy an die Steckdose gesteckt war. Ich konnte es nicht fassen, dass er mir ein Handy besorgt hatte – noch dazu ein richtig schickes. Ich brauchte Kaffee, bevor ich die neuen Spielsachen für Trix und mich richtig würdigen konnte, also ging ich zur Kaffeekanne auf dem Küchentresen.

Ich war halb mit meiner ersten Tasse fertig und sah aus dem Fenster, als Dragons Hand sich schwer auf meine Schulter senkte. Als ich die Tasse abstellte, überraschte er mich, indem er mich zu sich herumzog. Sein Gesicht zeigte Wut, als er mich von Kopf bis Fuß anstarrte.

„Brenna, was zum Teufel …?“, brummte er.

Ich sah an mir hinab und wieder zu ihm. „Was?“ Ich hatte keine Ahnung, warum er so angepisst war. Mein Nachthemd war ziemlich anständig. Ich hatte meinen Kaffee nicht über mich gekippt. Ich wusste, dass sich kein verschmiertes Make-up von letzter Nacht auf meinem Gesicht befand.

„Hat er dir das gekauft?“, fragte er, als er am Spaghettiträger meines Nachthemds zupfte.

„Er hat die meisten meiner Kleider gekauft. Wovon redest du?“ Ich versuchte, mich von ihm zu lösen, aber er packte meine Arme, bevor ich weit kommen konnte.

Er sagte nichts weiter, bis er mich ins Wohnzimmer zog und mit Trix sprach.

„Kleine Kriegerin, geh mal in dein Zimmer und spiel da ein wenig.“

„Ich will mit meinen Legosteinen spielen!“, beschwerte sie sich.

Ich wusste nicht, wer dieses Kind war, aber meine Trix hätte sich nie darüber beschwert, aus einem Zimmer geschickt zu werden.

„Du kannst ein wenig später mit ihnen spielen. Lass sie hier und geh in dein Zimmer. Ich muss deiner Mama im Bad helfen.“

„Warum musst du Mama im Bad helfen? Mama braucht keine Hilfe im Bad“, protestierte sie und sah ihn zweifelnd an.

„Sie braucht Hilfe mit ihren Haaren.“

„Aber warum?“, fragte sie wieder.

Ich sah zwischen ihnen hin und her, wie bei einem Tennisspiel zwischen Aliens. Ich konnte es nicht fassen, was ich sah oder hörte.

„Trix“, knurrte er. „Dein Zimmer. Jetzt.“

Sie musste begriffen haben, dass er es ernst meinte, weil sie sich aufrappelte und nach einem letzten Blick auf ihre neuen Spielsachen in ihr Zimmer lief.

Als Dragon mich zum Bad zog, versuchte ich ihn aufzuhalten. „Sie hätte die Legosteine mitnehmen können.“

Er verlangsamte nicht seinen Schritt, obwohl ich die Füße in den Boden stemmte. „Ich will nicht, dass sie erstickt oder ähnlichen Scheiß, während ich mich um dich kümmere.“

Sein Kommentar brachte mich einen Moment zum Lachen und ließ mich vergessen, dass ich keine Ahnung hatte, warum zum Teufel er mich ins Badezimmer zerrte.

„Sie ist vier. Sie wird sie sich nicht in den Mund stecken und daran ersticken.“

Sein Kopf zuckte zu mir herum, und ich wusste, dass er angepisst war, dass ich über ihn lachte.

„Ah, nun, da ich sie erst ungefähr eine Woche in ihrem bisherigen Leben kenne, habe ich ja keine Ahnung oder?“

Ich schloss den Mund, als wir uns anstarrten, und Sekunden später drehte er sich wieder um und zog mich in unser winziges Bad.

„Ich habe keine Ahnung, was das Problem ist!“ Ich versuchte verzweifelt ein wenig Abstand zwischen uns zu bringen, als er die Tür schloss, aber ich konnte nirgends hin.

„Ich ficke dich, und du stehst auf, duschst und ziehst irgendeinen Scheiß an, den dieser verfickte Drecksack für dich gekauft hat?"

„Ich … ich …", stotterte ich und versuchte eine Antwort auf seine Frage zu finden.

„Was zum Teufel hast du mit deinen Haaren angestellt?" Er legte die Hand um meinen Nacken und fuhr mit den Fingern durch meine Strähnen. „Meine Finger verfangen sich nicht mal drin. Scheiße noch mal", grummelte er vor sich hin.

Er schüttelte den Kopf, wie um ihn frei zu bekommen, und bevor ich mich ihm entziehen konnte, um herauszufinden, was zum Henker los war, griff er nach den Trägern meines Nachthemds und riss hart an ihnen. Mein Atem stockte, als beide Träger rissen und mein Hemd an meinem Körper zu Boden glitt. Dann drängte er mich gegen die Badewanne und griff nach unten, um das Wasser anzustellen. Sobald er die Temperatur eingestellt hatte, die er wollte, machte er einen Schritt zurück und öffnete die Badezimmertür einen Spaltbreit.

„Trix, alles klar?" Er wartete einen Moment und wartete auf eine Antwort, die ich wegen des Rauschens der Dusche nicht hören konnte. „Ich helfe deiner Mama bei ihrer Dusche. Bleib in deinem Zimmer. Ich bin in einer Minute bei dir!" Dann schloss er die Tür und zog sich aus.

Seine blauen Flecken waren über Nacht dunkler geworden und sahen noch schmerzhafter aus, aber ich erkannte an seinen Bewegungen, dass sie ihm weniger wehtaten. Ich hatte meine Arme um meinen Oberkörper geschlungen und wartete, bis er vollkommen nackt war und mich Richtung Dusche schob.

„Ich habe letzte Nacht geduscht! Was zum Teufel hast du für ein Problem?" Ich packte ihn, als ich über den Wannenrand stieg.

„Yeah, Brenna, genau. Was zum Teufel sollte das? Ich verlier das Bewusstsein, und du rennst und wäschst mich dir vom Körper? Ist es das, was du getan hast? Deine

Stepford-Rüstung wieder angelegt, bevor du wieder zu mir ins Bett gekrochen bist? Dich so dicht an mich geschmiegt, dass ich kaum einen verfickten Atemzug machen kann, ohne dich zu stören, und trotzdem siehst du aus wie Tony fucking Richards Schlampe?"

Ich zuckte zusammen, als er mich Schlampe nannte, aber ich wollte nicht, dass er dachte, was auch immer er dachte.

„So ist das nicht. Nur … Ich hatte ein wenig das Gefühl, die Kontrolle zu verlieren. Ich brauchte einfach ein wenig Kontrolle", murmelte ich und erwiderte seinen Blick nicht.

Er zog mich unter den Strahl, und ich entspannte mich in seinen Armen, dankbar, dass er mich hielt und wir nicht kämpften.

„Ich weiß, Baby. Ich weiß, dass du Kontrolle gebraucht hast. Aber bei mir wirst du sie nicht bekommen."

Ich versteifte mich, und er redete weiter.

„Du musst loslassen. Ich habe hier die Kontrolle. Nicht du. Die brauchst du nicht. Ich werde nicht *dich* kontrollieren. Ich werde dir keine Befehle erteilen oder sagen, was zum Teufel du anziehen sollst. Aber ich habe die Kontrolle über die Situation. Immer. Das ist nichts, worüber du dir Sorgen machen müsstest. Klar?"

„Ich werde es versuchen", antwortete ich, aber ich war nicht davon überzeugt, dass sein kleines Szenario für mich funktionieren würde. Ich brauchte diese Kontrolle, um mich nicht komplett zu verlieren.

„Das ist alles, was du tun kannst. Und, Brenna?"

„Ja?", flüsterte ich und versuchte immer noch, irgendwo festen Boden unter meinen Füßen zu finden.

„Du wirst all den Kram los, den er dir gekauft hat."

Ich begann, den Kopf zu schütteln, aber er unterbrach mich.

„Ich ersetze es. Wenn du Kleider brauchst, kaufe *ich* sie. Wenn du Schuhe brauchst, kaufe ich sie auch. Wenn du

ein verficktes Parfüm brauchst, *kaufe ich es.* Verstanden?"
„Ja, verstanden."
Ich entspannte mich langsam, weil er die ganze Zeit, während er redete, mein Haar nass machte und Shampoo auftrug. Er überraschte mich, als er mein Haar fest packte und mein Gesicht dicht an seines zog.
„Wenn du diese Scheiße mit deinen Haaren noch einmal abziehst, bringe ich deinen Arsch zum Glühen." Er wartete eine Sekunde, dann zog er wieder an meinem Haar, bevor er knurrte: „Du trägst dein verdammtes Haar für *mich* in Locken." Dann presste er seinen Mund auf meinen.
Ich hätte wissen müssen, dass er genau wusste, was mir durch den Kopf ging. Vor fünf Jahren hatte er mich durchschaut. Meine Gründe für all das zu verstecken zu versuchen wären immer unmöglich, und es machte mir Angst, dass meine Geheimnisse so leicht herauszufinden waren. Meine Sekunde der Erkenntnis wurde rasch von Lust überrannt, als er meine Haare losließ und eine mit Seife benetzte Hand an der Seite meines Körpers hinabgleiten ließ. Ich schob die Hände in sein Haar, befreite seinen Pferdeschwanz und ließ den Gummi in die Wanne fallen, damit ich mit beiden Händen in sein Haar greifen konnte. Ich wollte ein Bein um ihn legen und ihn wie einen Baum erklettern, als ein Klopfen an der Tür meine Aufmerksamkeit erregte.
„Mama, ich muss auf den Topf!" Trix rief vor der Tür nach mir.
Ich sah Dragon voller Horror an. „Bitte sag mir, dass du abgeschlossen hast."
Seine Augen weiteten sich voller Panik, als er auf seine sehr beeindruckende Erektion hinabsah. „Shit!"

Kapitel 17

Brenna

Nach der knappen Sache mit Trix am Morgen zogen Dragon und ich uns an und machten uns für den Tag bereit. Es war seltsam für mich, hier draußen in der Mitte von Nirgendwo zu sein und nichts zu tun zu haben. Ich konnte das Haus nur ein paar Mal säubern, bevor es wieder zu dem zwanghaften Reinigen wurde, von dem ich loskommen wollte. Ich würde Trix auf ein Picknick einladen, und ich hoffte, dass sie danach genügend erschöpft war, damit ich am Nachmittag ein Nickerchen machen konnte. Ich war jetzt, zu Beginn des Tages, schon so müde, dass ich wusste, dass ich Abends komplett erschöpft wäre.

Dragon hatte im Club zu tun, daher würden Vera und einer der Rekruten vorbeikommen und Zeit mit Trix und mir verbringen. Ich liebte es, ihn dabei zu beobachten, wie er sich anzog und sich bereit machte. Ich liebte die Art, wie er sich bewegte. Ich hatte Liebesromane gelesen, die Männer beschrieben, die sich fließend bewegten, aber das war das Gegenteil von Dragon. Er bewegte sich schnell und bewusst. Ich beobachtete amüsiert, wie er ein brandneues Unterhemd aus einem Dreierpack zog und es überstreifte. Es wäre sicher mit Schmiere beschmutzt, wenn er heute Nacht wieder nach Hause kam. Es war so dünn, dass ich seine Tattoos durch den Stoff hindurch erkennen konnte. Lecker.

Als ich dort saß und ihn vom Bettrand aus beobachtete, bemerkte er, wie ich ihn ansah, und begann zu kichern.

„Gefällt dir, was du siehst, Baby?“

„Was?“ Ich befand mich immer noch in dem Nebel, in den ich abgeglitten war, als er das Handtuch hatte fallen lassen.

„Ziehst du dich an, Brenna? Mir gefällt, was du trägst,

aber es wird mir nicht gefallen, dass Casper das sieht, wenn er in zehn Minuten hier aufschlägt."

Ich konnte das Amüsement in seiner Stimme hören, und das riss mich aus meinen Tagträumen.

„Shit!" Ich hetzte durch das Zimmer, packte einen BH und Höschen und versuchte dabei, nicht mein Handtuch fallen zu lassen.

Bevor ich etwas anziehen konnte, stand Dragon vor mir, küsste mich und riss mir das Handtuch vom Körper.

„Herrgott, Frau. Wieso siehst du ständig so gut aus? Du trägst nichts von dem Dreck, bei dem andere Weiber Stunden damit verbringen, ihn anzuziehen, und siehst trotzdem zehnmal besser aus als jede von denen."

Er küsste mich ein letztes Mal, drückte meinen Hintern mit beiden Händen und setzte sich auf das Bett, auf dem ich nur kurz zuvor gesessen hatte. Ich stand ein paar Sekunden dort und fragte mich, was ich tun sollte, aber als ich das Dröhnen von Motoren hörte, beeilte ich mich mit dem Anziehen. Ich hatte keine Zeit, mir wegen Dragon Sorgen zu machen, der zusah, wie ich durch das Zimmer hüpfte und versuchte, meine Jeansshorts anzuziehen. Als ich endlich angezogen war, zog er mich zwischen seine Oberschenkel und legte die Hände an meine Taille.

„Ich nehme dein altes Handy und bringe es zum Müll. Ich weiß, dass dieses Arschgesicht dich anruft, und diese Scheiße wird sofort aufhören. Hast du schon die Scheidungspapiere ausgefüllt?"

„Ja, gleich als ich hergekommen war. Vera hat mir mit dem Papierkram geholfen."

„Okay, es gibt keinen Grund für ihn, weiter anzurufen. Dieses Handy, das ich dir besorgt habe, kann ziemlich viel Scheiß. Letzte Nacht hat Vera dir die Nummern von allen einprogrammiert, also solltest du dahingehend gut gerüstet sein. Es hat auch Internetzugang, wenn du willst, weil wir hier draußen diesen Scheiß nicht haben. Du musst es als Hotspot benutzen. Wenn du mir das Okay gibst, richte ich den Scheiß ein."

„Okay", flüsterte ich.

Er kümmerte sich um mich, und das liebte ich.

„Okay." Er lächelte mich an. „Ich komme früh heim. Schau mal, dass Vera Trix bald über Nacht bei sich behalten kann. Meine Eier sind inzwischen vermutlich blau nach der Dusche heute Morgen. Wenn du mir einen Jungen geschenkt hättest, hätte ich ihm sagen können, er solle aus dem Fenster pissen." Er lachte in sich hinein. „Wir brauchen ein wenig Zeit für uns, verdammt."

Er streckte sich und küsste mich sanft, wobei er immer noch wegen seines Aus-dem-Fenster-Pissen-Kommentars grinste, dann ging er aus dem Schlafzimmer. Ich war froh, dass er in Eile war, sonst hätte er bemerkt, dass ich mich keinen Millimeter bewegt hatte, seit er einen Jungen erwähnt hatte. Ich war erstarrt, und Erinnerungen, die ich verzweifelt versuchte zu unterdrücken, rasten mir durch den Kopf. Ich wusste nicht, wie lange ich dort stand, nachdem ich sein Motorrad hatte wegfahren hören und bevor Trix ins Schlafzimmer gelaufen kam.

„Mama! Tante Vera ist da!"

„Okay, Baby", antwortete ich und nahm ihre Hand, als wir zum Hauseingang gingen. Ich musste mich zusammenreißen, bevor Vera bemerkte, dass etwas mit mir los war.

Unser Picknick war fantastisch. Vera und ich saßen auf einer Decke und sahen zu, wie Trix im Hinterhof herumrannte, Blumen pflückte und wie ein Derwisch herumwirbelte. Ich liebte den Platz, den wir hier draußen hatten; meilenweit gab es keine Häuser, und wenn Trix älter war, konnte sie einfach rausgehen und spielen, ohne dass ich sie jede Sekunde im Blick behalten musste. Die Sonne stand hoch am Himmel, und es war höllisch heiß, als Trix mich darum anbettelte, durch den Rasensprenger laufen zu dürfen. Vera hatte den Weitblick gehabt, einen zu kaufen, als sie für mich Lebensmittel gekauft hatte, und Trix hatte damit gespielt und ständig gefragt, wann sie ihn benutzen dürfte. Ich erlaubte es ihr schließlich, und Vera half Trix dabei, sich bis auf die Unterwäsche auszuziehen, als ich um das Haus herum ging, um den Wasserschlauch zu holen.

Der Rekrut, der uns im Auge behielt, war auf der Veranda, die Ellbogen auf die Knie gelegt und ein Handy in der Hand. Er sah auf, als er mich hörte, und stand rasch auf, als ich ums Haus herum kam.

„Hey, ich glaube, wir haben uns noch nicht richtig kennengelernt. Ich bin Brenna.“ Ich winkte ihm ein wenig zu.

„Yeah, schön, dich kennenzulernen. Casper“, sagte er mit einem Nicken.

„Casper?“

Die Männer kamen ständig auf dumme Spitznamen, und die blieben einem dann. Aber ich verstand nicht, weshalb sie diesem dunkelhäutigen Jungen den Namen Casper gegeben hatten.

„Äh, ja.“

Er trat ein wenig näher, und da machte es Klick. Seine Augen waren vom hellsten Blau, das ich jemals gesehen hatte. Sie waren fast weiß. Wenn man sie mit seiner dunklen Haut kombinierte, hätte er ziemlich gruselig aussehen können. Aber so wie er mich ansah, hatte ich kein anderes Gefühl als Wohlbehagen.

„Ah, deine Augen. Ich versteh schon“, sagte ich mit einem Lächeln.

Der Junge sah gut aus. Wenn ich ein paar Jahre jünger gewesen wäre, hätte ich ihn mir genauer angesehen, aber das Leben, das ich die letzten fünf Jahre geführt hatte, hatte in mir das Gefühl hinterlassen, ich wäre alt genug, um seine Mutter zu sein.

„Yeah, Genetik ist schon witzig. Meine Mom war Südamerikanerin, aber mein Dad hatte rote Haare, fast wie du. Meine Schwester und ich haben beide die Gesichtszüge meiner Mom, aber unsere Augen sind die unseres Vaters. Es ist verdammt seltsam, da braune Augen eigentlich dominant sind." Er schüttelte den Kopf und nahm erneut sein Handy, als ich zum Wasserschlauch an der Seite des Hauses ging.

„Du kannst mit uns nach hinten kommen, wenn du willst", sagte ich mit dem Rücken zu ihm. „Wir haben Wasser und so. Essen. Außerdem wird Trix wie eine Irre durch den Rasensprenger rennen, was ziemlich witzig werden könnte." Ich nahm den Schlauch und fuhr mit einem Lächeln auf dem Gesicht herum, das bei seinem Blick schnell verschwand.

„Ich muss euch zum Tor bringen. Irgendein Beamter ist da, und sie lassen sie nicht durch, aber sie meinen, du müsstest hochkommen." Er sah mich besorgt an.

„Was?" Ich verstand nicht, was los war.

„Wir müssen zum Tor, Brenna. Soll ich es Vera sagen?" Er machte ein paar Schritte nach hinten, aber ich hielt ihn auf.

„Nein, ich bringe nur den Schlauch nach hinten und lasse es sie wissen. Es gibt keinen Grund, weshalb Trix den Rasensprenger nicht benutzen sollte."

Ich eilte um das Haus herum und entdeckte Trix, deren Kopf auf Veras Schoß ruhte. Vera hob den Finger an die Lippen, aber sobald ich näher kam, fuhr Trix hoch und klatschte in die Hände.

„Du kleine Schwindlerin! Ich dachte, du würdest schlafen!", neckte Vera sie, als ich den Schlauch ablegte. Sie kitzelte Trix und brachte sie zum Kreischen und Lachen, als ich endlich ihre Aufmerksamkeit erregte.

„Vera, ich muss zum Eingangstor", sagte ich ihr ruhig. „Einer der Männer hat Casper angerufen. Sie brauchen mich dort. Kannst du dich hier um Trix kümmern?"

„Sicher, Liebes. Kein Problem. Fährst du mit Casper?", fragte sie, als ich mich wieder aufrichtete.

„Ja, er wird mich mitnehmen." In meinem Kopf spukten sämtliche Möglichkeiten herum.

„Dragon wird das nicht gefallen."

„Ich kann deswegen jetzt nicht streiten. Ich muss hin." Ich schüttelte den Kopf. „Gib mir einen Kuss, Trix. Ich bin bald zurück."

Sobald ich zurück zum Eingang kam, startete Casper sein Motorrad, und wir fuhren zum Tor. Es dauerte nur ein paar Minuten, dorthin zu gelangen, und als ich die Gruppe dort sah, schmerzte mein Magen.

Dragon und Pop stritten sich mit einem Mann in einem billigen Anzug, während eine Dame in einem Hosenanzug neben einem Wagen, der wie von der Regierung wirkte, stand. Sie schienen darüber zu streiten, ob sie auf das Gelände durften, während die Dame mit einem Stirnrunzeln auf dem Gesicht wartete.

„Hey, was ist los?", rief ich und weigerte mich, meine Angst durch meine Tonlage zu zeigen.

„Sind Sie Brenna Richards?", fragte mich die Frau in einem Ton, der deutlich machte, dass sie mich für Dreck hielt.

Dragon knurrte, als ich antwortete: „Ja, bin ich. Worum geht es?"

„Sie haben eine Vorladung erhalten", sagte sie, reichte mir einen Briefumschlag und ging zurück zur Fahrerseite des Wagens.

Ich stand zitternd da. Pop sagte etwas zu dem Mann im Anzug, bevor er zur Beifahrerseite des Wagens ging.

„Verfluchte Schlampe. Die will so dringend einen Schwanz, dass sie noch nicht mal dem Kerl erlaubt, das verfluchte Auto zu fahren", brummte Dragon, als er die Arme um mich schlang.

Ich konnte mich nicht bewegen. Ich stand einfach da und starrte auf den Umschlag, als ob er eine Schlange wäre, die jederzeit zubeißen könnte. Ich wollte ihn nicht öffnen. Ich wollte nicht wissen, was darin war.

Dragon begriff schließlich, dass ich erschüttert war, und

nahm mir den Umschlag aus den Händen, als er mich hinten auf sein Motorrad setzte. „Casper! Geh für heute nach Hause. Deine Schicht ist vorbei. Poet, kommst du mit uns?“

Ich sah oder hörte keine Antwort, weil ich mein Gesicht dicht hinten an Dragons Cut gepresst hatte, um die ganze Welt auszuschließen.

Als wir ein paar Minuten später das Haus erreichten, wollte ich die Papiere im Umschlag verzweifelt gern lesen. Ich war nicht sicher, weshalb sich meine Gefühle so rasch verändert hatten, aber ich musste herausfinden, was los war. Ich riss Dragon den Umschlag in der Sekunde aus den Fingern, in der ich von seinem Motorrad kletterte, und öffnete ihn. Das Geräusch, das sich tief aus meinem Hals den Weg nach oben bahnte, als mir klar wurde, was für Papiere das waren, hätte mir wohl Angst eingejagt, wenn ich es bewusster wahrgenommen hätte. Ich fiel im Kies auf die Knie und begann vor und zurück zu wippen, während die Seiten um mich herum zu Boden fielen. Das hier war nicht real. Das konnte er nicht.

„Was zum Teufel, Brenna …“, rief Pop über die Auffahrt hinweg.

Aber ich konnte es ihm nicht sagen. Ich konnte nichts sagen, denn wenn ich das täte, fürchtete ich, dass ich anfangen würde zu schreien und nicht mehr aufhören könnte. Ich kniete einfach dort, als Dragon sich neben mich hockte und die Papiere aufsammelte, während er versuchte, mich zu beruhigen.

„Lies das“, befahl er und reichte meinem Pop den Stapel Papiere. „Finde sofort raus, was zum *Teufel* hier los ist.“

Er hob mich auf die Arme und wiegte mich, als ich versuchte, mich von ihm zu lösen. Vermutlich dachte er, ich wolle, dass er mich runterließ, aber es war das Gegenteil. Ich wollte in ihn hineinkriechen. Ich wollte Trix nehmen und in ihm leben, wo Tony uns nie erreichen konnte, wo wir immer sicher waren. Ich konnte einfach nicht nah genug kommen. Entfernt hörte ich die Geräusche von Trix, die im Hof spielte und lauthals lachte, aber ich konnte es nicht einsortieren. Ich konnte gar nichts einsortieren.

Ich bemerkte es kaum, als Dragon mich auf das Bett legte und mich eng in das Laken wickelte, das wir letzte Nacht benutzt hatten. Er saß eine Weile bei mir, streichelte mir über den Kopf und flüsterte beruhigende Dinge, bis ich die Augen schloss. Ich hoffte, er dachte, ich wäre eingeschlafen. Sobald er das Zimmer verließ, hörte ich, wie er mit Pop sprach, und ich wusste, dass sie versuchten herauszufinden, wie wir dagegen angehen konnten. Ich brauchte eine Minute für mich, bevor ich rausging und Trix abtrocknete und anzog. Ich brauchte nur eine Minute, um in Selbstmitleid, meiner Sorge und Panik zu schwelgen, bevor sie mich sah.

Der Grund, weshalb ich Tony verlassen hatte, spielte im Hof, und zum ersten Mal in ihrem Leben war sie glücklich und sicher genug, um lauthals zu lachen. Sie kam langsam aus ihrem Kokon und fühlte sich sicher genug, um wie andere Kinder in ihrem Alter zu quengeln. Sie war glücklich, und das war das Schönste, was ich jemals gesehen hatte.

Es würde uns alles um die Ohren fliegen, und meine Brust schmerzte richtig bei dem Gedanken, dass Trix sich wieder in den Panzer zurückziehen könnte, in dem sie seit ihrer Geburt gewesen war.

Mein Albtraum, das, wovor ich weggelaufen war, hatte mich eingeholt. Tony verlangte das komplette Sorgerecht für *meine* Tochter, und er hatte das Geld und die Anwälte, um zu gewinnen.

Kapitel 18

Brenna

Trix rannte ins Zimmer, komplett angezogen, bevor ich mich aus meinem Kokon lösen konnte. Dragon war dicht hinter ihr und versuchte sie davon abzuhalten, mich aufzuwecken, aber er hielt inne, als er merkte, dass meine Augen offen waren.

„Hey, Mama. Bist du müde?“, fragte mich Trix, und ich konnte die Anspannung an ihrem Blick ablesen.

Sie war viel zu scharfsinnig, so dass ich es nicht überspielen konnte. Sie wurde langsamer, als sie das Bett erreichte, und kletterte vorsichtig hoch, wie sie es schon hunderte von Malen zuvor getan hatte. Ich wollte nicht, dass sie dachte, ich wäre verletzt, daher zog ich rasch die Arme unter der Decke hervor und zog Trix zu mir hoch.

„Hey, Babygirl! Hattest du Spaß mit dem Rasensprenger?“

Sie war verwirrt, weil ich mitten am Tag im Bett lag, aber sie kicherte vorsichtig, als ich die Arme um sie schlang.

„Ja, lass uns das morgen noch einmal machen!“, sagte sie mit aufgerissenen Augen.

„Wenn es draußen warm ist, können wir das tun. Vielleicht springe ich morgen auch drunter!“

Sie lachte, als ich mich auf die Seite rollte und die Decke hoch und über unsere Köpfe zog. Das Licht, das durch die Fenster schimmerte, erlaubte mir ihr Gesicht deutlich sehen zu können, und sie war wieder mal das glückliche Mädchen, das zu sehen ich inzwischen erwartete. Sobald wir unter den Laken waren, begann sie zu flüstern, als ob sie mir ein großes Geheimnis anvertrauen wollte.

„Papa hat gesagt, dass ich heute Nacht bei Tante Vera schlafen darf! Kann ich morgen nach Hause kommen, damit wir den Rasensprenger probieren können?", fragte sie und senkte fragend die Augenbrauen.

„Sicher, Baby. Sobald du aufwachst, bringt sie dich wieder her, und wir machen uns Pfannkuchen, wenn du hier bist." Ich war irritiert, dass Dragon ihr die Erlaubnis gegeben hatte, zu Vera zu gehen, aber ich wusste, dass es besser für sie wäre, wenn sie heute Nacht nicht daheim wäre, während wir uns mit Tonys neuestem Tiefschlag auseinandersetzten. „Soll ich dir für deine erste Übernachtung packen helfen?"

„Ja! Darf ich meine Legosteine mitbringen?"

„Sicher, Baby. Lass uns deine Sachen holen."

Ich schlug die Laken auf die Seite und war überrascht, Dragon am Türrahmen lehnen zu sehen, ein kleines Lächeln auf seinen Lippen. Ich hatte vergessen, dass er mit Trix ins Zimmer gekommen war, als ich die Laken über unseren Kopf gezogen hatte. Er sah mich an, als ob er nicht glauben konnte, was er sah, und ich wollte hier liegen und mich darin sonnen, aber Trix hatte eine andere Idee und sprang wie ein Wirbelwind vom Bett.

„Gehen wir, Mama!"

Ich stieg vom Bett und sah zu, wie sie an Dragon vorbei aus dem Zimmer flitzte und dabei die ganze Zeit vor sich hinmurmelte, was sie mitnehmen wollte. Als ich an ihm vorbeigehen wollte, hielt er mich mit einer Hand am Arm zurück. Bevor ich aufsehen konnte, packte er mein Gesicht und schob seine langen Finger durch das Haar an meinen Ohren, womit er mein Gesicht zu seinem hob.

„Du bist die beste Mama der Welt, und ich bin der glückliche Bastard, der ihr den Braten in die Röhre geschoben hat", flüsterte er, als er meinen Blick erwiderte. „Wir kriegen das geregelt. Unser Mädchen wird nirgends hingehen."

Er wartete, bis ich ihm ein kleines Nicken geschenkt hatte, dann küsste er mich wie nie zuvor. Er war sanft und zärtlich, und ich fühlte, wie Tränen in meinen Augen brannten, bis er den Kopf hob.

„Geh und hilf deiner Kleinen packen“, sagte er und gab mir einen Klaps auf den Hintern, um mich in Bewegung zu setzen.

Sobald Trix mit Vera unterwegs war, setzten sich Dragon und ich mit meinem Pop an den Küchentisch. Ich wusste, dass sie herauszufinden versuchten, wie sie Tony aufhalten konnten, aber sie kannten ihn nicht und auch nicht wozu er bereit wäre, um das zu bekommen, was er wollte.

„Er ist nicht ihr Vater, also kann er gar nichts tun!“ Dragon brach das Schweigen, indem er mit der Faust auf den Tisch schlug.

„Ja, das stimmt, aber, Fuck, er steht auf der Geburtsurkunde. Wir müssen dir einen von diesen verdammten DNS-Tests besorgen.“ Die Stimme meines Pops verriet mir, dass er versuchte, Dragon zu beruhigen, und sein sachlicher Tonfall schien zu wirken.

„Ja, vermutlich. Dieser Scheiß steht neben den Kondomen in der verdammten Apotheke. Wieso man sich als Kerl jemals flachlegen lassen sollte, nachdem man diese Scheiße gesehen hat, ist mir ein Rätsel.“

„Machen sie den Test gleich da in der Apotheke?“

„Nee, man macht das daheim und dann schickt man ihn zu der Firma, und sie mailen dir dann die Ergebnisse.“

Mein Blick, der bisher starr auf die Tischplatte gerichtet war, zuckte zu Dragon nach seiner kleinen Erklärung. Er beobachtete mich, und sobald er den entsetzten Blick auf meinem Gesicht sah, erklärte er: „So eine Tussi hatte mich mal abgecheckt, während sie ihre verdammten Tampons kaufte, und ich wollte nicht, dass sie sieht, wie ich die verfluchten Kondome kaufe. Das Weib war echt extrem schmuddelig.“ Seine Ohren waren knallrot geworden, als Pop ihn über den Tisch hinweg auslachte. Er rieb sich den Nacken. „Ich hab nach dem Erstbesten gegriffen, auf dem nicht ‚extra feucht' stand, und hab auf beschäftigt getan. Sie ist praktisch davongerannt."

Inzwischen lachten sie beide, aber ich konnte einfach nicht. Ich war leer. Ich hatte das Gefühl, dass jede Wand, die ich errichtet hatte, um mich herum zusammenbrach, während ich an dem zerkratzten Holztisch saß. Ich müsste zu ihm zurückgehen. Ich hatte keine Chance, diesen Kampf zu gewinnen, und ich würde ihm Trix nie ohne mich geben.

Ich hatte Angst – mehr als jemals zuvor in meinem Leben, selbst als ich gedacht hatte, er würde mich umbringen. Wir waren etwas mehr als einen Monat hier gewesen und in dieser Zeit hatte ich den harten Panzer verloren, der mich früher beschützt hatte. Ich fühlte jetzt alles. Jedes Wort und jede Tat riefen eine Emotion in mir hervor, die ich jahrelang nicht gefühlt hatte, abgesehen von meiner Zeit mit Trix. Diesmal wusste ich, dass er mich, mein wahres Ich, erreichen würde. Nicht nur meinen Körper, sondern meine Gefühle. Sie waren zu frisch, um ihm widerstehen zu können, und ich wusste, dass er mich jetzt brechen würde. Ich machte mir furchtbare Sorgen, was mit Trix geschehen würde, nachdem ich gebrochen war.

Ich räusperte mich, um die Aufmerksamkeit der Männer auf mich zu ziehen. „Ihr könnt nichts verschicken. Das würde zu lange dauern. Ich glaube, es wäre sowieso egal. Wir waren verheiratet, als ich das … Trix bekommen habe." Ich riss mich zusammen und holte tief Luft. „Ich bin nicht sicher, wie die Gesetze hier sind, aber ich weiß aus dem Internet, dass sie, weil ich mit ihm verheiratet war, als ich sie bekommen habe, von Gesetzesseite her zu ihm gehört."

Ich zuckte zusammen, als Dragon rasch auf die Füße sprang und sein Stuhl über den Boden schrammte. Er ging wütend auf und ab, und ich wusste nicht, ob es an der Sinnlosigkeit unserer Situation oder an dem Hinweis lag, dass ich verheiratet gewesen war, als ich Trix bekommen hatte.

„Du musstest ihn ja auch verdammt noch mal heiraten, nicht wahr?“ Er schüttelte den Kopf über meine Dummheit. „Musstest dir einen Anzug tragenden, verdammten Psychopathen suchen, mit dem du unsere Tochter großziehen konntest. Konntest verdammt noch mal nicht heimkommen. Oh nein, ein hochklassiges Weib wie du musste ja unbedingt einen verfickten Anzugträger haben.“ Er lachte ohne Humor.

„Junge, setz dich, damit wir diese Scheiße später ausdiskutieren können. Es gibt keinen Grund, weshalb du Dinge sagen solltest, die du später bereuen wirst“, sagte Pop ruhig. „Je schneller wir das hier austüfteln, desto schneller könnt ihr zwei herausfinden, was zum Teufel ihr tun wollt. Letztlich wird meine Enkelin nirgends hingehen. Nicht, während ich noch atme. Wir müssen nur überlegen, wie wir von hier aus weitermachen.“

Wieder einmal beruhigte Pop Dragon. Es war offenkundig, wie viel Respekt er für meinen Vater empfand, durch die Art, wie er zuhörte, wenn Pop sprach. Ich war einerseits erleichtert, dass ihre Beziehung immer noch stabil war, und andererseits fühlte ich mich schuldig in dem Wissen, dass ich das ruinieren hätte können.

„Sieht aus, als ob wir vor Gericht gehen. Scheiße.“

„Bist du sicher, dass du das Spiel so spielen willst?“, fragte Pop Dragon mit einem Blick, den ich nicht lesen konnte.

„Mein Name wird auf dieser verdammten Urkunde stehen, Poet. Ich werde tun, was nötig ist, um das hinzubekommen.“ Er nahm seine Schlüssel vom Tresen und ging zur Eingangstür. „Ich komme später wieder. Hast du das hier im Griff?“ Er registrierte Pops Nicken, als er durch die Tür ging.

Er sah mich nicht ein Mal an. Die Stücke von mir, von denen ich gedacht hatte, sie wären im Hof von meinem

Ich abgebrochen, konnten in noch kleinere Teilchen brechen, als ich ihn durch die Tür gehen sah. Ich brauchte ihn, und er war weg.

„Keine Sorge, Brenna-Liebes“, sagte Pop zu mir, als ich mich wieder zu ihm drehte. „Er braucht nur ein wenig Zeit. Er kommt zurück.“

Ich wusste, dass er zurückkommen würde, aber ich wusste nicht, was er vorfinden würde, wenn er es tat. Ich hatte das Gefühl, dass ich schon weg wäre.

„Er würde sein Leben für dich und Trix geben, Brenna. Er würde durchs Feuer gehen. Er würde einen Drachen erschlagen. Er würde ins Gefängnis gehen.“ Damit ging er leise ins Bad.

Pop und ich verbrachten die nächsten Stunden damit, auf der Couch zu sitzen und Filme anzusehen. Es wäre wohl passender zu sagen, dass Pop Filme ansah und ich ins Leere starrte. In meinem Kopf wirbelten die Möglichkeiten herum. Als ich bewegungslos und schweigend geschlagene zwei Stunden dasaß, schlang Pop schließlich den Arm um meine Schultern und zog mich an seine Seite.

„Wird schon alles werden, Brenna. Das kannst du deinem alten Pop glauben.“ Er küsste meinen Scheitel, als ich mich an ihn schmiegte.

Es dauerte nur ein paar Minuten, bis die Sicherheit und der Trost der Arme meines Pops mich in den Schlaf wiegten. Ich bemerkte kaum, dass er mich ins Bett brachte, und ich hoffte, dass das Bett nicht nach Sex roch, als ich wieder einschlief.

Ein paar Stunden später erwachte ich, als Dragon sich neben mich legte. Ich versuchte, mich nicht zu versteifen, aber ich konnte nicht anders, als er um mich herumgriff, um die Jeansshorts aufzuknöpfen, die ich im Bett trug.

„Ich weiß, dass du wach bist, Bren. Die hier brauchst du nicht im Bett. Wird mich sowieso nicht aufhalten“, murmelte er hinter meinem Kopf.

Meine Stimme war rau vor Schlaf, als ich ihm antwortete: „Pop hat mich ins Bett getragen … Ich bin ein wenig zu alt, dass er mich in meinen Schlafanzug steckt."

„Ach, ja? Bist du auf der Couch eingeschlafen?", fragte er, als er mir die Shorts und die Unterwäsche die Beine hinab zog.

Ich erlaubte es ihm. Ich brauchte ihn nah an mir, und es war mir egal, wie.

„Ja, er hat irgendeinen Actionfilm angesehen. Das war nicht wirklich meins", sagte ich, als ich die Arme hob, damit er mir das Tanktop und den BH ausziehen konnte.

Sobald er mich ausgezogen hatte, zog er mich dicht an sich, vergrub den Kopf zwischen meinen Brüsten und schlang die Arme um meine Taille. Ich schob die Hände in sein Haar und zog den Haargummi heraus, während sein Atem heiß über meine Haut strich.

„Ich hasse diese verdammte Scheiße, Brenna. Ich hasse es, dass er eine Verbindung zu euch beiden hat. Ich hasse es, verdammt noch mal, dass er es immer noch schafft, dich auf dem Hof auf die Knie sinken zu lassen, als ob du keine Kraft mehr in den Beinen hast. Ich hasse es, dass er mein Mädchen in dir hat wachsen sehen und sie danach aufwachsen sehen konnte. Ich hasse das, verflucht. Und das ist deine Schuld."

Meine Finger verkrampften sich in seinen Haaren, als der letzte Satz in mein Bewusstsein drang. Er drückte mich zweimal an sich, dann drehte er mein Gesicht in seine Richtung.

„Aber ich hasse dich nicht. Ich habe dich jahrelang gewollt, verdammt nochmal. Hab die Sterne beobachtet. Mir die Konstellationen eintätowieren lassen, bevor der Edding, den du benutzt hast, verblasst. Ich habe nie aufgehört, dich zu wollen, obwohl ich so angepisst bin, dass ich dich durch den verdammten Raum prügeln könnte."

Mein Atem stockte, als ich die Finger aus seinen Haaren zog und die drei Sterntattoos nachfuhr, die ich über der

Stelle sehen konnte, an der er seinen Körper an meinen presste.

„Heilige Scheiße“, flüsterte ich, als mir das Ausmaß dessen bewusst wurde, was er gesagt hatte.

Ich hatte gedacht, er würde mich wegen dem wollen, der ich war, aber als Trix der Gleichung hinzugefügt wurde, war ich mir nicht mehr so sicher. Viele Männer wollten nicht mit der Mutter ihres Kindes heile Familie spielen, das wusste ich. Dragon hatte aber immer eine Familie gewollt, und etwas tief in mir befürchtete, dass ich nur ein Trittbrett war, damit er Trix bekam.

Er hatte diese Tattoos machen lassen, bevor selbst ich wusste, dass Trix unterwegs war.

Bevor ich zu emotional werden konnte, knurrte er und zog sich höher.

„Küss deinen Mann. Es war ein langer Tag, und ich bin verdammt bereit dafür, dass er endlich zu Ende geht.“

Ich schob die Hände über seine Schultern in sein Haar, als ich meinen Mund auf seinen legte. Ich war enttäuscht, dass er fürs Bett bereit war, aber ich verstand ihn. Es war ein höllischer Tag gewesen. Als ich meinen Mund von seinem löste, gab er ein unzufriedenes Geräusch von sich, ergriff mein Haar mit einer Faust und presste weiterhin meinen Mund an seinen. Meine Nippel waren von dem Moment an hart gewesen, als er nackt neben mir ins Bett geschlüpft war, aber als er auf meine Unterlippe biss, fühlte ich die Nässe zwischen meinen Schenkeln. Ich war nicht sicher, was für ein Geräusch ich von mir gab, aber er begann mir zuzuflüstern, als er eine seiner Hände über meinen Körper gleiten ließ, innehielt, um in meine Nippel zu kneifen und seine kurzgeschnittenen Nägel meinen Bauch hinab zog.

Er fuhr die Linien meines Tattoos auf meinem Bauch nach. „Ich weiß, Baby. Ich weiß, was du brauchst.“

Er redete leise, während ich mich auf dem Bett wand. Keine meiner Bewegungen brachten seine Hände dorthin, wo ich sie haben wollte. Als ich schließlich den leichten Schweiß auf meinem Körper spürte, presste er zwei Finger in mich, und ich schrie erstickt auf, als ich kam.

„Das hast du gebraucht, nicht wahr?“ Er lachte leise an meinem Hals.

Bevor ich wieder zu Atem kam, drückten seine Unterarme meine Schenkel unbequem weit auf das Bett. Er hatte den Kopf gesenkt und nutzte seine Zunge, um einen weiteren Orgasmus bei mir aufzubauen. Ich konnte nicht einmal protestieren. Ich war so empfindlich, dass es schmerzhaft war, aber ich wollte mehr. Ich wollte alles. Es dauerte nur wenige Minuten, bevor sich mein Körper anspannte. Meine Oberschenkelmuskeln brannten wegen des Drucks von Dragons Unterarmen, die meine Beine still hielten. Bevor ich kommen konnte, stieg Dragon vom Bett und drehte mich um, so dass ich auf dem Bauch lag. Dann packte er meine Hüften und zog mich dorthin, wo er am Bettende stand.

„Nein, Brenna.“ Seine Stimme war rau vor Erregung. „Behalte die Beine auf dem Bett. Füße am Rand.“

Ich zog die Knie an und unter mich, um meine Beine auf dem Bett zu behalten, aber ich war nicht sicher, was er vorhatte, bis er unter mich griff und meine Knie spreizte. Wenn ich gestanden hätte, wäre ich in der Hockstellung gewesen, so aber sah ich vermutlich mehr wie ein Frosch aus. Meine Füße mit den Fußsohlen nach oben befanden sich an beiden Seiten meines Hinterns, und er drückte gegen meinen verlängerten Rücken. Es war nicht wirklich unbequem, nur eine seltsame Position, wenn man sie längere Zeit einnehmen sollte.

Ich wusste nicht, was los war, bis er leicht an meinen Hüften zog und die Stellung dadurch noch schwerer zu halten war, während meine Schenkel nach Entspannung schrien. Alle Unbequemlichkeit war vergessen, als er meine Schulter packte und sich an meiner Öffnung positionierte.

„Halt dich fest, Brenna“, war die ganze Warnung, die ich erhielt, bevor er sich mit einem harten Stoß in mir versenkte.

Mein Rücken wölbte sich bei seinem Eindringen, aber bald wurde die Überraschung zu Erregung, als ich die Laken über meinem Kopf packte, um mich irgendwie abzustützen. Es fühlte sich an, als ob er mich über das Bett schob, aber er stand immer noch am Fußende, daher wusste ich, dass ich weiterhin auf dem gleichen Platz kniete. Ich begriff bald, warum Dragon diese Position gewählt hatte. Ich war hilflos mit weit gespreizten Beinen und keinerlei Halt für meine Arme. Ich musste einfach nehmen, was immer er mir auch gab, weit offen und atemlos. Er fühlte sich so gut an, wie er sich in mich presste und wieder zurückzog, dass ich Geräusche tief aus meinem Hals dringen hörte, und nicht einmal versuchte, sie zu stoppen. Ich fühlte, wie er mit den Fingern den Punkt berührte, an dem wir miteinander verbunden waren, und ich fragte mich vage, wie wir aus diesem Blickwinkel aussahen, als er einen seiner nassen Finger sanft in meinen Hintern schob. Danach explodierte ich und ich war mir kaum darüber im Klaren, wann er kam. Er streckte vorsichtig meine Beine wieder aus und machte mich sauber, aber ich war schläfrig und schwebte auf einer Wolke des Glücks, die ich nicht verlassen wollte. Also ließ ich ihn einfach machen und kuschelte mich an ihn, um zu schlafen.

Ungefähr eine Stunde später wachte ich auf. Dragon starrte an die Decke unseres Zimmers. Ich konnte seinen Gesichtsausdruck nicht lesen, aber wenn er mitten in der Nacht hellwach war, konnte es nichts Gutes bedeuten. Ich streckte mich neben ihm, um seine Aufmerksamkeit zu erregen, und er sah mit einem Lächeln auf mich hinab.

„Mmm“, summte ich an seiner Brust. „Das hat mir gefallen.“

„Weiß ich.“ Seine Brust bebte unter seinem leisen Lachen, was mich sofort ärgerte.

„Eingebildet. Vielleicht habe ich es gehasst. Woher willst du es wissen?"

„Bren, du bist gekommen. Zweimal. Deine Schenkel waren verflucht nass." Ich grub mein Kinn in seine Brust, aber ich hielt rasch inne, als ich mich an seine blauen Flecken erinnerte.

Als er murmelte: „Shit, meine auch.", wollte ich alles nur wiederholen.

Er packte mein Kinn, bevor ich den Kopf senken konnte, und erwiderte meinen Blick. „Du hast dagelegen und mich tun lassen, was immer ich wollte …" Er lächelte verschlagen.

„Ich habe nicht nur dagelegen!"

„Doch, hast du."

„Wenn ich wie eine Tote dagelegen habe, warum gehst du dann nicht einfach zurück zu dem Clubweib, mit dem du zusammen warst?", fragte ich schnippisch und hob die Augenbrauen.

„Brenna, du hast absolut keinen verdammten Schimmer", sagte er und schüttelte den Kopf.

Bevor ich mich ihm entziehen konnte, spannte er die Hand um meinen Oberkörper an.

„Es war das heißeste, das ich jemals gesehen habe, dir dabei zuzusehen, wie du mich in dich aufnimmst. Ich habe nicht gesagt, du hättest wie eine Tote dagelegen, verdammte Scheiße nochmal. Du vertraust mir, dass ich dir das gebe, was du brauchst. Du weißt, dass ich das tue, und du lässt es mich dann auch tun. Ich weiß, dass du nicht mit vielen Männern zusammen warst, aber lass mich dir sagen, dass das nicht das ist, wie es normalerweise läuft. Du bist verflucht sexy, wenn du daliegst, meinen Namen sagst und diese Geräusche von dir gibst. Ich würde das gegen nichts auf der Welt eintauschen wollen. Verstanden?" Er drückte mich, um seinen Standpunkt zu betonen.

„Okay“, antwortete ich nachgiebig und fühlte mich wie eine Idiotin, dass ich angepisst war, obwohl er eigentlich versucht hatte, mir ein Kompliment zu machen.

„Schlaf. Wir müssen früh aufstehen, damit ich dich noch einmal vögeln kann, bevor Trix wieder heimkommt.“

Ich kuschelte mich an ihn und seufzte. Der Morgen würde den Albtraum zurückbringen, aber für den Moment war ich an Dragon geschmiegt und konnte leichter atmen.

Kapitel 19

Brenna

Ich erwachte am nächsten Morgen, als Dragons Hände über meinen Körper fuhren und er von hinten in mich eindrang. Die Nacht zuvor war schweißtreibend, hart und atemlos gewesen, aber das hier war fast das komplette Gegenteil. Es war langsam und schlaftrunken, da wir uns kaum bewegten, sondern uns nur aneinander rieben. Als ich kam, spannte sich mein Körper an und trennte fast unsere Verbindung, bis Dragon sich eng an meinen oberen Rücken drückte, mich nach vorn und vom Kissen herunter drückte. Als er fertig war, hing mein Kopf fast vollständig von der Bettseite, und mein Haar war nach vorn geschoben und verdeckte fast mein Gesicht.

Ich wollte mich nicht bewegen. Morgensex war großartig. Es war die beste Art aufzuwachen, aber da Trix weg war, wollte ich ein wenig länger schlafen und so tun, als ob ich mich noch nicht dem Tag stellen müsste. Ich lag wie eine schlaffe Nudel da, während wir wieder zu Atem kamen, bis mich Dragon neben ihm im Bett hochzog.

„Wir haben noch nicht drüber gesprochen … weil es mir so oder so egal ist … aber wirst du schwanger, wenn wir so weitermachen?“

Okay, das weckte mich verdammt nochmal richtig auf. „Ich glaube nicht. Nachdem ich Trix bekommen habe, wurde ich nie wieder schwanger. Ich habe nie die Pille genommen, aber es ist nie etwas passiert. Vermutlich könnte es das aber. Würdest du heute Kondome kaufen gehen?“ Ich zupfte an den Laken, damit ich ihn nicht ansehen musste.

„Nachdem ich mit dir zusammen war und nichts zwischen uns stand, trage ich kein verficktes Kondom.“

„Dann versuche ich diese Woche zum Arzt zu kommen. Aber bis ich das schaffe, darfst du nicht ran. Wir haben jetzt schon ein wenig zu viel russisches Roulette gespielt." Ich schüttelte den Kopf.

„Denkst du?", fragte er mich mit einem Lächeln, als er uns rasch herumrollte, so dass er zwischen meinen Schenkeln lag. „Denkst du, du kannst dich mir verweigern? Bekommst du heute Nacht Kopfschmerzen, Baby?"

„Es ist mein Ernst, Dragon! Wir können nicht …"

Mein Protest wurde abgeschnitten, als er sich wieder in mich schob, und ich stöhnte tief auf. Ich war noch nicht für ihn bereit, aber die klebrige Nässe vom letzten Mal war genug, um seinen Weg ein bisschen zu erleichtern. Sobald er tief in mir war, hielt er still, bis ich fühlte, wie mein Körper sich um ihn herum entspannte. Als er anfing sich zu bewegen, begann er auch zu reden, aber ich bekam nur die Hälfte dessen mit, was er sagte.

„Du wirst mir einen Sohn schenken … verfickte Kondome …wann ich will, wie ich will … fleh mich an, dich zu ficken … *Mein.*"

Und es war das letzte Wort, das mich über die Klippe stieß.

Nachdem wir fertig waren, stand Dragon auf, während ich etwas döste. Er musste ein paar Erledigungen machen, also zog er sich an, und er rief Casper, um das Haus zu bewachen. Vera würde anrufen, bevor sie Trix vorbeibrachte, also konnte ich noch ein wenig schlafen. Länger als neun Uhr früh zu schlafen fühlte sich dekadent an, und ich wollte das nicht aufgeben. Endlich sank ich zurück in den Tiefschlaf und wachte stundenlang nicht mehr auf.

Als ich erwachte, sah ich auf die Uhr und sprang aus dem Bett. Es war fast Mittag. Ich war überrascht, dass ich so lange geschlafen hatte, und gleichermaßen überrascht, dass Vera und Trix weder aufgetaucht waren noch sich gemeldet hatten. Das Haus war ruhig, als ich mich anzog, und es verursachte ein gruseliges Gefühl in mir, das ich nicht abschütteln konnte. Ich hatte fast Angst, aus meinem Schlafzimmer zu gehen, was dumm war. Ich wusste, dass Dragon unterwegs sein musste. Casper war draußen, also war ich nicht allein. Aber ich konnte das Gefühl nicht abschütteln. Ich warf mir ein weites Sweatshirt über, bevor ich die Tür zu meinem Zimmer öffnete und hinausging. Das Haus war bereits warm, aber mir war kalt bis auf die Knochen, und ich brauchte ein wenig Schutz.

Als ich für eine Tasse Kaffee in die Küche ging, schrie ich fast auf, als ich Dragon am Tisch sitzen sah. Er sah auf seine Hände, die auf einem Papier lagen, und ich konnte seinen Gesichtsausdruck nicht sehen, aber ich war erleichtert, dass er da war. Ich lachte leise innerlich, als ich zu ihm ging, aber das Gefühl einer Vorahnung verließ mich nicht.

„Hey, Liebling. Ich dachte, du hättest Erledigungen zu machen? Warst du schon weg und bist wieder zurückgekommen?“, fragte ich, als ich zur Kaffeekanne ging, die auf dem Tresen stand.

Mein Rücken war ihm zugewandt, als er redete, aber als ich ihn hörte, verstärkte sich mein Gefühl von Grauen im Magen. Seine Stimme war tief, so tief, dass sie fast kehlig war. Er sprach in einem leisen, aber präzisen Tonfall, den ich noch nie von ihm gehört hatte. Jedes einzelne Wort klang wie eine Herausforderung für ihn.

„Setz. Dich. Brenna.“

Ich wollte mich nicht umdrehen. Ich wollte mich dem nicht stellen, was ihn so wütend gemacht hatte, dass er nicht einmal brüllte. Seine Stimme erinnerte mich an Tonys, bevor er mich immer geschlagen hatte, und ich brauchte sämtliche innere Stärke in mir, um mich nicht über den Tresen zu übergeben.

Ich drehte mich langsam um. Ein Kampf- oder Fluchtinstinkt rauschte durch meinen Körper. Ich hatte nicht wirklich Angst vor ihm, aber sein Tonfall und wie er seinen Körper gerade hielt, rief sämtliche alten Instinkte in mir wach. Als ich mich ihm endlich stellte, bewegte er die Hände und faltete sorgfältig das Papier auseinander, das auf dem Tisch lag. Ich sah auf das Papier und fühlte, wie mir kalt wurde. Schwarze Punkte tanzten vor meinem Blickfeld.

„Etwas sah nicht richtig aus, als ich das hier rausgezogen habe. Der Anwalt vom Club hat es gebraucht, also bin ich durch deine Kartons gegangen. Ich habe ein wenig gebraucht, um herauszufinden, was seltsam war. Willst du mir erklären, weshalb hier steht, dass Trix ein Zwilling wäre?"

Ich stand da und starrte ihn dümmlich an, während meine Gedanken rasten. Ich wusste nicht, was ich sagen oder wie ich es erklären sollte. Das Wort *Zwilling* hatte meinen Körper gelähmt, meine Muskeln angespannt, und es fiel mir schwer zu atmen. Ich hatte dieses Wort seit vier Jahren nicht mehr benutzt, und es brachte Erinnerungen zurück, die ich so tief in meinem Herzen verschlossen hatte, damit ich sie nur einmal im Jahr fühlen und darin schwelgen konnte. Er verlor die Geduld über mein Schweigen. Ich wusste, dass er das tun würde. Ich wusste, dass er auf eine Erklärung wartete. Er wartete darauf, dass ich ihm sagte, es wäre eine Lüge, dass es ein Fehler gewesen sei. Er wollte, dass ich ihm sagte, dass er kein weiteres Kind gehabt hatte, das er nie kennenlernen würde.

„Setz. Dich. Brenna!", schrie er mich an und schlug mit der Hand so hart auf den Tisch, dass die Tischbeine am Boden kurz tanzten.

Mein Körper zuckte, und eine halbe Sekunde später fuhr ich auf dem Absatz herum und rannte ins Schlafzimmer. Ich wollte unbedingt eine Tür zwischen uns haben. Ich brauchte eine Barriere, die den Blick in seinen Augen verstecken und mich beschützen würde, damit ich diese Unterhaltung aufschieben konnte. Der Stuhl knarzte hinter ihm, und ich konnte hören, wie er über den

Tisch sprang, als er mir nachsetzte. Ich schaffte es bis in den Flur, bevor sein Körper meinen Rücken traf, und meine Brust und Kopf wurden mit einem Schrei gegen die Wand gepresst. Er wirbelte mich an meinem Arm herum und packte beide Oberarme mit seinen großen Händen, während er mich schüttelte.

„Erklär mir das, verdammt, Brenna! Du erklärst mir jetzt sofort diese verfickte Scheiße!"

Ich bemerkte nicht, dass ich weinte, bis ich fühlte, dass mir die Nase bis in den Mund lief. Ich keuchte vor Schmerz und Schrecken, als er mich schüttelte, und es dauerte eine Minute zu begreifen, dass er nicht aufhören würde, bis ich anfing zu reden. Ich fühlte, wie die Haut über meinem Wangenknochen sich anspannte, als sie dort anschwoll, wo sie die Wand getroffen hatte, und jeder Atemzug, den ich nahm, zitterte in einem Keuchen aus meinen Lungen. „Er ist gestorben."

„Wer ist gestorben?" Er schüttelte mich wieder, schrie noch immer.

„MEIN SOHN! MEIN SOHN IST GESTORBEN!", schrie ich ihm ins Gesicht. Meine Angst wurde von Wut auf diesen Mann überwältigt.

Wie konnte er es wagen, dieses Thema anzuschneiden? Wie konnte er es wagen, mich den schlimmsten Moment meines gesamten Lebens wieder durchleben zu lassen? Wie konnte er es wagen, dass er ein Recht auf meine Erinnerungen, auf meinen Schmerz hatte?

Er ließ meine Arme los, als ob er sich verbrannt hätte und suchte mein Gesicht mit bestürztem Blick ab. Ich wusste nicht, was für einen Gesichtsausdruck ich hatte, aber sein Gesicht war bei meinem Schrei bleich geworden.

„Sie kamen zu früh." Es war so einfach und so herzzerreißend. „Das passiert bei Zwillingen … häufig. Sie hatten nicht viel Platz da drin, und ich hatte sowieso nicht die einfachste Schwangerschaft. Mir war ständig so verflucht übel! Ich habe mich jeden Tag übergeben, bis die

Geburt war, und ein paar Tage danach auch noch." Ich schüttelte den Kopf, sah auf den Boden und versuchte die Worte zu finden, die ich brauchte. Ich wusste nicht, wie ich darüber reden sollte. Wie beschrieb man den Verlust eines Kindes? Das tat man nicht. Es gab keine Erklärung, es gab einfach keine Antwort. „Seine Lungen waren nicht entwickelt. Er war nicht bereit", schluchzte ich. „Trix auch nicht, aber sie war größer. Stärker. Er war eine Woche da und dann war er weg. Ich hatte so verdammt große Schmerzen. Ich hatte kaum die Möglichkeit, ihn zu halten. Ich hatte nicht einmal die Chance, ihn zu stillen."

Inzwischen kreischte ich, und mein Hals wurde rau. Meine Hände hatte ich im Haar vergraben, während ich mich auf den Fußballen hin und her wiegte. Ich war zu sehr in meinem eigenen Elend gefangen, dass ich Dragons nicht gesehen hatte. Es gab keinen Platz hierfür. Mein eigenes Elend weckte in mir den Wunsch, mich auf dem Boden im Flur zusammenzurollen. Ich wollte Dinge zerschmettern und jemanden schlagen und mir das Haar ausreißen. Als ich Trix aus dem Krankenhaus heimgebracht hatte, hatte ich alles, mit dem ich nicht hatte umgehen können, weit nach hinten in meinem Kopf gedrängt. Ich hatte keine Hilfe gehabt, keinen, an den ich mich hätte lehnen können, keine Zeit und keinen Raum, um zu trauern. Es war das erste Mal, dass ich das volle Ausmaß meines Verlusts fühlte, seit ich ihn zum letzten Mal im Krankenhaus gehalten hatte, und ich fragte mich abwesend, ob es sich so anfühlte, den Verstand zu verlieren.

Dragon stemmte sich mit einem Arm an die Wand. Sein Körper war so gekrümmt wie vor ein paar Tagen, als er zu Brei geschlagen nach Hause gekommen war. „Willst du mir damit sagen, dass unser Sohn eine ganze Woche lang sterbend im Krankenhaus lag, und du mich nicht angerufen hast?"

„Ja." Meine Antwort klang fast herausfordernd.

Ich hatte ihn nicht angerufen; ich hatte alles allein erledigt.

Bei meiner ruhigen Antwort hob er den Arm, der bisher an seiner Seite gehangen hatte, in einem weiten Bogen und schlug mit der Handrückseite gegen meinen Wangenknochen, über dem die Haut bereits angeschwollen war, wodurch er mich zu Boden warf.

„Du verfickte Schlampe!", schrie er und sah auf mich hinab, als ich mich zusammenrollte, die Arme um den Kopf schlang und ich schluchzte. „Du verfickte, verfickte, verfickte Schlampe."

Als ich hörte, wie sich seine Stimmlage änderte, sah ich durch meine Arme hindurch auf und sah die Tränen, die ungehindert über seine Wangen liefen. Ich wollte meine Arme um ihn schlingen. Ich wollte alles wieder gut machen. Ich wollte ihn beruhigen und mich von ihm beruhigen lassen und das hier gemeinsam durchstehen. Aber das konnte ich nicht. Er wollte nicht, dass ich ihn berührte. Es war so ein verdammtes Durcheinander, ein kochender Kessel von Emotionen. Ich hasste ihn, und ich liebte ihn zugleich, aber vor allem wollte ich einfach in der Lage sein, den Schmerz, den ich auf seinem Gesicht sah, wegzunehmen.

Ich lag auf dem Boden und beobachtete, wie er seinen Cut von der Rückenlehne der Couch nahm und ihn überstreifte. Er packte schnell seine Schlüssel, streifte die Stiefel über und ging im Wohnzimmer herum.

Bevor er die Tür erreichte, drehte er sich wieder zu mir. „Wie war sein Name?"

„Ich kannte deinen richtigen Namen nicht", flüsterte ich zurück. Meine Stimme war rau und tränenerstickt.

Er stand an der Eingangstür, starrte mich an und wartete auf meine Antwort.

„Sein Name war Draco", antwortete ich schließlich.

Dann sah ich, wie er sich umdrehte und zweimal gegen die Wand schlug, wobei er große Löcher in der Gipskartonwand hinterließ, bevor er ging und die Tür hinter sich zuschlug.

Ich kroch auf Händen und Knien ins Schlafzimmer, schluchzte und zitterte, bis ich es zum Rand des Bettes schaffte. Ich hatte nicht die Energie, mich hinaufzuziehen, also zog ich einfach das Laken zu mir und zerrte es hinunter, um es um mich zu schlingen, während ich weinend auf dem Boden lag.

Schließlich hörte ich auf zu weinen und lag einfach da, starrte auf die Fußleiste im Flur und fühlte, wie mein Verstand endlich leer wurde, als ich es einfach nicht länger ertragen konnte.

So fand Casper mich Stunden später.

Kapitel 20

Brenna

Ich schlief nicht. Ich lag einfach da, und die letzten fünf Jahre liefen immer und immer wieder in meinem Kopf ab. Wovon ich Dragon nichts erzählt hatte, war der Schmerz, die glatten und mit Teppich bedeckten Stufen in Tonys Elternhaus hinunterzufallen. Ich hatte ihm nicht erzählt, wie ich zu einem Telefon gekrochen war und selbst den Krankenwagen gerufen hatte. Dass ich auf dem Boden lag, bis sie zu mir kamen und wie sie die Eingangstür einbrechen mussten, weil ich zu diesem Zeitpunkt zu große Schmerzen hatte, um sie hereinzulassen. Ich erzählte ihm nicht von der Schuld, die ich empfand, weil ich strümpfig auf mit Teppich bedeckten Stufen gelaufen war. Wenn ich nur meine Schuhe angezogen hätte, wäre ich nicht ausgerutscht, und unser Kind wäre nicht zu früh geboren worden, was zur Folge hatte, dass es nicht überlebte.

Ich hatte ihm nicht erzählt, wie viel Angst ich hatte, als sie mich in den Krankenwagen geschoben haben, als sie während der Fahrt medizinische Begriffe benutzten, die ich nie gehört hatte, aber von denen ich instinktiv wusste, dass sie übel waren. Ich hatte ihm nicht gesagt, wie, als wir im Krankenhaus angekommen waren, ich ihnen Tonys Nummer gegeben hatte, damit sie ihn anrufen konnten, er aber nie aufgetaucht war. Ich hatte neben mir gestanden vor Angst, als sie mich direkt auf die Entbindungsstation brachten, statt mich in der Notaufnahme zu behalten.

Ich hatte ihm nicht erzählt, dass meine Ärztin die Einzige war, die ich in dem Meer von Gesichtern erkannt hatte. Ich hatte sie als Talisman benutzt, als sie mich ausgezogen und für den Kaiserschnitt vorbereitet haben. Ich hatte ihren Mund angestarrt, während sie mit mir gesprochen hatte, aber ich hatte kein Wort von dem gehört, was sie mir sagte, und schließlich wurde mir die Maske über Mund und Nase geschoben, und ich hatte nichts mehr gesehen.

Ich hatte ihm nicht erzählt, wie ich gebettelt und die Krankenschwestern angefleht hatte, dass sie mich meine Kinder in einem anderen Stockwerk des Krankenhauses sehen ließen, wie sie mir gesagt hatten, ich müsse warten. Ich erklärte ihm nicht meine Flucht aus der Entbindungsstation zur Kinderstation darüber. Die Krankenschwestern hatten schließlich aufgegeben, mich im Bett halten zu können, und nach diesem ersten Besuch hatte ich einen netten Krankenpfleger, der mit einem Rollstuhl in mein Zimmer kam, wann immer ich darum bat, Tag oder Nacht.

Ich hatte keine Chance gehabt, ihm zu erklären, wie ähnlich sich unsere Kinder gesehen hatten oder wie viel Angst ich um beide gehabt hatte. Dass ich, wenn ich sie angesehen hatte, keinen Unterschied in der Zerbrechlichkeit ihrer Körper gesehen hatte, obwohl ich wusste, dass es Trix mit jedem Tag besser ging und Draco nicht. Dass ich ihn nur zweimal gehalten hatte, und ich jedes Mal, wenn eine Krankenschwester gesagt hatte, dass er wieder ins Bett müsse, einen Mord geplant hatte. Ich hatte keine Chance gehabt zu erklären, wie zart ihre Haut gewesen war, wie winzig ihre Ohren und Fingernägel. Wie Trix' Augen von Anfang an braun gewesen waren, aber Dracos dieses Blau besessen hatten, das sich am Ende in etwas anderes verwandeln würde.

Ich hatte nicht die Chance gehabt zu erklären, wie sehr ich meinen Pop gewollt hatte. Dass ich mir nie erlaubt hatte zu weinen bis zu jenem letzten Tag, weil ich wusste, dass ich, wenn ich einmal damit anfing, nicht wieder damit würde aufhören können. Ich hatte keine Chance gehabt, ihm zu sagen, dass Tony mich nur einmal im Krankenhaus besucht hatte. Mich – nicht die Kinder. Und ich hatte ihm das nie vergeben.

Ich hatte Dragon nicht gesagt, wie sehr ich ihn gebraucht hätte. Wie sehr ich gewollt hatte, dass er auftauchte, ohne dass ich ihn anrufen müsste. Wie sehr ich geschwankt hatte, ob ich ihn anrufen sollte, und mich am Ende dazu durchrang, dass ich ihn nie wieder sehen würde. Er würde nie erfahren, dass er Kinder hatte. Er sollte nie dieses den Magen verrenkende, herzzerreißende Leid empfinden müssen, das ich spürte. Er würde es nie empfinden. So sehr ich ihn brauchte, so sehr ich wollte, dass er kam und uns rettete, musste ich ihm den Frieden geben, dass er es nie erfuhr. Also war es das, was ich tat.

Als ich jemanden durch die Eingangstür kommen hörte, schaffte ich es nicht, vom Boden aufzustehen. Ich hoffte, Vera würde Trix nicht einfach hereinplatzen lassen, wenn sie zurück waren. Dragon musste sie vorhin angerufen haben, oder sie wäre schon vor Stunden hier gewesen.

Ich hörte das Stampfen von Motorradstiefeln, das auf mich zukam, und es war mir egal. Ich war fertig. Ich hatte nichts mehr, das ich geben konnte.

„Brenna, was zum Teufel ist passiert?“, fragte Casper mich, als ich in seine schönen blauen Augen aufsah. Er kniete sich neben mich, schob die Arme unter meinen Körper und hob mich sanft hoch. „Grease! Komm rein“, rief er ins Wohnzimmer, als er dorthin ging.

Ich kannte Grease schon seit langer Zeit. Er war mein Kumpel gewesen, als ich ein Kind gewesen war. Obwohl, sobald er sich für Frauen zu interessieren begann, änderte sich all das. Aber ich kannte ihn. Bis tief in seine Seele hinein kannte ich ihn. Auch wenn ich ihn seit fünf Jahren nicht gesehen hatte, kannte ich den Ausdruck auf seinem Gesicht, als er meines sah – Wut.

„Gib sie mir, Bruder“, knurrte er, als er mich dem armen Casper abnahm.

Der Junge fragte sich vermutlich, was zum Henker hier

los war.

„Ruf Poet und Vera an und hol sie her."

„Mir geht es gut", flüsterte ich, als er mich an den Küchentisch setzte und mein Kinn anhob.

„Baby, es geht dir nicht gut. Du hast da ein hammermäßiges blaues Auge. Ich besorge dir ein wenig Eis", sagte er, küsste mich auf den Scheitel und ging zum Kühlschrank.

Mir war eiskalt. Das Laken war immer noch um mich gewickelt, aber mir wurde einfach nicht warm, obwohl ich den Schweiß in meinem Nacken fühlte, der meine Haare dort festklebte. Ich freute mich nicht gerade auf die gefrorenen Erbsen, die er aus dem Eisschrank holte.

„Erzählst du mir, was passiert ist? Ich würde gern wissen, weshalb ich jemanden umbringen muss", sagte er, als er sich auf einen Stuhl setzte und mich ansah. Seine Knie umgaben meine, und er hielt die Erbsen, die er in ein Handtuch gewickelt hatte, an mein Gesicht.

„Du tust gar nichts. Das hier ist etwas zwischen ihm und mir. Es geht dich nichts an."

„Denkst du, ich tue einfach so als wäre nichts gewesen? Vergiss es. Hast du noch irgendwo blaue Flecken?", fragte er mich, während er versuchte, die Decke auseinanderzuschlagen.

„Hör auf! Nein, ich habe keine Wunden irgendwo sonst. Herrgott nochmal, er hat mich nur einmal erwischt. Das war's! Dann ist er abgehauen." Ich zog mir das Laken wieder um die Schultern.

„Was zum Teufel ist passiert, Brenna? Dragon hat die letzten Tage regelrecht auf Wolke Sieben geschwebt, obwohl ihm vor weniger als einer Woche die Scheiße aus dem Leib geprügelt wurde. Ich bin davon ausgegangen, dass das wegen dir war. Aber jetzt …" Er schüttelte den Kopf.

„Ruft Casper meinen Pop und Vera?" Nach seinem Nicken nickte ich zurück. „Ich denke, wir warten besser ab, bis sie hier sind, bevor ich irgendwas erkläre. Ich mache das nicht mehr als einmal."

Ich war emotional und physisch am Ende. Ich war so erschöpft, dass ich nicht wusste, wie viel länger ich mich am Küchentisch aufrecht halten konnte. Ich führte Grease ins Wohnzimmer, aber obwohl auf der Couch Platz genug für uns beide war, zog er einen Küchenstuhl hinter sich her und drehte ihn um, so dass er sich rittlings darauf setzen konnte.

Ich rollte mich in der Ecke der Couch zusammen und legte mein Gesicht auf die Erbsen, bis Vera und Pop nur Minuten hintereinander auftauchten. Der Ausdruck auf den Gesichtern von Pop und Vera hätte nicht unterschiedlicher sein können. Vera sah mich mit einer Art resigniertem Mitleid an. Es war der Blick einer Frau, die schon viele angeschwollene Wangen und tränenbenetzte Augen gesehen hatte. Es war ein mitfühlender Blick.

Das Gesicht meines Pops sah so aus, wie ich mir den Zorn Gottes vorstellte. Seine Augen waren verengt, seine Lippen zusammengekniffen, und seine Finger tanzten an der Seite seines Beins, als ob er auf einem imaginären Klavier spielte. Ich hatte seine Hände nur einmal so gesehen – als ich elf Jahre alt gewesen war und eine rivalisierende Gang es gewagt hatte, das Eingangstor aufzubrechen und einen der Rekruten zu töten.

Grease meldete sich zu Wort und unterbrach damit das Schweigen, in dem wir uns nur gegenseitig ansahen. „Du und deine Finger, Poet. Lass uns sie erst mal anhören, bevor wir ihn umbringen."

„Junge, denkst du wirklich, dass ich dir diese Scheiße überlasse? Du bist ja irre", erwiderte er. Bevor ich aufatmen konnte, fuhr er fort: „Er gehört mir."

Als sie anfingen zu reden, löste sich Vera von Pops Seite und glitt neben mich auf die Couch. Sie legte mir einen Arm um die Schultern, und als sie mich an sich zog, fuhr sie mit den Fingern sanft an der Seite meines malträtierten Gesichts hinab. „Es tut mir leid, dass das passiert ist, Babygirl."

Ich schüttelte den Kopf. „Wo ist Trix?"

„Tommy Guns Old Lady hat sie. Sie war am Club, also habe ich sie zum Haus gerufen. Trix geht es gut. Sie spielt draußen."

Ich nickte und setzte an zu reden, aber Pop unterbrach mich, indem er einen weiteren Stuhl aus der Küche holte.

„Was ist los, Brenna? Ich habe noch nie gesehen, wie dieser Junge eine Frau schlägt. Das hat er einfach nicht in sich."

Ich räusperte mich. „Ich weiß. Ich hätte es auch nie von ihm erwartet." Ich sah zu Grease, der ausdruckslos zurücksah.

Mein Kopf ruhte an Veras Schulter. Ihre Wange lag auf meinem Haar, als sie über mir sprach: „Sie haben es alle in sich. Es braucht für manche nur mehr, um es hervorzurufen, als bei anderen."

„Ja, ich würde behaupten, dass das hier … mehr war", sagte ich und wappnete mich für den Streit, der dem folgen würde, was ich ihnen sagen musste.

Als ich meine Geschichte erzählte, begann ich am Anfang und ließ nichts aus. Ich erzählte ihnen von der Nacht, in der wir uns getroffen hatten, wie sehr ich hatte bleiben wollen, es aber nicht getan hatte. Ich erzählte ihnen von meiner Entscheidung, Tony zu heiraten und den Folgen davon. Einiges davon hatten Pop und Vera schon gehört, aber für Grease war alles neu, und er hatte begonnen, ruhelos auf und ab zu gehen. Ich erzählte ihnen alles, was ich mir gewünscht hatte, dass ich es Dragon hätte sagen können. Wie sehr ich meinen Sohn vermisste. Wie ich nach meiner Rückkehr aus dem Krankenhaus nachts in kaltem Schweiß aufgewacht war, weil ich dachte, ich hätte seine Bewegungen in meinem Bauch gespürt.

Als ich von Draco erzählte, hörte ich Vera über mir

schluchzen, aber als ich versuchte den Kopf zu heben, hielt sie mich nur fester an sich gedrückt. Als ich Pop sagte, wie sehr ich ihn vermisst hatte, räusperte er sich und ging aus dem Zimmer und schließlich ganz aus dem Haus. Am Ende kam er wieder und zeigte erneut seine stoische Miene.

Ich ließ nichts aus, selbst den Streit zwischen Dragon und mir an diesem Morgen nicht. Ich erzählte ihnen alles. Ich war nicht sicher, was ich damit zu beweisen versuchte, indem ich mich so offen präsentierte.

Ich war so wütend auf Dragon. Ich stand unter Schock, dass er mich geschlagen hatte, und es tat mir weh, dass er mich auf dem Boden hatte liegen lassen. Aber über all diesen Gefühlen stand der Knoten in meinem Magen, der mich daran erinnerte, wie sehr er litt. Ich wollte nicht, dass sie sauer auf ihn waren. Ich wollte nicht, dass sie Vergeltung suchten.

Ich wollte, dass sie verstanden, was zu diesem überwältigenden Verrat geführt hatte. Das hier war nicht ein Schlag, weil ich einen anderen Mann angesehen oder das Essen hatte anbrennen lassen. Er hatte mich geschlagen, weil er außer Kontrolle war, absolut verloren war und litt, und ich war der Grund dafür. Er war auf mich losgegangen, weil es zu viel für ihn war. Ich verstand es so sehr, wie ich es hasste.

Er war wie ein verwundetes Tier, und ich war der Jäger, der ihn verletzt hatte. Ich wusste nicht, ob er mir je vergeben würde, und das verletzte mich mehr als der Verrat, den mein wundes Gesicht verkörperte.

Wenn er mir hätte wehtun wollen, wirklich wehtun, hätte er das tun können. Ich machte mir keine Illusionen darüber, dass, wenn Dragon sich entschied, mich zusammenzuschlagen, nichts ihn davon hätte abhalten können. Das hatte er nicht. Er hatte mich einmal geschlagen, fast wie im Reflex, und sich dann zurückgezogen, als ob er davon überrascht worden wäre. Ich hatte den Ausdruck auf seinem Gesicht gesehen.

Obwohl ich all das wusste, obwohl ich wusste, dass es nichts auf Erden geben würde, das ihn noch einmal dazu bringen könnte, auszuholen und mich noch einmal zu schlagen, wusste ich nicht, ob ich ihm jemals vergeben konnte. Das tat mehr weh als der Gedanke, dass er mir nie vergeben könnte.

Kapitel 21

Dragon

Ich hatte sie geschlagen. Ich hatte sie verflucht nochmal geschlagen.

Zur Hölle mit mir.

Als ich das Haus verließ, rief ich Casper an, damit er ein Auge auf sie hatte. So wütend ich auch war, ich würde Brenna nicht schutzlos zurück lassen. Schutzlos – was für ein verfickter Witz. Ich war nicht besser als ihr Drecksack von Ex-Mann. Ich hatte den Blick in ihren Augen gesehen.

Als ich Brennas Kiste mit *Wichtigen Papieren* geöffnet hatte, dachte ich, ich würde mir nur Trix' Geburtsurkunde schnappen und zum Club gehen, um mit unserem Anwalt zu sprechen. Der Anzugträger, mit dem wir Geschäfte machten, war ein guter Kerl, aber normalerweise gab er sich nicht mit Sorgerechtsscheiß ab. Für das aber, was wir ihm zahlten, konnte er anderweitig Unterstützung besorgen.

Ich war angepisst über die Menge an Kram, die Brenna in der Kiste aufbewahrte, als ich die Urkunde endlich fand, eingesteckt in einen braunen Umschlag. Ich stopfte alles wieder in die Schachtel und trug die Urkunde in die Küche. Ich brauchte einen verdammten Kaffee, aber ich konnte nicht von Anthony Fucking Richards Namen wegsehen, der auf der Geburtsurkunde meines Kindes stand. Mein Magen rumorte, weil Brenna das zugelassen hatte.

Etwas fiel mir auf, und eine Sekunde lang hatte ich nicht verstanden, was ich da sah. Als ich begriff, was es bedeutete, glaubte ich, meine verdammten Knie würden nachgeben.

Als Brenna aufwachte, hatte ich stundenlang am Küchentisch gesessen und dort geschmort. Als sie von mir weglief, zögerte ich keine Sekunde, ihr zu folgen. Ich war an diesem Punkt über pure Wut hinaus. Von da an ging alles bergab.

Ich drehte verflucht nochmal durch.

Als ich ging, fuhr ich einfach los. Ich musste nirgendwo sein. Ich fuhr nirgends hin, außer weg von dem verfluchten Chaos, das ich zurückgelassen hatte. Es dauerte ein paar Stunden, bevor mir klar wurde, dass Casper vermutlich nicht ins Haus gegangen war. Er nahm seinen Posten draußen verdammt ernst, also hockte er vermutlich draußen auf der Veranda. Ich wollte mich nicht den Fragen stellen, also simste ich Casper, dass er nach Brenna sehen sollte. Er würde sich um sie kümmern oder jemanden anrufen, der das übernahm. Ich konnte mich nicht mit noch mehr Scheiß beschäftigen.

Mein Sohn. Fuck.

Ich schaltete das Handy auf Stumm und fuhr wieder auf den Highway.

Kapitel 22

Brenna

Vera und ich entschieden, dass Trix mich nicht so sehen sollte, also rief ich sie an und ließ sie wissen, dass sie noch einmal übernachten durfte. Sie wusste nicht, was los war, und ich erkannte an ihrem Tonfall, dass sie heimkommen wollte, aber so sollte sie mich nicht sehen. Mein Gesicht war geschwollen, und meine Augen so rot vom Weinen, dass es mir schwerfiel, sie zu öffnen. Ich wollte nicht, dass sie mich so sah. Nie wieder.

Pop und Grease verabschiedeten sich nicht lange, nachdem ich mit meiner Geschichte fertig war, und sie mussten zurück zum Clubhaus gegangen sein, denn kurz darauf tauchte ein Kerl in Hemd und Anzughose auf. Der Anwalt. Der Grund, weshalb Dragon meine Papiere durchgesehen hatte.

Er sah wirklich gut aus. Wenn ich nach einem weiteren Anzug tragenden Brotverdiener suchte, stünde er ganz oben auf meiner Liste. Sein Haar war sandfarben, aber es war kurzgeschnitten, fast rasiert. Er hatte hellbraune Augen und hohe Wangenknochen, und wenn die Anwaltsache nicht funktionierte, könnte er immer noch Verkäufer … oder Model werden. Er sah so aus. Als er aber den Mund öffnete, verwarf ich die Verkäufer-Idee. Der Kerl war ein Arsch. Er war auch nicht der, der er zu sein schien, denn als er die Ärmel seines Hemds hochrollte, kamen Tattoos zum Vorschein, die seine Arme bis zu den Handgelenken bedeckten.

Wir setzten uns mit Vera zusammen, und ich unterzeichnete eine Menge Papiere für ihn, stimmte einem Vaterschaftstest zu und reichte ihm Trix' Geburtsurkunde. Als wir fast fertig waren, fiel mir etwas anderes ein, und ich sprang so rasch auf, dass mir schwindlig war. Ich rannte in mein Zimmer. Ich wusste, dass der restliche

Papierkram, den ich brauchte, dort irgendwo war. Als ich ihn schließlich fand, raste ich zurück in die Küche, in der sich Vera und der Anwalt leise unterhielten.

„Hier, könnten Sie das auch ändern?", fragte ich ihn und reichte ihm Dracos Geburtsurkunde.

„Äh, da bin ich nicht sicher. Ich sehe, was ich tun kann."

Der Kerl schien so weit von seinem üblichen Metier entfernt zu sein, dass es witzig gewesen wäre, wenn er nicht mein Leben in seinen Händen gehalten hätte.

„Na ja, sie waren Zwillinge. Wenn Sie Trix' ändern können, sollte es nicht zu schwer sein, auch Dracos zu ändern."

„Könnte sein, aber … na ja, macht das jetzt noch einen Unterschied?", fragte er mich kühl.

„Ja, das macht einen verfickten Unterschied!" Ich versuchte, meine Gefühle unter Kontrolle zu bekommen, aber dieser Kerl machte mich einfach irre. „Bitte versuchen Sie es einfach und ändern Sie es."

„Ich schau, was sich tun lässt", wiederholte er, als er seine Papiere einsammelte und Vera zunickte, bevor er aus dem Haus ging.

„Er ist nicht wirklich freundlich, aber er hat die letzten fünf Jahre die Männer aus verdammt vielen Gefängnissen herausgehalten", sagte Vera, als sie aufstand. „Er ist gut. Wenn er es nicht schafft, wird er jemanden finden, der es kann. Keine Sorge, Baby. Das wird bald vorbei sein."

„Moment mal, erst fünf Jahre? Ich dachte, ich würde seinen Namen kennen! Ist er neu?", fragte ich alarmiert.

Neue Anwälte befanden sich immer in einer Art Probezeit, so lange der Club es für nötig hielt. Es stand zu viel auf dem Spiel, um jemandem sofort zu vertrauen, denn selbst Anwälte konnten gekauft werden.

„Yeah, aber sein Pop war der alte Anwalt. Er wollte in den Ruhestand gehen, also brachte Slider seinen Sohn rein. Hat für alle gut funktioniert. Du musst dir keine

Sorgen mehr machen“, sagte sie mir, als sie um mich herum ging und nach ihrem Geldbeutel suchte.

Ich glaubte ihr nicht, aber ich nickte, als sie sich bereit machte zu gehen. Es wurde dunkel draußen, und alles, was ich wollte, war in mein Bett zu klettern und so zu tun, als ob das Haus nicht mehr ruhig und einsam war.

„Casper ist draußen. Der arme Kerl ist nie weggegangen. Vermutlich ist er am Verhungern. Ich ruf dich morgen an, und wir überlegen uns, was wir mit dem Baby machen, okay?“

„Okay, danke, dass du gekommen bist. Gib Trix von mir einen Kuss“, sagte ich, als ich sie zum Abschied umarmte.

Es war hart gewesen, Trix eine Nacht woanders schlafen zu lassen, daher waren zwei Tage reine Folter. Ich wollte nur, dass sie heimkam.

Nachdem Vera gegangen war, machte ich Casper rasch ein Sandwich und brachte es ihm nach draußen.

„Hey, Brenna! Das hättest du nicht tun müssen. Mir geht es gut“, sagte er, als ich das Sandwich und die Kartoffelchips vor ihm abstellte.

„Du bist den ganzen Tag hier gewesen. Du musst Hunger haben“, sagte ich.

Es war schön, dass er mich nicht ansah, als ob ich in ein Kuriositätenkabinett gehörte. Er akzeptierte einfach mein verletztes Gesicht und das wirre Haar.

„Ach, kein Problem.“ Er nahm ein paar Bissen von seinem Sandwich, und wir saßen schweigend zusammen, als die Nacht dunkler wurde.

„Entschuldige, dass ich nicht früher ins Haus gekommen bin. Ich dachte, du wolltest deine Privatsphäre haben und mich nicht ständig sehen müssen, also habe ich einfach auf der Veranda gesessen und darauf gewartet, dass du rauskommst. Ich habe nicht mal dran gedacht, ins Haus zu gehen …“

Ich saß überrascht da und unterbrach ihn: „Das muss

dir nicht leid tun! Du hattest ja keine Ahnung, was ich da drin gemacht habe. Irgendwann wäre ich aufgestanden. Es ging mir gut“, sagte ich, aber wir wussten beide, dass das nicht der Fall gewesen war.

„Ich hab nie gedacht, dass Dragon einer von denen wäre. Ich hab viele von ihnen innerhalb und außerhalb des Clubs gesehen. Ich hab nicht gedacht, dass Dragon dazugehören würde“, sagte er, als er mit seinem Essen fertig war.

„Das ist er auch nicht. Er … Na ja, du hast ja vorhin die Geschichte gehört, oder? Ich meine … Ich bin verflucht sauer, aber … Gott!“ Ich fuhr mir mit den Fingern durch die Haare. „Ich wollte es ihm sagen. Wirklich. Ich hatte nur noch nicht herausgefunden, wie ich es tun wollte, verstehst du? Und dann … Die Art, wie er es herausgefunden hat, war einfach … so abgefuckt. Es geriet alles außer Kontrolle. Ich hätte es ihm früher sagen sollen.“

„Wann hättest du es ihm denn genau sagen sollen? Als dein Ex mit seinen verdammten Kumpels im Club aufgetaucht ist? Vielleicht als Trix mit euch zwei zu Abend gegessen hat? Oder wie wäre es beim Sex? Hört sich das nach einem guten Zeitpunkt an? Ich finde, du hattest bisher keine Chance, es ihm zu sagen“, sagte er und hörte sich weitaus pragmatischer und rationaler an als jeder, mit dem ich an diesem Tag gesprochen hatte.

Ich stand auf, um reinzugehen. „Wann bist du denn so klug geworden?“, fragte ich mit einem schiefen Lächeln.

„Vielleicht in Yale“, antwortete er ernst.

„Kein Scheiß?“, sagte ich ungläubig.

Er antwortete nicht, also ging ich Richtung Eingangstür. Gerade als ich reingehen wollte, hörte ich ihn leise sagen „Kein Scheiß“.

Was zum Teufel tat ein Junge, der nach Yale gegangen war, als Rekrut in einem Motorradclub in Eugene, Oregon? Das fragte ich mich wieder und wieder, als ich zu Bett ging. Das gab mir etwas anderes, auf das ich mich konzentrieren konnte, als auf mein Leben, das gerade im Abfluss verschwand. Casper war interessant. Ich hatte gleich als ich ihn getroffen hatte bemerkt, dass er eine sehr gute Ausdrucksweise hatte. Er schien auch nicht das gleiche schwere Leben geführt zu haben, wie die anderen Rekruten, die ich über die Jahre hinweg getroffen hatte. Ich wusste nicht, warum er sich für dieses Leben entschieden hatte, weil er offensichtlich richtig klug war. Yale. Heilige Scheiße, ich begriff das nicht einmal. Sicher, ich war mit ziemlich guten Noten und durchschnittlichen Testergebnissen an der University of Oregon aufgenommen worden, aber Yale war nochmal ein ganz anderes Level. Ich dachte über Casper und all die Gründe nach, weshalb er wohl aus der Schule entlassen worden sein konnte, bis ich in einen unruhigen Schlaf fiel.

Ich erwachte später in der Nacht, weil die Laken an der Seite des Bettes nach unten gezogen wurden.

Dragon war zurück.

Ich lag still wie eine Statue, als er sich nur wenige Zentimeter neben mich legte. Ich konnte mich nicht entscheiden, ob ich so tun wollte, als ob ich schlief, und näher an ihn rollen sollte, oder meinen Arsch aus dem Bett auf die Couch schaffen sollte. Beides klang gleich gut, also blieb ich einfach wo ich war und wartete ab.

Ich musste nicht lange warten, bis er zu mir und tiefer rutschte, den Kopf unterhalb meiner Brüste auf meinen Bauch legte und die Arme um meine Taille schlang. Er tat nichts sonst. Er versuchte nicht zu reden, seine Hände gingen nicht auf Wanderschaft. Er lag einfach da und schmiegte sich an mich, als ob er einfach nicht genug bekommen konnte.

Ich war nicht sicher, was ich mit meinen Händen tun sollte. Sie hatten unter meinem Kopf gelegen, als er hereingekommen war, aber als ich von ihm auf den Rücken gerollt wurde, waren sie irgendwie in der Luft über ihm gelandet. Sollte ich meine Hände auf seine Schultern legen? Sollte ich mich weigern, ihn zu berühren, und sie oberhalb meines Kopfs behalten? Sein Körper begann zu zittern, und die Entscheidung war für mich getroffen worden. Ich zog den Haargummi aus seinen Haaren und fuhr sanft hindurch, beruhigte ihn und mich stumm. Gott, wir waren richtig abgefuckt. Ich hatte keine Ahnung, wie wir von hier ab weiter machen würden.

„Ich habe Scheiße gebaut, Brenna. Ich hätte dich nicht schlagen dürfen“, sagte er meinem Bauch.

„Ja“, flüsterte ich.

Die Nacht legte sich um uns, und ich fürchtete, wenn ich die Stimme hob, würde ich den Bann brechen, und wir würden uns wieder gegenseitig an die Gurgel gehen.

„Abgefuckt. Ich bin so abgefuckt“, sagte er, und sein Körper entspannte sich, als er einschlief. Er rutschte nicht von mir weg.

„Ich auch“, sagte ich, aber er hörte mich nicht mehr.

Kapitel 23

Brenna

Als ich am nächsten Tag erwachte, war Dragon verschwunden. Seine Seite des Bettes war noch warm, also musste er gerade gegangen sein, aber ich war nicht in der Stimmung, ihm zu folgen. Die letzten Tage hatten in mir ein großes Misstrauen gegenüber dem Verlassen des Betts geweckt, aber schließlich stand ich auf und sammelte meine Kleidung und ein Handtuch ein, damit ich eine schnelle Dusche nehmen konnte. Ich hatte an dem Schlamassel, das ich gern als *Tag der Abrechnung* bezeichnete, nicht geduscht, daher begann ich ziemlich übel zu riechen. Ich brauchte Shampoo und parfümierte Seife, aber *pronto*.

Als ich in den Flur ging, hörte ich Dragon und Pop mit leisen Stimmen in der Küche sprechen, und ich hielt vor der Badezimmertür, um zu hören, was sie sagten.

„Du musst das nicht so machen, Junge. Duncan sagt, dass er das Sorgerecht mit den Fotos bekommen kann, die ich von Brenna gemacht habe, als sie hier angekommen ist. Du musst dich gar nicht einmischen." Die Stimme von meinem Pop klang überzeugend, aber Dragon tat alles ab.

„Ich bekomme meinen Namen auf diese Geburtsurkunde, so oder so. Ich werde diese Scheiße nicht weiter diskutieren. Lass ihn die Papiere rüberschicken."

„Yeah, schon klar, aber …"

Pops Stimme wurde unterbrochen, als ich mich gegen die Badezimmertür lehnte, und sie gegen die Wand knallte. Ich hatte gedacht, sie wäre geschlossen, als ich mich dagegen lehnte, und huschte hinein, bevor sie mich sehen konnten. Ich wusste nicht, was mit Pop los war, aber das war das zweite Mal, dass ich hörte, wie er versuchte, Dragon von dem DNS-Test abzuraten. Ich entschied mich, später darüber nachzudenken, und sperrte hinter mir die Tür ab. Das würde Dragon nicht draußen halten, wenn er wirklich rein wollte, aber ich bezweifelte, dass er hereinplatzen würde. Wenn seine Abwesenheit an diesem Morgen irgendein Hinweis war, war er mir gegenüber genauso vorsichtig, wie ich ihm gegenüber.

Ich duschte länger als geplant und nahm mir die Zeit, mir die Beine zu rasieren und mir sorgfältig das Gesicht zu waschen. Langes Duschen war ein Luxus, den ich vier Jahre lang nicht gehabt hatte, und es war richtig nett, mir mal Zeit lassen zu können. Schließlich hörte ich auf herumzutrödeln, weil ich wusste, dass ich, wenn ich noch länger brauchte, wie ein Feigling dastehen würde. Ich stieg aus der Dusche und zog mir ein Sommerkleid an, das ich in einer der Kisten gefunden hatte, die Vera vorbeigebracht hatte. Es war ein wenig eng an der Brust, aber ich fand, dass es trotzdem gut aussah. Es fiel locker und war perfekt für einen heißen Sommertag. Ich mochte auch die Ironie, dass ich mich ein wenig hübsch machte, während mein Gesicht aussah wie Quasimodos. Die Schwellung an meinem Wangenknochen war nicht besonders abgeheilt, aber ich war ziemlich sicher, dass der Großteil der Verletzung von meinem Sturz gegen die Wand herrührte. Dragons Schlag hatte nur das Bisschen zugefügt, das mich wie ein Monster aussehen ließ. Ich versuchte nicht einmal, es mit Make-up zu überdecken, weil nichts helfen würde.

Als ich ein paar Minuten später in die Küche kam, holte ich tief Luft und versuchte, Dragon nicht anzusehen, der allein auf der Couch saß, die Ellbogen auf den Knien. Er sah aus, wie ich mich fühlte: unbehaglich. Ich holte mir eine Tasse Kaffee, drehte mich um und lehnte mich gegen den Tresen, um Atem zu holen. Ich wusste nicht, was ich ihm sagen sollte. Ich wusste nicht, was ich in dieser Situation tun sollte.

Als ich mit Tony zusammen gewesen war, waren seine

Schläge nie so gewesen. Es gefiel ihm, mich zu schlagen. Es lag weder Sinn noch Zorn darin. Er fuhr einfach darauf ab. Am nächsten Tag war wieder alles wie üblich, und er erwartete, dass ich so tat, als ob nichts geschehen wäre. Dragon hatte mich einmal geschlagen. Er hatte mich nicht verprügelt. Er war wütend und am Boden zerstört gewesen, und die zugrunde liegende Ursache befand sich immer noch wie ein stinkender Graben zwischen uns, bei dem ich nicht wusste, wie ich ihn überqueren konnte.

Er sagte kein Wort zu mir. Er saß einfach nur da und sah auf den Boden, als ob er den ganzen Tag Zeit hätte. Die Spannung in der Luft brachte mich schließlich dazu, ein paar Schritte in seine Richtung zu machen, und als ich das tat, riss er den Kopf hoch. Auf einmal sah ich alles, was er fühlte. Er war nicht mehr zornig. Es lag keine Kritik in seinem Blick, keine Wut in den Linien seines Gesichts. Der Schmerz, den ich sah, war genug, dass ich zittrig Luft holte und einen weiteren Schritt machte, aber es war das Schuldbewusstsein in seinem Blick, das mich dazu brachte, mich neben ihm auf die Couch zu setzen.

Er drehte sich zu mir, und ich zuckte zusammen, als er eine Hand an mein angeschwollenes Gesicht legte.

„Gott, Baby. Es tut mir so leid“, flüsterte er, und ich wusste, dass er die Wahrheit sagte.

Ich wusste, dass es ihm leid tat, aber ob das etwas änderte oder nicht, würde erst die Zeit zeigen.

„Ich weiß“, sagte ich ruhig, aber ich konnte ihm nicht sagen, dass ich ihm vergab. Ich konnte ihm nicht sagen, dass es okay wäre, und es mir gut ginge. Es ging mir nicht gut.

„Ich weiß nicht, was zum Teufel ich tue. Fuck. Fuck!“ Er sah meinen Körper suchend ab, als ob er nach weiteren blauen Flecken fahndete, und ich erkannte den genauen Moment, als er die an meinen Armen entdeckte. „Shit, sieh dir deine Arme an, Baby.“ Er rieb sanft mit den Fingerspitzen darüber, als ob er sie damit abreiben könnte.

„Die werden morgen verblasst sein", sagte ich, und das würden sie. „Ich bin wie ein Pfirsich. Ich bekomme schnell blaue Flecken, so wie die Frucht Druckstellen bekommt. Die da sind nicht das Problem."

„Ich weiß", sagte er und fuhr sich mit der Hand über das Gesicht. „Gott, ich dachte, ich sterbe, verfluchte Scheiße, als du mir von unserem Sohn erzählt hast. Ich war so verflucht sauer auf dich. Ich dachte, dass es vielleicht einen Unfall oder so was gegeben hätte, verstehst du? Dass ihm vielleicht was passiert wäre. Deshalb habe ich gewartet und dich schlafen lassen. Ich dachte, wir könnten vielleicht drüber reden. Ich wusste, dass es für dich verdammt übel gewesen sein muss. Ich wusste das. Aber, Fuck, als du gesagt hast, dass du wusstest, dass er stirbt, und du es mir nicht gesagt hast …" Er schüttelte den Kopf und räusperte sich. „Fuck, Brenna. Ich habe meinen Sohn nie im Arm halten dürfen."

Er sah wieder zu Boden, berührte mich nicht, bewegte sich nicht, und eine Weile saß ich einfach nur da und starrte ihn an.

„Es tut mir leid." Es tat mir so leid, dass ich keine Chance gehabt hatte, es ihm zu sagen und den Schlag möglichst abzufangen, den ich ihm damit versetzen würde.

„Was tut dir leid, Brenna? Ich habe dir in dein gottverdammtes Gesicht geschlagen, Teufel noch eins!"

„Es tut mir leid, dass ich es dir nicht früher gesagt habe. Es tut mir leid, dass du keine Chance hattest, ihn in den Arm zu nehmen. Ich glaubte, ich würde das Richtige tun."

„Das muss dir nicht leidtun. Ich habe dir schon gesagt, dass diese ganze Scheiße vorbei ist. Ich habe dir gesagt, dass du verflucht noch mal sicher hier bist. Dass niemand die Hand dir gegenüber erheben würde, solange du bei mir bleibst. Fuck. All das habe ich richtig versaut, nicht?“

„Ja, vermutlich.“

Ich konnte den Kloß in meinem Hals wachsen fühlen, als ich zusah, wie er sich selbst beschimpfte. Wollte ich, dass es ihm leidtat? Verdammt, ja. Aber ich wollte nicht, dass er sich die Alleinschuld für das Riesendurcheinander gab, das unser Leben war. Ich hatte meinen Teil dazu beigetragen, und mein Teil war echt der Hammer.

Er musste etwas in meiner Stimme gehört haben, denn als ich aufhörte zu reden, legte er seine Arme um mich und zog mich vorsichtig auf seinen Schoß. Das reichte, um meine überstrapazierten Tränendrüsen wieder zum Funktionieren zu bringen, und ich fühlte, wie meine Wangen nass wurden, als er sein Gesicht an meinem Hals barg.

„Es tut mir leid, Baby. Fuck. Es tut mir so leid. Ich werde dich nicht wieder schlagen. Jemals. Scheiße. Ich kann nicht fassen, dass ich dich verflucht noch mal geschlagen habe“, sagte er wieder und wieder an meinem Hals und küsste mich zwischen den Worten.

Ich hatte keine Ahnung, wer sich zuerst bewegte, aber unsere Lippen trafen sich, und von da an war alles nur noch ein Wirbel von Bewegungen. Ich schob die Beine herum, so dass ich auf seinen Hüften hockte, seine Hände fuhren unter mein Kleid und zogen an meiner Unterwäsche, bis die Schnüre, die die Seiten hielten, rissen, und er sie wegziehen konnte. Ich war genauso ungeduldig und grub meine Finger in seine Haut, als ich versuchte, seine Jeans aufzuknöpfen. Als wir beide endlich hüftabwärts nackt waren, hob ich mich auf den Knien über ihm und führte ihn mit einer Bewegung in mich ein, die uns beide zum Stöhnen brachte. Wir liebten uns nicht. Es war nicht süß oder sanft. Wir fickten. Hart. Jede Bewegung war grob und leidenschaftlich, und zum ersten Mal sprach Dragon nicht. Wir mussten uns einfach so nah wie möglich sein, bevor die Welt wieder um uns zusammenbrach.

Mein Orgasmus näherte sich, und mein Körper versteifte sich in Erwartung, als er meine Hüften packte und meine Bewegungen verlangsamte.

„Was *tust* du?“, wimmerte ich und versuchte, mich trotzdem zu bewegen.

„Baby, schau mich an“, bat er, aber ich schüttelte den Kopf und zog weiter an seinen Händen.

Ich konnte das jetzt nicht. Ich wollte einfach nur, dass er mich fickte. Ich konnte jetzt nicht mit mehr umgehen. Mein Gesicht war endlich trocken, meine Gefühle unter Kontrolle. Er musste mich einfach nur vögeln.

Das erste Mal war es eine Bitte gewesen, jetzt kam der Befehl. „Baby. Schau. Mich. An.“

Ich versuchte wieder den Kopf zu schütteln, aber er fuhr mit den Fingern an meiner unverletzten Gesichtsseite hoch und wob sie sanft in das Haar hinter meinem Ohr, bis ich ihn schließlich ansah.

„Es tut mir so verdammt leid, Brenna. Es tut mir leid, dass ich ausgetickt bin.“

„Okay“, sagte ich und versuchte erneut, meine Hüften zu bewegen, aber er hielt mich still.

„Es tut mir leid, dass ich dich geschlagen habe. Aber noch mehr tut es mir leid, dass ich dir nicht nachgefahren bin.“

Bei diesen Worten stockte mir der Atem.

„Es tut mir leid, dass ich ihn nicht in den Arm nehmen konnte, und es tut mir leid, dass ich dich nicht in den Arm nehmen konnte, mich um dich kümmern konnte, als du mich gebraucht hast. Und es tut mir so verdammt leid, dass du mir gesagt hast, dass unser Sohn tot ist, und ich dir so verfluchte Angst eingejagt habe und dich geschlagen habe, und dass ich dich nicht festgehalten und geliebt habe. Es tut mir leid.“

Das war mehr, als ich ertragen konnte. Ich beugte mich vor, legte meinen Kopf an seinen Hals, direkt unter seinem Ohr, und weinte, als er in langsamen Kreisen meinen Rücken streichelte. Unsere Körper waren immer noch miteinander verbunden. Schließlich hob ich den Kopf, nickte und wischte mir die Nase an meinem Kleid ab, als ich es auszog.

„Okay“, sagte ich. Und das war es tatsächlich.

Die letzten Tage waren eine Hölle gewesen, die ich nie wieder durchleben wollte. Alles daran war schmerzhaft gewesen. Aber ich liebte ihn, und ich brauchte ihn, und ich wollte nie wieder ohne ihn sein. Also würde ich mich hindurcharbeiten. *Wir* würden uns hindurcharbeiten.

Sobald mein Kleid weg war, griff er hinter mich und öffnete meinen BH.

„Unter diesem Hippiekleid sollte man keinen BH tragen“, sagte er und rieb die Seiten meiner Brüste, die wegen der Bügel leicht gerötet waren.

„Ich gehe nie ohne BH raus. Die Mädels sind einfach zu groß.“

„Gut, niemand sollte deine Brüste anstarren. Aber wenn du mit mir und Trix zu Hause bist, ziehst du ihn aus“, brummte er, als er einen meiner Nippel in den Mund nahm.

Er ließ ihn mit einem Plopp wieder los, dann sah er hoch in mein Gesicht, während ich unbeweglich dasaß.

„Vor nicht mal zehn Minuten hast du mich gevögelt, als ob du nicht genug bekommen könntest, und jetzt sitzt du einfach hier und bewegst dich nicht. Soll ich mit dir reden, Baby?“, fragte er mich mit einem zärtlichen Lächeln.

Mir war nicht aufgefallen, dass ich über ihm erstarrt war, bis er es erwähnt hatte. Es stimmte. Ich hatte aufgehört. Normalerweise brauchte ich ein wenig Dominanz von ihm. Die kleine Richtungsweisung, die mir half, mich wohl und sicher zu fühlen. In unserem Eifer, uns zu verbinden, hatte ich nicht darüber nachgedacht, aber sobald dieser Eifer vorbei war, war ich still geworden. Zu still. Ich fühlte, wie mein Gesicht vor Scham heiß wurde.

„Das ist okay, Baby. Ich werde dir geben, was du

brauchst“, sagte er, bevor er meinen Nippel zwischen die Zähne nahm.

Er drückte meinen Hintern mit den Händen, und ich wusste, dass er draufschlagen wollte, aber weil der gestrige Tag noch über uns schwebte, fürchtete er sich davor.

„Reite auf mir, Baby“, knurrte er und drückte wieder zu.

Als ich mich nicht bewegte, hob er den Kopf von meinen Brüsten und sah mir in die Augen. Ich erwiderte seinen Blick nur, zu ängstlich, ihm zu sagen, was ich brauchte. Ich wollte nicht, dass es wie ein Damoklesschwert über uns hing, selbst im Bett. Ich wollte, dass er unkontrolliert war, damit ich mich frei genug fühlte, um gemeinsam mit ihm die Kontrolle zu verlieren. Ich musste dafür sorgen, dass er damit abschloss. Also wartete ich ab, forderte ihn mit meinem Blick heraus, das zu tun, was wir beide brauchten. Ich erkannte den Moment, in dem er verstand, weil er die Augenbrauen hob und ein kleines Grinsen seinen Mundwinkel nach oben zog.

„Okay, Baby. Ich werde dir geben, was du brauchst.“ Dann schlug er ein Mal auf meinen Hintern, kaum fest genug, dass es wehtat, aber er tat es. „Reite mich, Brenna. Jetzt.“

Und das tat ich.

Wir verbrachten den Rest des Tages im Bett und redeten. Ich erzählte ihm von all den Dingen, die ich ihm vorher hatte erzählen wollen, und er hörte mir ruhig zu, während ich lachte und weinte. Es tat uns gut. Wir planten, Trix am nächsten Tag zu holen, und ich hoffte, dass mein Gesicht gut genug abgeheilt wäre, damit ich die blauen Flecken mit Make-up verdecken könnte. Die Schwellung heilte gut ab während des Tages, und Dragon berührte sie immer mal wieder sanft, wie um sich daran zu erinnern, was für ein Arsch er gewesen war. Wir verließen das Bett nur für Essen und kurze Trips ins Bad, weil wir zusammenbleiben und uns von der Außenwelt abschotten wollten. Wenn Trix hier gewesen wäre, wäre es perfekt gewesen. Ich wusste, dass es ein Prozess war, bis wir alles hinter uns lassen konnten, aber ich war bereit, geduldig zu sein. Wenn ich ihn ansah, sah ich alles, was ich wollte. Das war genug.

Kapitel 24

Brenna

Die nächsten Tage waren eine Offenbarung. Trix kam am nächsten Tag nach Hause, und obwohl sie merkte, dass etwas passiert war, sagte sie nichts. Die Schwellung in meinem Gesicht ließ rasch nach den ersten paar Tagen nach, und die blauen Flecken wurden zu einer grässlich gelben Farbe, die ich mit Make-up überdecken konnte. Tony hatte mir nie hart genug ins Gesicht geschlagen, um dort blaue Flecken zu hinterlassen, aber mehr als einmal hatte er mich hart genug angepackt, um rote Fingerabdrücke zu hinterlassen, was bedeutete, dass ich verdammt gut darin war, Wunder mit ein wenig Grundierung und Puder zu wirken.

Wir schliefen bis spät am Morgen, hatten keinen Morgensex, aber Trix kam immer bei Sonnenaufgang ins Schlafzimmer und kuschelte sich mit uns ins Bett. Es war der pure Himmel. Dragon konnte sich eine Woche Urlaub nehmen, die er fast vollständig mit uns verbrachte. Es gab ein paar Mal, bei denen er wegen Clubgeschäften weg musste, aber meistens war er bei uns daheim. Ich wusste, dass mein Pop da etwas gedreht hatte, und ich war dankbar dafür.

Wir verbrachten Zeit damit, uns gegenseitig kennenzulernen, wie wir es bisher nie geschafft hatten. Kleine Dinge, die andere als gegeben betrachteten, konnte ich jetzt genießen. Dragon mochte kein Müsli, in dem kein Zucker oder auf dessen Verpackung kein Zeichentrickcharakter zu sehen war, aber sonst war er sehr gesundheitsbewusst. Ich war immer sehr vorsichtig mit dem gewesen, was ich Trix zu essen gab, aber er hob das auf ein ganz anderes Level und stellte sicher, dass sie viel Gemüse und nichts aus einer Fertigpackung aß, abgesehen von Müsli.

Ich wusste, dass er mit der Zeit etwas nachgiebiger

werden würde, aber ich fand es niedlich, dass er sich solche Gedanken machte. Er ließ mich morgens im Bett dösen, während er Trix Essen machte, aber dann kam er wieder und gab mir einen Klaps auf den Hintern, damit ich aufwachte und sie anzog. Er hörte Heavy Metal und liebte alles, das einen Motor besaß, an dem er mit den Händen arbeiten konnte.

Ersatzteile lagen bald auf meinem Küchentisch oder an der Eingangstür herum, und schließlich schaffte ich eine Kiste für ihn an, in die er seine Sachen legen konnte, damit es nicht alles in meinem Haus herumlag. Er benutzte nach Orange riechende Seife für die Hände und eine kleine Nagelfeile, um sicherzustellen, dass er nie zu mir ins Bett kam und mich mit ölverschmierten Händen berührte.

Wir lagen auf einer Decke im Gras, seine Hand hielt meine oder war stundenlang um meine Taille gelegt, während wir Trix zusahen, die in ihrer Unterwäsche durch den Rasensprenger rannte. Er stellte immer sicher, dass sowohl Trix als auch ich jedes Mal, wenn wir das Haus verließen, voller Sonnencreme waren.

Er machte sich Gedanken um Dinge, von denen ich nie erwartet hätte, dass sie ihm wichtig wären. Wie er sich um uns kümmerte ließ alle meine Bedenken, die ich in der Vergangenheit wegen ihm gehabt hatte, verschwinden. Er kümmerte sich um alles. Er versuchte uns zu beschützen, ohne uns zu ersticken, und Trix und ich blühten auf.

Eines Abends, als Trix auf dem Boden spielte und Dragon irgendeine Art Motor polierte oder so etwas, scrollte ich durch die Musik auf meinem iPod. Er gab ein Stöhnen von sich bei jeder Wahl, die ich traf, als ob ich die Lieder nur einschaltete, um ihn zu foltern. Er hob nicht den Kopf, aber nach einer Weile wählte ich die Songs einfach aus dem Grund, dass ich ihn etwas ärgern wollte. Maroon 5, Janet Jackson, jede Popmusik, die ich finden konnte – und jedes Mal gab er ein abwertendes Geräusch von sich. Am Ende wählte ich eines meiner Lieblingslieder, das ich Trix immer vorgesungen hatte, als sie ein Baby gewesen war. Es war kein Pop, aber auf keinen Fall Heavy Metal. Als ich kein Geräusch von ihm hörte, hob ich den Kopf und sah, dass er das Motorteil immer noch polierte.

„Echt? Dazu hast du nichts zu sagen?", fragte ich und hob überrascht die Augenbrauen.

Er sah nicht von dem auf, was er tat, aber er antwortete trotzdem. „Babe, der Mann ist ein Poet."

„Du magst James Taylor?"

„Hab ich doch gerade gesagt, oder?"

Ich fühlte, wie sich ein Lächeln auf meinen Lippen ausbreitete, als ich die Greatest Hits auf meinem iPod fand und sie auf Shuffle stellte. Ich hatte unseren gemeinsamen musikalischen Nenner gefunden. Für andere mochte das unbedeutend oder sogar dumm sein, aber wir bauten uns ein Leben auf und begannen mit dem Fundament. Ich liebte es, neue Dinge über ihn zu erfahren und herauszufinden, wie wir zusammenpassten. Als er aufsah und mir zuzwinkerte, wurde mein Lächeln breiter, bis meine Wangenmuskeln schmerzten.

Wir machten erste Ausflüge in die Außenwelt, und es schien mir nicht so angsteinflößend zu sein, wenn Dragon an meiner Seite war. Ich wusste, er würde nicht zulassen, dass uns etwas passierte. Wir kauften Lebensmittel ein und gingen essen, und wir kauften sogar Sommerkleider für Trix. Nichts zu kurzes oder mit dünnen Trägern landete in unserem Einkaufskorb. Er war sehr Eigen, was sie anzog. Mir schien es ein wenig übertrieben, aber wenn es ihm wichtig war, konnten wir warten, bis Trix alt genug war und sich beschwerte, bevor wir deswegen stritten.

Normale Dinge fühlten sich an, wie ein Ausflug in einen Vergnügungspark. Sie waren alle neu und aufregend. Selbst eine Routine zu finden war etwas, wovon ich Tagträume hatte. Das war das Leben, das ich nie gewollt hatte, und auf einmal fühlte es sich nun so richtig an.

Wenn Dragon mich in diesen ersten Wochen wie ein Porzellanpüppchen behandelt hätte, wäre es mir weitaus schwerer gefallen, nach vorne zu sehen. Ich hätte mich jeden Moment jedes Tages an unseren Streit erinnert, wie ein Mühlstein, der mir um den Hals hing. Aber nach diesem ersten Tag erwähnte er das Thema nie wieder, abgesehen von kleinen Küssen, die er mir täglich auf die Wange drückte, selbst nachdem die Schwellung abgeheilt war. Es war eine Erinnerung daran, dass er es nicht vergessen hatte. Es war ein Versprechen. Er wurde wieder zu dem Mann, von dem ich geträumt hatte, grob, unverblümt und total in mich verschossen. Er zog mich am Essenstisch mit Blicken aus, packte meinen Hintern, wenn ich aus dem Zimmer ging, und ich liebte es. Ich liebte ihn. Ich war nicht sicher, wann es angefangen hatte – lange vor dem Tag, an dem er von Draco erfahren hatte –, aber es fühlte sich nun weitaus realer an, seit er alles wusste. Alle unsere Geheimnisse waren offengelegt, und ich genoss es.

Zum ersten Mal seit fünf Jahren hatte ich keine Kontrolle, und ich liebte es. Ich hatte keine Panikattacke mehr gehabt, seit ich die Unterlagen von Tony erhalten hatte, und ich fühlte mich täglich stärker. Ich wusste, dass Dragon und Pop niemals zulassen würden, dass Trix etwas passierte, und es war ein berauschendes Gefühl, dass ich mir nicht um alles Gedanken machen musste. Ich lebte nur, spielte während des Tages mit meinem Mädchen und nachts mit meinem Mann. Es war himmlisch.

Schließlich fanden wir einen normalen Tagesrhythmus, bei dem Dragon morgens das Haus verließ und manchmal erst wieder heimkam, als Trix und ich im Bett waren. Das gefiel mir nicht. Natürlich nicht. In den meisten Nächten lag ich wach und wartete darauf, dass er nach Hause kam, während meine Unsicherheit immer mehr wuchs. Aber er gab mir nie einen Grund, ihm nicht zu trauen. Er roch nach den Gerüchen des Clubhauses – Zigaretten und eine Mischung aus Whiskey und Bier. Es war egal, ob er nur wenige Stunden zuvor gegangen war, in der Minute, in der er die Türschwelle überschritt, wollte ich ihn. Ich fieberte ihm den ganzen Tag entgegen. Mein Körper war wund, aber immer war da diese unterschwellige Erregung, die nie verschwand. Wir begehrten einander mit einer Dringlichkeit, die nie nachließ.

Der Club gab alle paar Monate ein Barbecue, und ungefähr drei Wochen nach *dem Streit* mitten im Sommer fand ein weiteres statt. Alle waren im Sonnenschein draußen, und eine Band spielte auf einer Plattform, die jedes Jahr aufgebaut wurde, sobald die Sonne stärker wurde. Es war eine Tradition, dass eine der örtlich ansässigen Bands engagiert wurde, und es war dieselbe seit ich ein Kind gewesen war. Die Männer der Band waren Ehrenmitglieder im Club, obwohl keiner von ihnen richtig aufgenommen worden war. Sie waren alt und wirkten wie alte Grizzlybären, und ich liebte sie alle. Es war als ob ich ein paar Onkel zum ersten Mal seit Jahren wiedersah, und ich stellte ihnen stolz Trix vor, die sich etwas scheu hinter meinen Beinen versteckte.

Es machte Spaß, Dragon in seinem Element zu sehen, wie er mit den Männern Bier trank und den Neuzugängen das Leben schwer machte. Ich hatte nie die Gelegenheit gehabt, ihn mit den Männern zusammen zu sehen, aber ich war nicht von dem Respekt überrascht, den er innerhalb des Clubs zu haben schien. Es gab mir ein Gefühl von Familie, das ich seit langer Zeit nicht mehr gehabt hatte.

Ich saß auf Dragons Knie, die Arme um seine Schultern geschlungen, während er mit Grease redete, als die Band mit den ersten Songs begann. Ich kannte alle Lieder, die sie sangen. Es waren nicht nur gecoverte Titel, sondern die Auswahl hatte sich auch über die Jahre hinweg nicht sehr geändert. Es gab neuere Versionen einiger Songs, aber meistens blieben sie bei dem, was sie als Klassiker bezeichneten. Erst als sie nach „Crazy Train“ eine Pause einlegten und der Leadsänger Jimmy das Wort ergriff, schenkte ich ihnen meine Aufmerksamkeit.

„Wir haben jemanden fünf laaaaaaange Jahre vermisst hier!“, rief Jimmy übertrieben langgezogen ins Mikrofon. Ich legte mit einem Stöhnen die Stirn gegen Dragons Schulter. „Brenna-Darling, ich brauche dich! Mach einen alten Knacker glücklich!“

Alle alten Clubmitglieder grölten und johlten, während die neueren Zugänge mich verwirrt ansahen, Dragon eingeschlossen. Aus der Sache würde ich auf keinen Fall rauskommen, also gab ich Dragon einen schnellen Kuss und stand auf.

„Bin gleich wieder da. Wenn sie mich nicht gehen lassen, komm bitte und rette mich.“

Die Schreie wurden lauter, je näher ich der Bühne kam, und als Jimmy meine Hand nahm und mich neben sich zog, füllte sich die Luft mit Jubelrufen. Ich beugte mich zu seinem Mikrofon und lächelte reumütig.

„Ich habe das hier seit fünf Jahren nicht mehr gemacht, also seid nett zu mir!“

Die Menge lachte, und ein durchschneidendes Pfeifen kam vom Picknicktisch, an dem Dragon und Grease saßen. Als ich hinübersah, hatte Grease ein breites Lächeln im Gesicht, und Dragon behielt mich im Auge. Ich suchte nach Trix in der Gruppe der Kinder und entdeckte sie inmitten des Chaos, wo sie still stand und mich ansah. Ich zwinkerte ihr zu, und sie lächelte breit, bevor ich wieder nach hinten auf die Bühne ging, wo Harry saß.

„Bereit, dir ein Bier zu holen, alter Mann?“, fragte ich ihn mit einem Grinsen.

Meine Hände waren schweißnass vor Nervosität, und ich wischte sie an meinen Oberschenkeln ab, bevor ich mich hinter sein Schlagzeug setzte.

Als ich ungefähr sechs Jahre alt gewesen war, wollte ich Tanzkurse belegen. Ich war begeistert, als Pop das zuließ. Vera war meine Chauffeurin und fuhr mich zweimal die Woche für zwei Wochen zu den Kursen und wieder zurück, während Pop einen Auftrag erledigte. Als er zurückkam, war ich so aufgeregt, ihm zu zeigen, was ich gelernt hatte, dass ich ihn zum Unterricht mitschleppte. Ich hatte keine Ahnung, was für ein Drama sich daraus ergeben würde. Ich hatte keinen Grund anzunehmen, dass jemand ein Problem mit meinem Pop haben könnte. Ich bemerkte nicht die herablassenden Blicke, die die Country Club-Mütter ihm schenkten, als er am Rand auf dem Boden saß und mir bei meinen Drehungen und meinem Hüpfen zusah. Ich hatte mich vollständig auf ihn konzentriert und auf den stolzen Ausdruck auf seinem Gesicht. Ich hatte das Gefühl auf Wolken zu gehen.

In der darauffolgenden Woche war es wieder Vera, die mich in den Unterricht fuhr, aber alles sonst war anders. Die anderen Kinder redeten nicht mit mir, und die Tanzlehrerin redete mit mir, als ob ich eine lästige Fliege war, die sie nicht loswurde. Ich war am Boden zerstört, aber entschlossen, und es dauerte drei Wochen, bis Pop genug gehabt hatte und mich aus dem Kurs nahm.

Mir brach das Herz, aber Pop dachte, dass Musik, wenn ich Tanzen mochte, ein gutes Ventil für mich sein könnte. Statt zweimal die Woche Tanzunterricht in einem Studio zu haben, fuhr mich Vera nun hinüber zu Jimmys Garage, wo die Band übte. Zuerst war ich sauer. Ich wollte eine hübsche Ballerina sein. Ich wollte nicht versuchen, meine Finger um den Hals einer Gitarre zu legen. Es dauerte nicht lange, bevor die Männer erkannten, dass die Gitarre nicht mein Instrument werden würde. Ich lernte die Grundakkorde sehr schnell, aber ich war gelangweilt. Wayne, der Bassspieler, war der einzige in der Gruppe, der klassisches Training erhalten hatte, aber er sagte, er würde sich eher erschießen, als mir eine verdammte Flöte oder Klarinette zu kaufen. Ein paar Wochen vergingen, in denen sie versuchten, mich für das Klavier zu interessieren, aber schließlich gaben sie auch das auf. Erst als ich mich hinter Harrys Schlagzeug setzte, hatte ich mein Zuhause gefunden.

Ich war zu klein, um mich richtig setzen zu können, also stand ich dahinter, als ich das erste Mal auf die Trommeln hämmerte. Nur meine Augen und mein Scheitel waren über dem Schlagzeug zu sehen, aber es war Liebe auf den ersten Beat. Es stellte sich heraus, dass ich ein Talent für Percussions hatte. Ich saß ruhig da, während mir Harry erklärte, welches Geräusch jedes Stück des Instruments von sich gab, und von da an war ich süchtig. Ich war bei weitem kein Wunderkind, aber ich war gut, richtig gut. Ich spielte zehn Jahre lang mit ihnen an den Dienstagen und Donnerstagen. Meine Fähigkeiten verbesserten sich rasch und stetig über die Jahre hinweg, bis zu dem Tag, an dem ich so gut wie Harry war. Meine Vorführungen fanden auf den Clubbarbecues statt, und ich hatte jedes Mal, wenn ich die Bühne betrat, eine begeisterte Zuhörerschaft, die aus meiner Familie bestand.

Ich hätte mich vermutlich für ein Musikstipendium bewerben können, als ich aufs College ging. Wayne hatte mir beigebracht, wie man Noten las, und ich konnte alles spielen, das er mir vorsetzte, aber ich zögerte, etwas, das ich liebte, in etwas zu verwandeln, das ich tun musste. Ich fürchtete, dass das die Magie verschwinden lassen würde. Ich spielte bei den wenigen Barbecues, auf die ich während meiner Collegezeit ging, aber nachdem ich den Club verließ, hatte ich nicht wieder gespielt.

Es war mehr als fünf Jahre her, seit ich gespielt hatte, und meine Finger fühlten sich anfangs steif und ungelenk an, aber nach den ersten Rhythmen von „Paradise City“ war es, als ob ich einen alten Freund wiedergetroffen hätte. Ich saß hinter dem Schlagzeug, und die Welt um mich herum verblasste, während ich Lied über Lied mit den Männern spielte, die mir mehr über Musik beigebracht hatten als die meisten Leute in ihrem ganzen Leben lernten. Ich schlug die Frustration und das Leid der letzten fünf Jahre mit den Schlagstöcken in das Instrument, und als ich fertig war, klebte mir das Haar schweißnass am Nacken und an der Seite meines Gesichts.

Ich stand auf und sah Pop über den Hof hinweg in die Augen. Die Dinge, die ich getan hatte, der Schmerz, den ich ihn hatte durchleben lassen, die Frustration und der Zorn – nichts davon war wichtig. Er sah mich immer noch mit dem gleichen stolzen Lächeln an, das ich gesehen hatte, als ich sechs Jahre alt gewesen war und in diesem Tanzstudio herumwirbelte. Diese Mütter, die sich verhielten, als ob ich Müll wäre? Sie hatten keine Ahnung von der Familie, in der ich groß geworden war. Sie würden nicht die Unterstützung und die Liebe verstehen, die mich jeden Tag meines Lebens umgab. Pop mochte nicht der beste Mann sein. Er war der Vizepräsident eines Motorradclubs, ein Killer und Dieb, aber wenn er mich ansah, sah ich nur den Mann, der mich von Geburt an bedingungslos geliebt hatte. Nichts würde das in meinen Augen je ändern.

Erst eine Woche später, als ich die Seite meines Vaters sah, die mir verborgen geblieben war – den Mann, der Irland unter verdächtigen Umständen verlassen hatte und aus einem Grund mit offenen Armen im Club aufgenommen worden war, der nur dem alten Präsidenten bekannt gewesen war.

Kapitel 25

Brenna

Als ich mit meinen fünfzehn Minuten Ruhm fertig war, die zu einer Stunde wurden, während der ich Harrys Schlagzeug mit allem, was in mir war, bearbeitete, wartete Dragon auf mich. Er stand am Rand der Bühne, und meine Füße berührten nicht das Gras, weil er meine Beine um seine Taille legte und mich hart küsste. Unser Atem kam keuchend, als er den Kopf wieder hob und die Pfiffe um uns herum die Luft füllten. Das Lächeln auf seinem Gesicht war breit und ließ kleine Fältchen um seine Augen herum erscheinen. Sein Grübchen war kaum sichtbar unter seinem kurz geschnittenen Bart.

„Das war eines der sexiesten Dinge, die ich jemals gesehen habe. Warum hast du mir nicht davon erzählt, dass du so etwas kannst?", fragte er, während er mit den Händen meinen Hintern drückte.

Ich zuckte nur die Achseln. „Das ist doch nichts. Ich habe gespielt seit ich sechs war."

„Kein Wunder, dass du und Trix so tanzt! Deine Füße haben den Boden zum verdammten Rhythmus der Musik ins Beben gebracht!"

Mein Gesicht fühlte sich heiß an.

„Du hast nicht gewusst, dass du das gemacht hast?" Er lachte erneut über meine Verlegenheit.

„Äh, nein. Ich habe das nicht bewusst gemacht. Ich habe das nie gemerkt", sagte ich.

„Es ist auf jeden Fall verdammt niedlich, und Trix macht das auch. Dieses Mädel kann einen Rhythmus halten wie kein Kind, das ich kenne." Sein Lächeln zeigte seinen Stolz.

Er ging durch die Menge, aus der uns vulgäre Vorschläge zugerufen wurden, aber Dragon setzte mich nie ab. Als wir um die Ecke kamen, drückte er mich gegen die Wand des Gebäudes und küsste mich erneut. Seine Hände gingen auf Wanderschaft.

„Heute Nacht wirst du meinen Rhythmus spielen, klar?", flüsterte er mir ins Ohr und biss mir sanft ins Ohrläppchen.

Ich war nicht sicher, wovon genau er redete, aber das war egal. Alles, worum er mich in diesem Tonfall bat, würde ich ihm geben.

Wir gingen nach Hause, nachdem der Himmel dunkel geworden war, und Trix war endlich eingeschlafen, mit klebrigen Händen und voller Dreck. Sie saß auf Dragons Schoß. Keiner von uns war betrunken, aber wir fühlten die Auswirkungen vom Whiskey und dem Bier, das wir getrunken hatten. Ich hatte nicht mehr als ein Glas Wein seit der Nacht, in der ich Trix empfing, und ich war deshalb ein wenig überdreht.

Als wir ins Haus kamen, wandte sich Dragon an mich. „Zieh dich aus, Brenna. Ich bringe Trix ins Bett. Ich will, dass du nackt bist, wenn ich wiederkomme."

Dann ging er leise den Flur Richtung Trix' Zimmer, während ich abschloss. Ich rannte ins Zimmer und riss mir mit einer Verzweiflung die Kleider vom Leib, die fast schon lächerlich war. Als ich endlich nackt war, legte ich mich auf das Bett und wartete, bis ich ihn zum Eingang gehen hörte. Er kam wieder und trug einen Küchenstuhl und mein iPod-Dock. Ich setzte mich überrascht auf.

„Was tust du?", fragte ich verwirrt.

Er antwortete nicht, sondern ging zur Seite des Bettes und steckte das Dock ein. Dann stellte er den Stuhl ans Bettende und verschloss die Tür, bevor er sich setzte und sein T-Shirt hinten packte, um es auszuziehen.

„Ich habe nur zwei Lieder eingestellt, aber ich denke, ich schaffe nicht länger." Er sah mich mit bebenden Nasenflügeln an, und schließlich sagte er mir, was los war. „Komm her und tanz für mich, Brenna."

„Tanzen?", fragte ich nervös.

Ich war keine Stripperin. Ich kannte keine sexy Tanzbewegungen. Ich konnte mir gut vorstellen, wie ich versuchte sexy zu wirken und am Ende eher aussah wie Napoleon Dynamite aus dem gleichnamigen Film.

„Baby, du wirst toll sein“, sagte er, womit er meinen Blick richtig interpretierte. „Komm her.“

Ich stieg vom Bett und stellte mich vor ihn, als die ersten Töne von Awolnations „Sail“ im Raum erklangen. Ich fühlte, wie mein Atem schwerer kam, als ich mich an den trommelnden Rhythmus des Lieds erinnerte. Er zog mich sanft vorwärts, bis meine Schenkel seine umrahmten.

„Das ist nicht schwer, Baby. Ich will einen Lap Dance. Alles, was du tun musst, ist dich zu dem Rhythmus zu bewegen und deine Vorstellungskraft zu benutzen. Du weißt, was mir gefällt.“

Ich stand unangenehm berührt da, bis er mich tiefer zog und seine Hüften, die in den Jeans steckten, gegen meine nackte Haut drückte.

„Komm schon, Baby. Willst du deinem Mann nicht was zeigen?“, fragte er mich mit einer Hüftbewegung nach oben. „Zeig’s mir.“

Es dauerte nicht lange, bis der Rhythmus der Musik meine Hemmungen außer Kraft setzte. Ich bewegte meine Hüften, seine Hände fuhren über meinen Körper und berührten alles, was er erreichen konnte. Ich fuhr mit den Fingern durch seine Haare und zog dann die Nägel leicht seine Brust hinab. Ich beugte mich vor, um eine seiner Brustwarzen in den Mund zu saugen. Er machte ein tiefes Geräusch in der Kehle und zog meinen Kopf hoch, so dass er mich innig küssen konnte, aber meine Hüften ließen nie in ihrem Rhythmus nach. Der Kuss war genug, so dass er seine Jeans aufknöpfte und den Reißverschluss aufzog, wobei ich mich über ihm wand.

Als das Lied von „Sail“ überging zu „Radioactive“ von Imagine Dragons, war er bereits in mir. Ich bewegte mich mit der Musik. Mein Blick ließ seinen nie los, während ich meine Hände über meine Brüste hinauf in meine Haare gleiten ließ. Als ich die Hände über meinen Kopf hob und den Rücken durchdrückte, dachte ich, er würde einen Herzinfarkt bekommen. Danach dauerte es bei uns beiden nicht mehr lange.

Stunden später lagen wir im Bett, keiner bereit schon zu schlafen.

„Wir werden uns um diese Scheiße kümmern, Brenna. Keine Sorge. Wenn ich nicht da bin, werden dir Poet und Vera helfen. Unser Anwalt ist ein Arsch, aber er weiß verflucht genau, was er tut", sagte er mir leise.

„Was!" Ich stützte mich auf die Ellbogen auf. „Warum solltest du nicht hier sein?"

„Du weißt, wie Slider ist. Er wird mir gegenüber nicht nachgiebig sein, nur weil wir hier diese Familienscheiße haben. Ich muss Aufträge erledigen und kann nicht für immer daheim bleiben", sagte er, als ob es keine große Sache wäre.

„Vielleicht wird er es doch okay finden. Er weiß, was für ein Mist gerade abgeht. Komm schon, ich bin seine Patentochter. Er wird doch nicht meinen Mann wegschicken, wenn ich ihn hier brauche", sagte ich logisch.

Er brummte. „Ich bin nicht dein Spielzeug, Brenna. Ich bin ein Bruder. Ich mache meinen Job und ich bin gut darin. Ich will keine Zugeständnisse, nur weil ich seine Patentochter vögle."

„Das ist echt fies das so zu sagen", grummelte ich.

„Ist es denn nicht die Wahrheit? Ich habe dich zweimal in den letzten beiden Stunden gevögelt." Er klang genervt.

„Du hättest stattdessen sagen können, dass wir zusammen sind oder so etwas. Du musst dich nicht ausdrücken, als ob ich nur eine weitere Clubschlampe wäre." Ich wurde von Minute zu Minute wütender.

„Brenna, ich werde sagen, was zum Teufel ich sagen will. Ich kippe keinen Zuckerguss über Scheiße, nur damit du keinen Knoten ins Höschen bekommst. Hab ich dich jemals wie eine Schlampe behandelt?"

„Nein", brummte ich.

„Dann leg mir keine Worte in den Mund." Er schüttelte frustriert den Kopf. „Wie zum Teufel sind wir überhaupt bei dieser Unterhaltung gelandet? Du bist verflucht irre."

Er klang verdutzt, und ich kicherte an seiner Brust. Er schlang die Arme um mich und zog mich auf sich, so dass meine Arme verschränkt waren, auf seiner Brust lagen und mein Kinn auf meinen Unterarmen ruhte. Unsere Körper lagen von Kopf bis Fuß aneinander.

„Du tust, was ich sage", befahl er mir sanft. „Wenn ich nicht da bin, verlässt du dich auf deinen Pop und Vera. Wir kümmern uns darum. Du musst mir vertrauen, Baby."

Ich wusste nicht, was los war, aber ich wusste, dass ich ihm antworten musste, also tat ich das. „Okay, Liebling. Ich werde dir vertrauen und mich auf Pop und Vera verlassen, wenn du nicht da bist."

„Das ist gut. Ich werde mich immer um dich kümmern", flüsterte er, fuhr mit den Fingern über meine Wange und rollte uns dann herum, so dass wir nebeneinander lagen.

Er betrachtete eine Weile mein Gesicht, und der Blick in seinen Augen machte mich sofort nervös.

„Ist alles okay?", fragte ich und fürchtete zugleich seine Antwort.

„Alles gut. Du musst dir keine Sorgen machen. Von jetzt an wird alles glatt laufen", versicherte er mir mit einem langsamen Kuss auf die Lippen.

Dann schlang er die Arme fester um mich, drehte den Kopf über meinem etwas zur Seite und schloss die Augen, als ob er schlafen wollte. Ich lag in der Dunkelheit und fühlte mich sicher und warm in unserem kleinen Nest, aber ich konnte das Gefühl nicht abschütteln, dass etwas Schlimmes am Horizont drohte. Dragon hatte mir versichert, dass alles gut wäre, aber irgendwas war seltsam. Er hatte mir nicht in die Augen gesehen, als er es gesagt hatte.

Kapitel 26

Brenna

Das Leben entwickelte sich in einem ziemlich vertrauten Muster. Dragon verbrachte die meiste Zeit weg von daheim, aber zu wissen, dass er in der Stadt war, war genug, damit ich nicht komplett die Fassung verlor wegen unserer Unterhaltung nach dem Barbecue. In den Tagen nach der Party hatte ich das Gefühl, dass sich mir ständig die Nackenhärchen aufstellten als Reaktion auf eine Kraft, die ich nicht sehen konnte. Ich wusste, dass etwas kam, aber ich wusste nicht, aus welcher Richtung.

Von Tonys Seite war es ruhig geblieben, und wir erfuhren vier Tage nach dem Barbecue, dass unser Sorgerechtsfall angesichts der jüngsten Ereignisse nach hinten verschoben worden war. Dragons Vaterschaftsklage hatte dafür gesorgt, und ich war regelrecht aufgedreht vor Erleichterung, dass all das hier bald vorbei wäre. Ich erhielt nicht länger Anrufe von Tony. Dragon hatte sich schon vor Wochen darum gekümmert, indem er mir die neue Nummer gegeben hatte. Aber ich musste mich immer noch mit Tonys Anwalt auseinandersetzen, der im Club anrief und ständig Nachrichten hinterließ, in denen er mir stets das gleiche versprach: Wenn ich zurückkäme, wäre Tony bereit, mit mir zur Paartherapie zu gehen, und er würde sofort die Sorgerechtsklage zurückziehen. Die Vorstellung ließ mich schaudern. Der Anwalt des Clubs übernahm schließlich auch diese Anrufe und teilte sowohl dem Anwalt, als auch Tony mit, dass wir nicht an ihrem Angebot interessiert waren.

Trix hatte sich mit einigen anderen Clubkindern angefreundet, was mir tagsüber mehr zu tun gab, denn die Old Ladys und ihre Kinder kamen zum Spielen vorbei. Casper verbrachte seine Zeit damit, uns zu bewachen, wenn Dragon nicht daheim war. Dragon hatte kein gutes

Gefühl dabei, uns alleine zu lassen, bis die Sorgerechtssache aus der Welt war, aber Trix und mir war das egal. Casper wurde zu dem Bruder, den ich nie gehabt hatte. Er war Teil unserer kleinen Familie, und wir liebten es, ihn in der Nähe zu haben. Das war alles, wonach ich gesucht hatte, als ich den Club hinter mir gelassen hatte. Es war eine Gemeinschaft, in der Trix und ich uns wohl fühlten, in der wir Treffen zum Spielen ausmachen konnten, und ich mich mit anderen Müttern unterhalten konnte, ohne mir Sorgen zu machen, dass ich etwas erwähnte, das Rückschlüsse auf unser Leben daheim zulassen würde.

Es war erstaunlich, wie sich meine Perspektive von der eines Kindes im Club zu einer der Old Ladys von einem der Mitglieder verändert hatte. Ich war so sicher gewesen, dass das Leben, das ich wollte, außerhalb der Tore des Clubs zu finden wäre, wo ich mich nicht um die Blicke der Außenstehenden kümmern müsste. Ich hatte die Gemeinschaft, in der ich aufgewachsen war, als gegeben betrachtet. Wie in einer weit verzweigten Familie gab es immer jemanden, der zuhörte oder half. Ich wollte so dringend weg, dass mir nicht klar war, was ich zurückließ. Ich war sicher, dass es eine Gemeinschaft draußen gab, dass es Leute gab, die die Verbindungen hatten, die ich brauchte, aber ich hatte sie nie gefunden. Der Club war der Ort, an dem ich mich sicher fühlte. Hier waren die Leute, denen ich vertraute, und ich fand endlich mein Zuhause.

Während ich eines Tages mit der schlafenden Trix neben mir im Gras lag, begriff ich, dass die Charakterzüge, die ich an einem Mann aus dem Club so fürchtete, in Dragon nicht zu finden waren. Er hüpfte nicht durch die Betten. Ich wusste nicht immer, wo er war, aber mir wurde klar, dass ich das nicht wissen musste. Er hatte Geschäfte zu erledigen, an denen ich keinen Anteil hatte, und das war okay. Er feierte nicht bis spät in die Nacht oder kam nach Clubweibern riechend heim, wie ich es mir in meinen Albträumen vorgestellt hatte. Ich wusste, dass er Dinge tat, die ihn lange Zeit hinter Schloss und Riegel bringen könnten, aber ich vertraute darauf, dass er so vorsichtig war, wie er konnte. Er würde nie unsere kleine Familie aufs Spiel setzen. Vermutlich war das vergleichbar mit der Ehefrau eines Soldaten, wenn ihr Mann unterwegs war, um Dinge zu tun, von denen sie wusste, dass sie ihn in Gefahr brachten. Über die Gefahren nachzudenken half nichts, außer dass es ihr ein übles Gefühl bescherte. Wir mussten aus einer beschissenen Situation das Beste machen. Es machte sie zu denen, die sie waren. Natürlich standen die Ehemänner von Soldatenfrauen auf der richtigen Seite des Gesetzes … aber wer diskutierte hier schon über so etwas?

Als mir klar wurde, dass hier der Ort war, an dem wir sein mussten, fühlte ich einen Frieden wie nie zuvor. Alles wurde einfacher. Die obsessiven Putzaktionen hörten fast sofort auf, und der Abwasch im Waschbecken war einfach nur Abwasch im Waschbecken, nicht ein Berg, den ich im ersten möglichen Moment angehen musste. Ich fühlte mich endlich wieder wohl in meiner Haut, frei, ich selbst zu sein, das Selbst, das ich vor so langer Zeit verloren hatte.

Dragon bemerkte die Veränderung in mir, und es änderte die Art, wie er sich mir gegenüber verhielt, bei einigen Kleinigkeiten. Er schubste mich. Er neckte mich, weil er wusste, dass ich nicht wegen irgendeiner eingebildeten Kränkung in Tränen ausbrechen würde. Wir stritten. Er hielt sich nicht mehr zurück, wenn er sauer war, und ich tat das ebenfalls nicht mehr. Wir überschritten nie eine bestimmte Linie, weder emotional noch physisch, aber wir stritten mit voller Kraft, was normalerweise zum besten Sex führte, den wir jemals gehabt hatten.

Dragon machte mehr Unordnung, und da wurde mir klar, dass er sich vorher wirklich vorbildlich verhalten hatte. Er ließ seinen Scheiß überall im Haus liegen, so dass ich ihn den Tag über verteilt fand – Socken auf der Couch, ein Öl verschmiertes Tuch hing über der Lehne eines Küchenstuhls. Er schlich nicht mehr auf Zehenspitzen durch das Haus, sondern hinterließ seinen Fußabdruck, meistens in Form von schmutziger Wäsche. All seine Möbel waren immer noch in der Wohnung, die er sich mit Kendra geteilt hatte, aber das war mir egal. Ich wollte nichts von diesen Sachen in meinem Haus. Der Gedanke, dass ich auf einer Couch saß, auf der sie Sex gehabt hatten, brachte meinen Magen dazu sich zu heben. Also richteten wir uns ein Zuhause mit den Spenden und den Sachen ein, die wir angesammelt hatten, und ich liebte es.

Das Leben war gut.

Bis es das nicht mehr war. Dragon ging früh am Morgen am Freitag nach dem Barbecue. Es war nicht normal, dass er ging, bevor die Sonne aufgegangen war, aber es war auch nicht vollständig unnormal. Ich blieb mit Trix im Bett und kuschelte mich an sie, während ich ihren Atem heiß an meinem Hals fühlte. Das waren einige meiner Lieblingsmorgen, an denen ich kaum wach war, wenn Dragon mich langsam und tief küsste, bevor er sich verabschiedete. Es hinterließ mich in einem fast traumartigen Zustand, in dem sich alles wohlig und warm anfühlte. Ich genoss das Gefühl, meinem Mann einen Abschiedskuss zu geben, während ich mein Baby an mich zog. Ich schlief wieder ein, kurz nachdem ich hörte, wie Casper vorfuhr und das Röhren von Dragons Motor langsam verklang.

Mein Handy weckte Trix und mich um acht an diesem Morgen und ließ mich frustriert aufstöhnen, als sie aus dem Bett sprang, um es zu holen.

„Hi, Papa!“, antwortete sie und hielt dann für einen Moment inne. „Nö, wir haben geschlafen. Mama ist immer noch im Bett. Sie sieht wütend aus!“ Sie kicherte und reichte mir dann das Handy.

Ich bemerkte, dass sie seit letzter Woche Dragons Eigenheiten übernommen hatte und mit den Händen gestikulierte, während sie redete. Früher war sie nie so lebhaft gewesen.

„Hey, Babe“, murmelte ich ins Handy und sah Trix zu, die aus dem Schlafzimmer hüpfte.

„Hey, Baby. Sorry, dass ich dich geweckt habe.“ Ich konnte das Lachen in seiner Stimme hören.

„Das ist nicht witzig! Jemand hat mich letzte Nacht wach gehalten.“

„Yeah, und du hast es geliebt“, sagte er. „Hab heute Morgen die Ergebnisse erhalten.“

Ich setzte mich auf. Diese Neuigkeiten weckten mich schlagartig. „Was bedeutet das? Ich meine, ich weiß, was das bedeutet, aber was machen wir jetzt?“

„Wir tun gar nichts. Wir warten, bis wir von den Anwälten hören. Aber mir würde es besser gehen, wenn du und Trix aufstehen und euch anziehen würdet“, sagte er. Er klang abgelenkt.

„Was ist los? Warum müssen wir uns anziehen?“, fragte ich, stieg aus dem Bett und folgte seinen Anweisungen, wenn ich auch nicht verstand, weshalb ich es tat.

„Der Drecksack hat grad die Papiere erhalten und kann schwarz auf weiß lesen, dass Trix nicht ihm gehört, damit er mit ihr Scheiße bauen kann. Er wusste das, aber jetzt weiß es auch das Gericht. Der Kerl ist jetzt wie ein Tier, das wir in die Enge getrieben haben. Es wäre mir lieber, wenn ihr zwei wach und angezogen wärt. Das ist alles.“ Sein Tonfall änderte sich nie, aber es war als ob ich die Spannung in seinem Körper durch das Telefon spüren konnte.

„Also gut. Ich ziehe mich jetzt an und helfe Trix gleich. Bist du im Clubhaus? Sollen wir rüberkommen?“ Ich begann eine Art Dringlichkeit zu fühlen, die ich nicht verstand, aber auch nicht bekämpfte.

„Yeah, Baby. Mach das. Ich bin hier. Kein Grund, dir Sorgen zu machen“, beruhigte er mich. „Alles ist gut. Du bist sicher. Wenn ich denken würde, dass du das nicht wärst, wäre ich da. Casper ist vorne draußen. Lass ihn wissen, wenn du rüberkommst. Okay, Mama?“

Mama war ein neuer Spitzname, den er seit letzter Woche benutzte, und jedes Mal, wenn ich ihn hörte, füllte sich mein Bauch mit Schmetterlingen.

„Okay“, sagte ich ruhig, während ich mir die Jeans anzog.

„Mach den Test, bevor du gehst. Kein Aufschieben mehr. Ich will wissen, wie das Ergebnis war, wenn du rüberkommst“, sagte er, bevor er auflegte.

Letzte Woche hatte ich bemerkt, dass ich meine Periode seit der ersten Woche, in der ich im Club gewesen war, nicht mehr gehabt hatte. Das hatte mich eine Weile nicht beschäftigt, weil sie ohne erkennbares Muster kam oder ausblieb. Aber letzte Woche waren meine Brüste wie auf magische Weise größer geworden, und sie schienen ständig aus meinen BHs zu quellen. Als ich das Dragon erzählte, hatte er mir ein kleines Lächeln geschenkt und dann Trix und mich in die Stadt geschleift. Wir kauften einen Schwangerschaftstest in der Apotheke, aber ich schob es auf, bis die Sache mit Trix geklärt wäre. Ich wollte nicht, dass mir etwas anderes im Kopf herumging, und hoffte, dass unsere guten Neuigkeiten alle auf einmal kommen würden, sobald der Stress vorbei war. Offensichtlich dachte Dragon anders darüber, und meine Galgenfrist war vorüber.

Während Trix leise in ihrem Zimmer spielte, ging ich ins Bad, um den Test zu machen. Morgenurin war scheinbar der Beste, und ich war von einem auf das andere Bein gesprungen, während ich Trix das Frühstück zubereitet hatte, bis ich Zeit hatte, um ins Bad zu gehen. Ich nahm den Test und legte ihn auf den Rand der Badewanne, band das Haar zu einem Pferdeschwanz und putzte mir die Zähne, während ich wartete. Die Dringlichkeit, die mich während meiner Unterhaltung mit Dragon befallen hatte, verschwand nicht, und ich merkte, dass ich im Bad auf und ab ging. Zwei Schritte vor, zwei Schritte zurück – es gab nicht viel Platz, auf dem ich durchdrehen konnte, in diesem winzigen Zimmer. Schließlich entschied ich mich, Trix anzuziehen, bevor ich zurückkam, um nachzusehen, und verließ das Bad, wobei ich die Tür hinter mir schloss.

Sie saß auf dem Boden und spielte mit kleinen Plastikpferden, als ich in ihr Zimmer kam. Ich sah über das Spielzeug hinweg, das überall lag, nahm Shorts und ein T-Shirt aus ihrer Kommode und versuchte mich zu erinnern, wo sie in der letzten Nacht ihre Sandalen hingestellt hatte.

„Trix! Wo sind deine lila Sandalen?“, fragte ich sie und zog saubere Unterwäsche und Shorts über ihren winzig kleinen Hintern.

Das Pferd lenkte sie ab, und ich nahm es ihr rasch aus der Hand und warf es auf das Bett. Die Härchen in meinem Nacken stellten sich wieder auf, und mein Magen war ein einziger Knoten aus Gründen, die ich nicht verstand. Ich verfiel langsam in Panik, und es gab keinen wirklichen Grund dafür.

„Mama! Warum hast du mein Pferd weggeworfen?“, rief sie, als ich ihr das T-Shirt über den Kopf zog. „Ich hab damit gespielt! Ich werfe auch nicht deine Sachen weg!“ Sie stampfte mit dem Fuß auf. „Das ist nicht nett!“

Ich war so angespannt, dass ich, als ich mir über die Stirn wischte, kleine Schweißperlen dort vorfand. „Baby, es tut mir leid. Mama hat es eilig. Wo haben wir deine Schuhe hingestellt?“, fragte ich sie drängend, als wir hörten, wie ein Auto vor das Haus fuhr.

Ihr Gesicht zeigte ihre Verwirrung, ihre Fähigkeiten meine Körpersprache zu lesen war durch den Frieden, in dem wir die letzten Monate gelebt hatten, beeinträchtigt worden.

„Jemand ist hier!“, sagte Trix und rannte zum Fenster, das nach vorne zeigte. „Wem gehört das Auto?“, fragte sie, als ich hinter sie trat.

Bevor ich antworten konnte, durchdrangen gedämpfte Schüsse den ruhigen Morgen, gefolgt von etwas Großem, das auf die Veranda auftraf. Hart.

Ich wusste nicht, warum sie sagen, dass ein Schalldämpfer das Geräusch eines Schusses dämpft. Das tat er nicht. Der Schuss, den ich hörte, war das lauteste, was jemals an meine Ohren gedrungen war.

Kapitel 27

Brenna

Im Film „Matrix“ verlangsamen sich die Kampfszenen, so dass man jede einzelne Bewegung sehen kann. Ich dachte immer, dass Filme deshalb so gedreht werden, damit man als Zuschauer alles besser verfolgen und die Action mit allen Details würdigen kann. Was ich nicht wusste, war, dass ich nie hätte erfahren wollen, dass das auch im wirklichen Leben geschah.

Sobald ich das Geräusch auf der Veranda hörte, schlug ich Trix die Hand vor den Mund und zog sie vom Fenster zu ihrem Schlafzimmer. Sobald ich wusste, dass sie leise sein würde, ließ ich ihren Mund los und hob sie in meine Arme. Ich drückte sie eng an mich. Ihr kleiner Körper zitterte vor Angst, aber ich hatte keine Zeit, sie zu beruhigen, außer kleine Geräusche von mir zu geben, ihr den Rücken zu streicheln und dabei durch den Flur zu eilen.

Meine Gedanken rasten.

In einem Sekundenbruchteil erinnerte ich mich, dass die Eingangstür verschlossen war. Dragon schloss immer ab, wenn er ging. Es war egal, ob Casper auf der Veranda war oder nicht. Er schloss immer ab. Das würde mir ein paar Sekunden mehr Zeit verschaffen.

Ich trug Trix in mein Zimmer, weil ich wusste, dass ich weniger als eine Minute hatte, bevor Tony das Schloss durchschießen würde und hereinkommen konnte. Ich konnte meinen Herzschlag in meinen Ohren hören, als ich Trix vor das offene Fenster neben unserem Bett absetzte. Ich war froh, dass Dragon noch nicht die Rollläden repariert hatte, obwohl wir erst am Vortag deswegen gestritten hatten. Er mochte es warm, was bedeutete, dass wir ohne Klimaanlage in unserem Zimmer bei geöffnetem Fenster schlafen mussten, wenn wir nicht in einem

Pool unseres eigenen Schweißes aufwachen wollten. Ich hatte mich beschwert, dass er das Ungeziefer damit hereinließ, und er hatte gemeint, ich solle aufhören, mich zu beschweren, weil er sowieso die ganzen verdammten Viecher erschlug, so dass ich gar nichts tun musste.

Glücklicherweise hieß das, dass das Fenster vollkommen offen und weniger als zwei Meter vom Boden entfernt war.

Jede Mutter spielt das Was-wäre-wenn-Spiel. Was, wenn ein Auto mein Kind überfährt, und ich es von ihm runterheben müsste? Was, wenn in mein Haus eingebrochen werden würde, und ich mein Kind irgendwo verstecken müsste? Wo würde ich sie verstecken? Was, wenn mein Auto in einen Fluss fiel? Wie könnte ich mein Kind an die Oberfläche bringen? Was, wenn es einen nationalen Notfall gäbe? Wie würde ich für die Sicherheit meines Kindes sorgen? Was, wenn? Was, wenn? Was, wenn?

Mein Was-wäre-wenn wurde gerade Realität.

Ich hatte darüber nachgedacht. Natürlich hatte ich darüber nachgedacht. Ich hatte seit der Zeit Fluchtrouten im Kopf gehabt, bevor wir Tony verlassen hatten. Sie änderten sich je nachdem wo wir waren, aber sie waren immer in meinem Hinterkopf. Was, wenn? Was, wenn? Was, wenn?

Wie könnte ich sie in Sicherheit bringen?

Das zu tun, von dem man wusste, dass es das Beste war, machte es nicht weniger furchteinflößend. Ich hatte furchtbare Angst, als ich ihr die leisen Tränen vom Gesicht küsste und prägte sie mir ein. Ich wusste, ich hatte nur Sekunden, bis Tony es durch die Tür schaffte, daher erklärte ich ihr rasch, was sie tun sollte. Ich nahm ihr Gesicht in die Hände, damit sie wusste, dass es mir ernst war, und dann begann ich schnell und leise zu sprechen.

„Ich werde dich aus dem Fenster heben." Ich schüttelte den Kopf, als sie wimmerte. „Es wird dir gut gehen, Baby. Es ist nicht tief. Sobald du den Boden erreichst, läufst du zum Clubhaus. Verstehst du, Trix?"

Sie schluchzte, als ich sie einmal schüttelte und dann mit meinen Richtungsanweisungen weitermachte. „Du HÄLTST NICHT an. Verstanden? Es ist mir egal, was du siehst. Es ist mir egal, ob du auf einen Kiesel trittst. Es ist mir egal, ob du Angst hast. LAUF WEITER. Du hältst nicht eher an, bis du bei Papa, Opi oder Vera bist. Verstanden?"

Der Herzschlag in meinen Ohren wurde von Sekunde zu Sekunde lauter, und ich hatte Todesangst, dass Tony hereinplatzen würde und all das umsonst wäre.

„Ich liebe dich bis zum Mond und zurück", sagte ich ernst, als ich sie auf den Fensterrahmen setzte und sie noch einmal küsste. Ich hörte, wie wieder eine Waffe abgefeuert wurde, beugte mich so weit ich konnte, aus dem Fenster, zog ihre Arme von meinem Hals und ließ sie herab auf das Gras.

„Lauf, Baby! Geh!", flüsterte ich drängend.

Ich hatte nur einen Moment Zeit sicherzustellen, dass es ihr gut ging und sie losrannte, bevor ich wieder herumwirbelte und zur Schlafzimmertür ging. Ich schaffte es bis in den Flur, bevor ich ihn sah. Er stand im Wohnzimmer am Ende des Flurs und sah sich voller Abscheu um. Ich hatte gewusst, dass er es war, aber der Schock, ihn nach all dieser Zeit wirklich zu sehen, musste mir ein Geräusch entlockt haben, weil er sofort die Waffe in meine Richtung schwenkte.

„Frau." Er nickte und bewegte die Pistole in einer Komm-her-Geste, als ob er mich jeden Tag sehen würde und nicht gerade in mein Haus eingebrochen wäre.

„Was tust du hier, Tony?", fragte ich ihn, ging vorsichtig vor und versuchte dabei, ihn nicht in Rage zu bringen.

Ich wusste, dass ich keine Chance hatte. Er war hier, hielt mir eine Waffe entgegen, und mein Beschützer lag auf der Veranda und hatte irgendwo eine Kugel im Körper. Als ich näher kam, betete ich, dass ich Trix die Gelegenheit gab, damit sie fliehen konnte. Ich betete fieberhaft, dass sie nicht anhalten würde und dass Tony nicht aus dem Fenster sehen und sie auf das Clubhaus zulaufen sehen würde, da ihr grellrosa T-Shirt im hohen Gras deutlich sichtbar war. Ich konnte nicht mal über Casper nachdenken.

„Zeit zu gehen, Brenna. Du hast deinen Spaß gehabt. Hol Trix. Wir gehen." Er redete mit mir wie ein Elternteil mit einem Kind, eine Mischung aus Frustration und Amüsement.

„Trix ist nicht hier, Tony. Sie hat die Nacht bei einer Freundin verbracht", sagte ich ruhig und hoffte, dass mein rascher Puls an meinem Hals mich nicht verraten würde.

Er bemerkte meine Panik nicht, aber das war egal. Er sagte nichts. Er schlug mir einfach nur ruhig und hart genug ins Gesicht, um mir den Kiefer zu brechen. Ich sah Sterne, aber ich fiel nicht zu Boden. Der Schmerz war unglaublich, und ich konnte nicht länger meinen Mund bewegen. Ich hielt mich an der Couchlehne fest, obwohl ich mich am liebsten auf den Boden sinken lassen wollte. Es würde nicht so schnell vorbei sein. Trix war bestimmt noch nicht beim Clubhaus angekommen. Ich musste ihn hinhalten, bis ich wusste, dass sie dort war. Dann konnte er tun, was zum Teufel er wollte.

„Lüg mich nicht an! Sie hat mir gesagt, dass du und Trix letzte Nacht mit dem spanischen Bastard daheim gewesen seid!", schrie er. Spucke flog aus seinem Mund bis in mein Haar.

„Wer hat dir das gesagt?", murmelte ich und versuchte, den Blick auf ihn zu richten, obwohl mein Blickfeld verschwamm. Das war ein Fehler.

Es gab eine Sache die Tony immer besonders wütend gemacht hatte. Es gefiel ihm nicht, befragt zu werden. Egal über welches Thema. Er erwartete, dass sein Wort Gesetz war. Das bedeutete, dass ich alle Fragen für mich behalten sollte, denn er würde mir seine Entscheidungen nicht erklären. Wenn ich es gewagt hatte, ihn zu hinterfragen, tat es mir im Nachhinein immer leid. Ich hatte gelernt, höflich zu nicken, während in meinem Kopf die Fragen durcheinander wirbelten.

Meine Verwirrung bezüglich seines Informanten musste seinen Zorn hervorgerufen haben, weil ich mich im nächsten Moment an die Couch gekauert fand, während er mir fortwährend in Brust, Bauch und Rücken schlug und mich wieder und wieder fragte, wo Trix war.

Ich hatte keine Kontrolle mehr über meinen Körper und rollte mich zu einem Ball zusammen. Ich wimmerte ständig, dass Trix nicht daheim wäre, und flehte ihn an, aufzuhören, bis ich das Bewusstsein verlor.

Kapitel 28

Dragon

Ich saß an der Bar im Clubhaus, als ich hörte, wie einer der Männer am Hof meinen Namen brüllte. Normalerweise hätte mich das nicht aus der Unterhaltung gerissen, die ich gerade führte, aber der Tonfall war so ungewohnt, dass ich sofort aufstand.

„Kendra, ich hab's dir gesagt. Du kannst ein paar Monate dort bleiben, aber du musst dich nach einem anderen Wohnort umsehen."

Dieses Weib regte mich so was von auf. Wenn Brenna sie hier sah, würde sie ausflippen. Wir hatten nichts mehr von meiner Ex gehört, bis sie letzte Woche, als sie eigentlich aus meiner verfickten Wohnung hätte ausziehen sollen, mit ein paar anderen Frauen, die auf der Suche nach Spaß waren, hier im Club auftauchte. Ich hatte kein Interesse, aber das hielt sie nicht davon ab, mich mit den Augen auszuziehen, wann immer sie in Blickweite war. Sie wurde wie ein Billardstock herumgereicht, und jedes Mal, wenn sie mit jemandem in ein Zimmer ging, drehte sie sich um und sah mich an, als ob ich sie aufhalten würde.

„Hör auf, verflucht noch mal herzukommen. Du musst dich nicht jedem Kerl an den Hals schmeißen, um dich an mir zu rächen. Es. Ist. Mir. Verfickt. Noch. Mal. Egal. Fick mit wem immer du willst. Es interessiert mich einen Scheißdreck", sagte ich ihr, als ich zur offenen Tür ging.

Bevor ich in den Sonnenschein hinaustreten konnte, hörte ich sie hinter mir rufen: „Das wird es schon bald!"

Aber ich ging weiter.

Als ich raus kam, war das erste, was ich sah, zwei der Männer, die zu meinem Haus sahen, daher blickte ich ebenfalls in diese Richtung. Und da merkte ich, was sie anstarrten. Trix humpelte ungefähr fünfzig Meter von uns entfernt auf mich zu. Ihr Gesicht war voller Rotz und

Tränen, aber sie war vollkommen still. Sobald mir klar wurde, was ich da sah, rannte ich zu ihr. Die Kette an meinem Geldbeutel schlug gegen mein Bein und klirrend gegen die Schlüssel, die aus meiner Tasche heraushingen. Ich erreichte sie innerhalb von Sekunden.

„Papa!", keuchte sie atemlos. Die Stärke ihrer Schluchzer ließ ihren Körper an meinem beben, während sie versuchte zu sprechen.

Ich blickte zu einem der beiden Männer. „Geh und hol Poet. Sofort!"

„Was ist passiert, kleine Kriegerin? Geht es dir gut?", fragte ich sie und suchte nach einer Wunde oder Verletzung.

Sie schien unverletzt zu sein, aber ich verstand nicht, was sie sagte, und fragte mich, wo zum Teufel Brenna war. Irgendwas war los. Das Gefühl, das mich den ganzen Morgen schon gestört hatte, wurde stärker.

„Lautes Geräusch … Mama hatte Angst … Sie hat mich aus dem Fenster fallen lassen!"

Poet, Slider und Vera rannten aus dem Club, während Trix sich an einer Erklärung versuchte, aber damit war ich immer noch nicht näher an einer klaren Antwort.

„Sie sagt, es gab ein lautes Geräusch, und dann hat Brenna sie aus dem Fenster herabgelassen? Ich hab keine Ahnung, was zum Teufel los ist. Ich muss da rüber", sagte ich, küsste Trix und reichte sie an Vera weiter.

Ich war dabei, auf mein Motorrad zu steigen, als ich noch einmal zu Trix sah und endlich den entsetzten Gesichtsausdruck auf ihrem Gesicht erkannte. Sie war zu Tode verängstigt.

Ich erwiderte ihren Blick, und sie flüsterte ein Wort, das mir das Blut in den Adern gefrieren ließ. „Daddy."

Slider, Poet, Grease, Tommy Gun und Butcher folgten mir zum Haus. Sie waren alle im Hof gewesen und hatten sich mir angeschlossen, als ich losraste. Ich sah Kendras Kabrio dort fahren, wo die Auffahrt des Clubs und unsere sich trafen, aber ich dachte nicht weiter darüber nach, als ich Casper auf der Veranda liegen sah. Da war ein breiter Streifen Blut in einem Bogen über die Bodenbretter verteilt, als ob er, nachdem er angeschossen worden war, noch über den Boden gerobbt wäre. Einer seiner Arme lag versteckt hinter dem Türrahmen im Haus, und sein Kopf ruhte ungefähr zur Hälfte innerhalb des Hauses. Die Fliegentür war in seine Seite geklemmt, und es sah aus, als ob es das gewesen wäre, das ihn davon abgehalten hätte, weiter hinein zu kommen.

Ich registrierte all das, als ich nach vorn zum Haus lief und auf die Veranda. Ich rief Brennas Namen.

Das Haus war nicht verwüstet. Alles lag an seinem Platz, aber ich sah Brenna sofort. Sie hatte mir den Rücken auf der Couch zugewandt und zuckte zusammen, als ich ihren Namen sagte, aber sie drehte sich nicht zu mir um.

Die Rückseite der Couch zeigte zur Tür, und ich musste darum herum gehen, um sie zu erreichen. Ich hatte fast Angst davor, weil sie so still dasaß. Aber das bremste mich nicht. Tommy Gun und Butcher hoben Casper von der Türschwelle, als ich sie erreichte, und bei meinem Stöhnen rissen beide die Köpfe hoch.

„Mama. Baby, alles okay. Es wird alles wieder gut", sagte ich ihr und fiel vor ihr auf die Knie.

Wenn ich sie nicht gekannt hätte … wenn ich ihr an diesem Morgen keinen Abschiedskuss gegeben hätte und letzte Nacht jeden Zentimeter ihres Körpers berührt hätte, hätte ich sie nicht wiedererkannt. Ihr Gesicht war voller Blut, Tränen und Rotz. Es war so sehr angeschwollen – so etwas hatte ich noch nie gesehen. Die eine Seite schien schlimmer erwischt worden zu sein als die andere, und als ich sie dort berühren wollte, machte sie ein Geräusch wie ein verwundetes Tier, bewegte sich aber nicht. Gott, überall auf ihrer Kleidung war Blut, und ich wusste nicht, woher es stammte.

„Baby, wo blutest du?“, fragte ich sie, aber sie starrte mich nur mit aufgerissenen Augen voller Schmerz und Angst an.

„POET!“, brüllte ich nach ihrem Pop, aber das hätte es gar nicht gebraucht. Er stand direkt hinter mir, die Finger trommelten auf seinem Bein. „Hol mal ein Handtuch aus dem Badezimmer. Jemand muss einen Krankenwagen rufen!“

Er ging aus dem Zimmer, und ich versuchte inzwischen herauszufinden, wo das ganze Blut herkam, das Brenna bedeckte. Ich sprach ruhig mit ihr; der restliche Raum trat in den Hintergrund. Ich würde herausfinden, wo sie verletzt war. Ich würde es wieder in Ordnung bringen. Das versprach ich ihr. Es war kaum Blut an ihren Beinen, daher fuhr ich vorsichtig über ihren Oberkörper. Als ich ihre Rippen berührte, stöhnte sie auf, aber ich konnte keine Schnitte oder Wunden finden. Ich nahm mein Messer aus der Tasche, und ihre Augen weiteten sich.

„Ich bin allzeit bereit, wie ein Pfadfinder“, sagte ich und zwinkerte ihr zu. Ich versuchte, mir die Panik nicht anmerken zu lassen, die ich empfand.

Ich schnitt die Vorderseite ihres T-Shirts vom Hals bis zum Saum auf und da sah ich die Prellungen auf ihren Rippen. Es war nicht so schlimm, wie ich es mir vorgestellt hatte, aber immer noch verflucht übel. Sie redete immer noch nicht, aber sie hatte ihre Hand an die Seite meines Halses gelegt, während sie mich beobachtete.

„Okay, Baby, kannst du dich mal vorbeugen? Wie sieht es mit deinem Rücken aus? Ist es da schlimmer?“, fragte ich sie, weil ich wusste, dass es das sein musste.

Ihr Körper war zu starr. Irgendwas sah ich nicht. Sie wollte etwas sagen, begann aber stattdessen zu würgen. Blut und Spucke flossen aus ihrem Mund. Fuck. Ihr Kiefer war gebrochen. Ich hatte das schon einmal gesehen. Ich beugte ihren Körper vorsichtig vor, ließ das Blut von ihrem Mund auf uns beide tropfen und zog ihr das T-

Shirt über die Arme hinab.

Ich wusste es. Ich wusste, dass sie da sein würden. Prellungen in Faustgröße verteilten sich über ihren Rücken. Bevor ich noch etwas tun konnte, kam Poet mit einem Handtuch zurück. Er hielt noch etwas anderes in der Faust. Er legte den Schwangerschaftstest auf die Armlehne der Couch und ging um mich herum. Er sprach leise mit Brenna, deren Gesicht über meine rechte Schulter zu sehen war. Sein Akzent war so ausgeprägt, dass ich kaum verstand, was er sagte, aber Brenna schien kein Problem zu haben, denn je länger er redete, desto mehr entspannte sie sich. Ich konnte nicht mehr tun, außer auf den positiven Schwangerschaftstest auf der Armlehne zu blicken. Fuck. Vielleicht war alles vorbei, bevor es überhaupt begonnen hatte.

Ich wartete mit Brenna auf den Krankenwagen, als wir hörten, wie Motoren vor dem Haus abgeschaltet wurden. Sie hatte immer noch kein Wort gesagt, aber ihre Hand packte meine und ließ sie keine Sekunde lang los. Es fühlte sich an, als ob wir Stunden gewartet hätten, aber es waren weniger als zwanzig Minuten, seit Trix durch das Gras zu mir gelaufen war.

Ich wollte Brennas Gesicht säubern, aber sie gab jedes Mal dieses wimmernde Geräusch von sich, wenn jemand ihrer Haut nahe kam, also ließ ich es einfach so. Ich war kein verdammter Arzt; ich hätte sowieso nicht viel tun können. Ich war mir meines Bedürfnisses bewusst, Tony Richards umbringen zu wollen, aber momentan war ich auf Brenna fokussiert und ihr Hilfe zu holen. Ich hatte furchtbare Angst, dass sie innere Blutungen haben könnte, dass die verdammten Sanitäter zu spät kämen, um ihr zu helfen. Als ich daher die Motoren draußen hörte, beugte ich mich vorsichtig vor und schob meine Arme unter ihre Beine. Sie gab ein Protestgeräusch von sich, aber wir mussten sie bewegen. Da würde ich ihr keine Wahl lassen.

„Brenna, ich hebe dich jetzt hoch."

Sie schüttelte leicht den Kopf.

„Baby, wir müssen dich hier rausbringen. Schling mir die Arme um meinen Hals, damit ich deinen Rücken nicht berühren muss. Okay? Halt dich fest."

Und dann hob ich sie an, und ein tiefes Stöhnen drang aus ihrem angeschwollenen Mund.

Als ich rauskam, war ich überrascht, vier Cops, aber keinen Krankenwagen zu sehen.

„Daniel White?", fragte der Officer, der mir am nächsten stand.

„Yeah, worum geht es?", fragte ich, nicht sicher, worum zum Teufel es hier ging, aber angepisst, weil sie keine verdammte Ambulanz dabei hatten. „Wo zum Teufel sind die Sanitäter?"

„Sir, setzen Sie die Frau ab und kommen Sie mit erhobenen Händen hier runter."

Da bemerkte ich erst, dass die Polizisten die Männer auf der Veranda im Auge behielten, besonders Casper, der nahe der Balustrade lag und Tommy Guns Cut als Kissen nutzte. Alle hatten ihre Hände an die Waffen gelegt, obwohl keiner bisher eine Waffe gezogen hatte.

„Ich kann sie nicht absetzen, verdammt! Wir warten auf einen gottverdammten Krankenwagen, verflucht!", sagte ich scharf, aber das schien nicht wichtig zu sein.

„Sir, ich werde Ihnen nicht noch einmal sagen, dass Sie sie absetzen sollen. Wir versuchen, das hier friedlich zu klären, aber Sie müssen mit erhobenen Händen hier runter kommen", sagte er noch einmal, während ich über sämtliche Arten nachdachte, wie ich sie mit bloßen Händen töten konnte.

Ich wusste nicht, ob sie einfach Brennas Gesicht nicht sehen konnten oder ob es ihnen einfach egal war, aber sie würden keine Ruhe geben, bis ich sie abgesetzt hatte. Poet ging über die Veranda auf mich zu, und alle Polizisten zogen ihre Waffen.

„Sir! Bleiben Sie sofort stehen!", schrie derjenige, der das Sagen zu haben schien, in Richtung von Poet.

„Junge, keiner von uns wird irgendwelche Probleme machen. Es gibt keinen Grund, weshalb ihr eure Waffen ziehen müsst", sagte Poet ruhig. Sein Gesichtsausdruck zeigte die Unschuldsmiene eines Babys. „Dieses Mädel hier wird in nächster Zeit nicht auf eigenen Beinen stehen können. Wenn ihr ihn haben wollt, werdet ihr mir erlauben müssen, sie ihm abzunehmen."

„Was ist los? Was zum Teufel geht hier vor?", fragte der Cop schließlich.

„Nun, wir haben euch Jungs gerade angerufen. Jemand kam herein, hat den Mann auf der Veranda da drüben angeschossen und das Mädel hier zusammengeschlagen. Wir warten auf …" Er zeigte auf den Krankenwagen und einen weiteren Polizeiwagen, die gerade die Straße herabkamen. „Diesen Krankenwagen und die Polizei."

Das Gesicht des Cops wurde knallrot, als er zwischen Poet und mir hin und her sah. Schließlich erlaubte er Poet, Brenna zu übernehmen, und ich fühlte, wie sie ihre Arme um meinen Hals anspannte.

Ich flüsterte ihr zu: „Alles okay, Baby. Wir werden das klären. Du bleibst bei deinem Pop; er wird auf dich aufpassen."

Sie drückte noch fester zu, ihr Atem kam hart und schnell.

„Erinnerst du dich daran, was ich dir gesagt habe, Brenna? Wir haben darüber gesprochen. Ich habe gesagt, wenn ich weg bin, musst du dich auf deinen Pop und Vera verlassen. Erinnerst du dich?" Ich fühlte, wie ihre Brust eine Sekunde stillhielt, als sie endlich unsere Unterhaltung verstand. „Das machst du jetzt, Brenna. Ich liebe dich." Dann reichte ich sie vorsichtig an Poet weiter und löste sanft ihre Finger von meinem Nacken.

Poets Blick traf auf meinen und zeigte Verständnis. „Ich rufe unseren Lackaffen an. Sag kein Wort", sagte er.

Ich ging die Stufen der Veranda hinab, Hände über dem Kopf, und an den Sanis vorbei, die sich aufteilten, um Casper und Brenna zu helfen.

Als ich die Auffahrt erreichte, begannen zwei Cops mich abzutasten, aber ich konzentrierte mich vollkommen auf die Geräusche hinter mir.

Der Cop, der mich zu sich befohlen hatte, trat vor mich, einen reumütigen Ausdruck im Gesicht. „Sie haben das Recht zu schweigen. Alles, was Sie sagen …“

Dann wurde das Verlesen meiner Rechte übertönt davon, als Brenna meinen Namen schrie.

Kapitel 29

Brenna

Ich hatte recht gehabt. Tony hatte meinen Kiefer gebrochen. Er hatte auch meine Rippen geprellt und mein Handgelenk verstaucht. Es wurde ein Haftbefehl ausgesprochen, aber niemand hatte ihn gesehen, seit er mein Haus in Kendras Wagen verlassen hatte. Sie hatte ebenfalls niemand gesehen. Ich war nicht sicher, was ihn verscheucht hatte, aber er hatte mich auf die Couch gesetzt und war ausgeflippt, und dann war er aus heiterem Himmel abgezischt wie eine Rakete. Es war mir egal, weshalb er gegangen war. Ich war nur dankbar dafür. Minuten später, nachdem er weg war, hatten Dragon und die anderen vor dem Haus geparkt.

Ich erinnerte mich an nicht viel von diesem Tag, aber ich erinnerte mich daran, wie Dragon meinen Namen gerufen hatte. Das war das Beste gewesen, was ich jemals gehört hatte. Ich wusste, dass ich sicher war, als er angekommen war. Ich hatte gewusst, dass Trix es zu ihm geschafft hatte. An den restlichen Tag erinnerte ich mich nur in einzelnen Bildern, wie den Moment, als ich von meiner Trage aus sah, wie sie Dragon in Handschellen hinten in einen Polizeiwagen setzten. Ich hatte keine Ahnung, was vorgefallen war, aber ich litt, weil sie ihn mir wegnahmen. Vermutlich hatte ich geschrien.

Ich verbrachte drei Tage im Krankenhaus, während die Ärzte Tests durchführten und meinen Kiefer verdrahteten. Ich musste das Gestell sechs Wochen tragen, und vom ersten Tag an hatte ich gewusst, dass sie mir wirklich auf die Nerven gehen würden. Essen durch einen Strohhalm zu mir zu nehmen hörte sich an wie eine besondere Art der Folter.

Ich war wirklich wund, aber die Ärzte zögerten, mir potentere Schmerzmittel zu geben.

Ich hatte das Baby nicht verloren.

Die Ärzte meinten, ich solle zurückhaltend optimistisch sein. Das kleine Böhnchen war noch so winzig, dass er oder sie gut wattiert gewesen war. Sie meinten aber, dass das Trauma eventuell eine Fehlgeburt nach sich ziehen könnte, daher sagten sie, ich solle mich auf das Schlimmste vorbereiten. Ich versuchte es. Jeden Tag, an dem ich nicht blutete, sagte ich ein Dankgebet und versuchte dann, nicht weiter darüber nachzudenken. Sich Sorgen darüber zu machen, was geschehen oder nicht geschehen könnte, war bei allem anderen zu viel. Ich war dankbar. Meine Verletzungen hätten so viel schlimmer sein können – ich hatte Glück, dass er mich nicht getötet hatte. Das Baby war wie die Kirsche auf der Sahne – ein Extra, für das ich dankbar sein konnte.

Casper war in die Schulter geschossen worden, aber sie sagten, dass vermutlich kein bleibender Schaden angerichtet worden war. Als er getroffen wurde, hatte ihn der Aufprall gegen einen der Pfosten auf der Veranda geschleudert, und er hatte sich damit selbst ausgeknockt. Die Männer zogen ihn damit ständig auf, aber er stand auf die Aufmerksamkeit, die er erhielt. Hinter den Witzen und Sticheleien lag Respekt. Wenn ich raten müsste, würde ich sagen, dass er bald ein richtiges Mitglied werden würde. Die Tatsache, dass sie die Blutspur von der Veranda bis zum Eingang des Hauses gefunden hatten, zeigte, dass er versucht hatte, mich zu erreichen. Er hatte vorher das Bewusstsein verloren, und ich war dankbar dafür. Tony hätte ihn umgebracht.

Ich vermisste Dragon mehr als gedacht. Die Tage ohne ihn zogen sich in die Länge, und ich fragte mich, was er tat, während ich im Bett lag und die Kacheln an der Decke zählte. Ich wollte seine Stimme hören oder seine Finger in meinem Haar fühlen. Ich war am Tiefpunkt und brauchte ihn bei mir.

An meinem zweiten Tag im Krankenhaus brachte Pop

Trix zu Besuch vorbei. Sie hatte Angst gehabt. Ich erkannte, dass sie nicht sicher war, wo sie mich berühren durfte, also nahm ich ihre Hände in meine und legte sie auf meinen Bauch. Sie redete ununterbrochen darüber, wie sie durch das Gras gelaufen war, und fragte ständig, ob sie das gut gemacht hätte. Es war wegen der Drähte schwer für mich zu reden, aber ich versicherte ihr, dass sie genau das getan hatte, was sie hatte tun sollen. Sie kicherte über meine Sprechweise, und Pop musste sie vom Bett ziehen, damit sie es nicht zu sehr zum Beben brachte.

„Trix, wo ist dein Spiel?", fragte er sie, sobald sie auf dem Boden stand. „Setz dich auf diesen Stuhl, okay? Ich möchte mit deiner Mom reden."

Sie runzelte die Stirn. Sie wollte mich nicht allein lassen, aber sie ging in die Ecke des Zimmers, steckte sich kleine Kopfhörer in die Ohren und kletterte auf den Stuhl.

„Was ist mit Dragon passiert?", fragte ich ihn durch meine Zähne hindurch – oder versuchte es, besser gesagt.

„Da läuft alles gut. Der Anwalt glaubt nicht, dass er lange sitzen muss. Aber es könnten ein paar Monate werden, weil er den Gerichtstermin versäumt hat", sagte er, setzte sich an meinen Bettrand und nahm meine Hand.

„Was für ein Gerichtstermin? Was ist los?" Ich wusste nicht mal, warum sie ihn verhaftet hatten. Jede Frage, die ich gestellt hatte, seit ich ins Krankenhaus gekommen war, war ignoriert oder elegant umschifft worden. Ich wurde irre wegen der vielen Möglichkeiten, die mir durch den Kopf schossen.

„Na ja … bevor er seinen Cut bekommen hat, gab es da eine kleine Auseinandersetzung in einer Bar", sagte er, und ich rollte mit den Augen.

„Dragon war nicht daran beteiligt, aber er hat für einen anderen Bruder den Kopf hingehalten. Einen, der schon eine Vorstrafe hatte."

Ich hob die Augenbrauen, während er es mir erklärte.

„Und?“, brachte ich hervor.

„Er ist halt nicht vor Gericht erschienen. Daher gab es einen Haftbefehl für ihn, weil er nicht aufgetaucht ist, und das Opfer ist erstochen worden …“

Ich schloss niedergeschlagen die Augen. Angriff mit einer tödlichen Waffe. Fuck.

„Direkt danach hat er seinen Cut erhalten und damals haben wir angefangen, ihn Dragon zu nennen. Also ist er so ziemlich von der Bildfläche verschwunden. Als er die Papiere für Trix ausgefüllt hat, ist sein Name in den Datenbanken aufgetaucht“, erklärte er mir entschuldigend. „Ich wusste, dass das für Probleme sorgen würde, aber der Junge wollte mir nicht zuhören. Das ist also der Stand der Dinge.“ Er tätschelte meine Hand. „Unser Anzugträger meint, er bekommt ihn bald raus. Die Zeugen reden nicht, und sie haben nichts sonst. Wir müssen nur Geduld haben. Er ist ein Ace, und deshalb mahlen die Mühlen etwas langsamer.“

„Okay“, sagte ich und nickte entschlossen. „Dann werden wir einfach abwarten.“

„Ich wollte dich besuchen. Vera kommt morgen und holt dich ab, wenn sie dich entlassen.“ Er beugte sich vor und drückte mir einen Kuss zwischen die Augenbrauen. „Sie wird sich um dich kümmern, bis ich heimkomme oder Dragon rauskommt. Mach dir keine Sorgen deswegen. Du bist sicher.“

Er stand auf und winkte Trix, herzukommen und sich zu verabschieden.

Sie kam und stand neben dem Bett, während ich mit den Fingern durch ihr feines Haar strich. Ich sah Pop an. Irgendwas war los. Trix küsste mein Bein zum Abschied, und als sie aus der Tür gingen, rief ich Pop zurück.

„Wo gehst du hin?“, nuschelte ich in Richtung seines Rückens.

Als er sich mir wieder zuwandte, sah er aus wie ein anderer Mann. Seine Schultern waren gestrafft. Er hob das

Kinn, und die Finger, die nicht Trix' Hand hielten, trommelten ein Stakkato auf sein Bein. Der Blick in seinen Augen war furchterregend, und ich fühlte, wie sich meine Muskeln anspannten.

„Jagen", sagte er mit einem Nicken. Dann war er weg.

Kapitel 30

Brenna

Vera brachte mich nach Hause, nachdem sie mich vom Krankenhaus abgeholt hatte. Als ich reinkam, saß Casper auf der Couch und sah sich einen Film an, und ich warf Vera einen überraschten Blick zu.

„Ich muss mich um euch zwei kümmern. Unser Junge hier hat keine Familie, die sich um ihn kümmern kann, und er hat noch keinen Patch, also darf er nicht in mein Haus“, sagte sie und stellte die Blumen aus dem Krankenhaus in die Küche. „Setz dich, und ich hole dir Eistee. Oder möchtest du ein wenig schlafen?“

„Nein, ich will nicht schlafen“, nuschelte ich.

Ärks. Sie hatte mich schon den ganzen Weg nach Hause verhätschelt und mich gezwungen, auf dem Rücksitz zu sitzen, damit ich mich *erholen* konnte. Ich war erst fünf Minuten daheim und wollte schon wieder weg.

„Hey, Fremder.“ Ich lächelte Casper an und setzte mich neben ihn auf die Couch. „Wieso bist du vor mir entlassen worden?“

„Verdammt, Brenna. Ich kann dich kaum verstehen!“ Er lachte. „Ich bin nicht sicher, weshalb ich vor dir daheim war. Sie haben mich gestern entlassen. Sie meinten nur, ich müsse das hier tragen.“ Er wedelte mit seiner Schlinge.

„Yeah, yeah.“ Ich rollte mit den Augen. „Wo ist Trix? Ich dachte, sie wäre hier.“

„Nee, sie ist mit Tommy Guns Old Lady und ihren Kindern gegangen. Sie wollten dort den Tag verbringen.“

Ich vermisste Trix, aber ich war froh, dass ich den Rest des Tages Zeit hatte, um mich zu entspannen. Ich hatte den Anwalt des Clubs angerufen, als wir aus dem Krankenhaus gekommen waren, aber ich hatte nur den Anrufbeantworter erwischt. Ich wollte Dragon sehen. Es war erst drei Tage her, seit ich ihn gesehen hatte, aber für mich war das wie ein Monat. Ich hoffte, dass der Anwalt mich früher als zu den Besuchstagen einschleusen konnte, die Donnerstags und Sonntags waren, wie ich von Vera erfahren hatte. Ich wusste nicht, ob ich so lange warten konnte.

Es dauerte ein paar Minuten. Ich merkte nicht sofort, wo ich saß. Casper war eine gute Ablenkung. Aber sobald er sich von mir abwandte, traf es mich. Flashbacks, in denen ich auf dem gleichen Fleck saß und Tony mir ins Gesicht schrie, trafen mich aus heiterem Himmel, und ich befürchtete, ich müsste mich übergeben. Meine Schläfen pochten, und mein Magen verkrampfte sich, als ich versuchte, meine erstarrten Glieder von der Couch zu bekommen.

Als ich endlich stand, standen Vera und Casper vor mir und sprachen mit leisen Stimmen.

„Es ist alles gut, Babygirl. Es ist alles in Ordnung“, versicherte Vera mir und rieb mir über den unteren Rücken, wo ich am wenigsten verletzt war.

„Ich darf mich nicht übergeben!“, sagte ich verzweifelt und gestikulierte, um sie an meinen gebrochenen Kiefer zu erinnern.

„Du wirst dich nicht übergeben“, sagte Casper ruhig. „Aber du musst dich verdammt noch mal beruhigen.“

Ich wollte ihn mit sämtlichen Schimpfnamen belegen, die ich kannte, weil er so unsensibel war, aber als ich den Blick sah, den er mir zuwarf, hielt ich inne. Ich konnte die Sorge in seinen Augen erkennen.

„Ich habe gehört, wie Dragon dich beruhigt“, beantwortete er meinen fragenden Blick und zuckte mit den Achseln.

„Du hörst auf Autorität. Wenn ich versuchen würde, dich zu beruhigen, würde ich es nur schlimmer machen … Sei froh, dass ich nicht gedroht habe, dich übers Knie zu legen“, sagte er mit einem schiefen Grinsen.

Ich machte ein kleines, kicherndes Geräusch in der Kehle und schüttelte den Kopf. Ich fühlte mich ein wenig besser, aber ich würde mich nicht mehr auf diese Couch setzen. Wir mussten sie umstellen oder so etwas. Vielleicht würde es mir nicht mehr so viel ausmachen, wenn wir die Möbel umstellten.

Die Ärzte hatten mit mir über posttraumatischen Stress gesprochen und mich gewarnt, dass ich vielleicht einige der Symptome zeigen könnte, aber ich hatte das abgetan. Ich war wegen Tony bereits in einigen üblen Situation gewesen und hatte weder Flashbacks noch Wutprobleme gehabt. Sie hatten jedoch gesagt, dass die Tatsache, dass er meine Zuflucht geschändet hatte, die Dinge ändern könnte, und vermutlich hatten sie recht. Wenn diese kleine Erinnerung auf der Couch kein Flashback gewesen war, war ich die Königin von Saba.

Ich entschied, dass ich mich ein wenig hinlegen sollte, und bat Vera sicherzustellen, dass das Fenster in unserem Zimmer geschlossen war, bevor ich eintrat. Ich konnte momentan nicht mit weiteren Erinnerungen umgehen. Als ich ins Bett stieg, beruhigte mich sofort der Geruch von Dragon, der meinen Laken anhaftete, und ich atmete ein, bis meine Rippen protestierten. Das war genau das, was ich brauchte.

„Ich habe deine Laken nicht gewaschen", sagte Vera vom Türrahmen her. „Als wir jünger waren, hat Slider sechs Monate gesessen. Ich habe die Laken nicht mehr gewechselt, bis ich seinen Geruch nicht mehr wahrnehmen konnte." Sie lachte. „Vermutlich konnte ich ihn einfach nicht mehr riechen, weil sie vom Nichtwaschen so stanken!"

Ich lächelte sie dankbar an, bevor sie das Zimmer verließ und die Tür hinter sich schloss. Ich war nicht müde. Ich wollte nur in unserem Kokon liegen und so tun, als ob Dragon mit Trix im Wohnzimmer war, Lego spielte und mich ein Nickerchen machen ließ. Ich vermisste meine Familie. Nach allem, was mit Tony passiert war, brauchte ich Dragons Arme um mich. Ich brauchte die Sicherheit, dass das Leben, das wir uns über die letzten Monate hinweg aufgebaut hatten, nicht nur ein Traum war.

Ich versuchte stark zu bleiben, mir zu sagen, dass er bald wieder daheim wäre, und dass ich nicht lange warten müsste. Aber zehn Minuten, nachdem Vera die Tür geschlossen hatte, liefen mir die Tränen über die Wangen und benetzten Dragons Kissen.

Irgendwann schlief ich ein und erwachte erst, als Casper meinen Namen rief. Als ich die Augen öffnete, sagte er mir, dass der Anwalt in der Küche wäre, und ging wieder. Das wirkte ein wenig abrupt, aber ich hatte es eilig, mit Dragons Anwalt zu sprechen, also überprüfte ich rasch meine Kleider und Haare und ging in Richtung der Stimmen im vorderen Teil des Hauses.

Der Anwalt – sein Name war Duncan, wenn ich mich recht erinnerte – saß am Küchentisch und unterhielt sich mit Vera, als ich nach Neuigkeiten lechzend hereinkam. Ich setzte mich ihm gegenüber und versuchte, in seinem Gesicht zu lesen, aber es zeigte nur wenige Emotionen. Ich wusste nicht, ob er gute oder schlechte Neuigkeiten hatte.

„Mrs. Richards, ich hoffe, es ist okay, dass ich vorbeigekommen bin …“, begann er, aber ich unterbrach ihn.

„Brenna“, knirschte ich durch meine Zähne hindurch.

Wir hatten diese Unterhaltung schon einmal geführt, und der Idiot benutzte weiter meinen Nachnamen, wann immer ich ihn sah.

„Brenna.“ Er nickte einmal. „Ich habe ein paar Dinge, über die ich mit ihnen sprechen muss. Zuerst einmal zu den Fragen, die Sie mir auf den Anrufbeantworter gesprochen haben. Diese Woche schaffe ich es nicht, Sie bei den Besuchern von Dragon unterzubringen.“

„Warum?“, unterbrach ich ihn wieder. Pop und Slider

schienen zu denken, dass er Berge versetzen konnte. Es schien mir eine Kleinigkeit zu sein, mich ins Gefängnis zu bringen.

„Nun …“ Er hielt inne. „Ich werde es Ihnen einfach sagen. Ich habe heute mit Daniel White gesprochen, und er möchte Sie nicht sehen.“

Ich hatte das Gefühl, sämtliche Luft würde mir aus den Lungen gepresst, und das absolute Fehlen von Mitgefühl auf seinem Gesicht machte es noch zehnmal schlimmer.

„Warum?“, fragte ich wieder.

„Mr. White hat mir seine Gründe nicht genannt, aber er war sehr deutlich dahingehend, dass er, wenn Sie auftauchen würden – selbst wenn es zu den regulären Besuchszeiten wäre –, Sie nicht empfangen würde“, sagte er ungeduldig. „Jetzt zu der Sorgerechtsklage. Die wurde fallen gelassen aufgrund des Ablebens des Klägers.“

„Was?“, rief ich.

Er war zu schnell. Die Informationen, die er mir gab, machten mich schwindlig. Ich fühlte, wie Casper hinter mich trat und mir die Hand auf die Schulter legte, als ich den Anwalt verwirrt ansah. Er verhielt sich, als ob wir seine wertvolle Zeit verschwendeten, als ob er besseres zu tun hätte, als hier zu sitzen und mir alles zu erklären.

„Mr. Tony Richards wurde heute Morgen in einem Hotelzimmer an der kalifornischen Grenze tot aufgefunden. Natürlich ist noch nichts offiziell bekannt gegeben, aber ohne einen Kläger geht es nun nur noch um Papierkram“, sagte er und schob die Papiere vom Tisch in seinen Aktenkoffer. „Ich arbeite noch daran, diese Geburtsurkunden ändern zu lassen, aber ich kann mir nicht vorstellen, dass ich damit Probleme haben sollte.“

Ich sah zur Bestätigung Vera an, deren Gesicht wie aus Stein gemeißelt war. Ich öffnete den Mund, um etwas zu sagen, ich wusste nicht was, und sie schüttelte nur einmal den Kopf. Nicht, während der Anwalt hier war. Dieses kleine Kopfschütteln erinnerte mich an Pops Besuch am gestrigen Morgen. Er hatte gesagt, dass er jagen gehen würde. Heilige Scheiße.

Kapitel 31

Brenna

Dragon änderte nie die Meinung bezüglich meiner Besuche.

Ich musste durch die Brüder erfahren, wie es ihm ging, die ihn jeden Donnerstag und Sonntag besuchten. Ich sammelte diese Neuigkeiten wie eine Sammlerin und dachte immer und immer wieder darüber nach, während ich nachts im Bett lag, Trix an meine Seite gekuschelt. Der Anwalt war immer noch ein richtiges Arschloch, aber er schien seinen Job zu machen. Dragon hatte drei Monate bekommen.

Trix und ich fuhren mit unserer regulären Routine fort, auch wenn die meisten der Kinder im Club am Ende des Sommers wieder in die Schule gingen. Ich entschied mich, Trix in diesem Jahr daheim zu unterrichten. Wir hatten so oder so zu viele Veränderungen und Umbrüche gehabt, so dass ich nicht noch etwas hinzufügen wollte, das sie als Erwachsene ihrem Therapeuten erzählen konnte.

Glücklicherweise spielte das Wetter mit, daher konnten wir die meiste Zeit draußen verbringen, was uns beiden eine schöne Bräune verpasste. Ich war früher nie braun gewesen. Entweder wurde ich rot oder ich blieb blass, aber vermutlich hatte Dragon recht gehabt, uns diesen Sommer mit Sonnencreme einzuschmieren.

Am meisten vermisste ich Dragon in der Nacht, wenn Trix eingeschlafen und das Haus ruhig war. Ich vermisste seine Hände auf mir und das Kratzen seines Barts an meinem Nacken, während ich einschlief. Ich vermisste es, ins Bett zu fallen, nachdem er mich mit einer Runde schweißtreibenden Sex erledigt hatte. Ich vermisste es bei offenem Fenster einzuschlafen, sein heißer Körper neben mir, der mich warm hielt. Ich vermisste alles.

Mein Bauch wurde dicker, und Trix half mir, ihn jede Nacht einzucremen. Wir lachten viel, während wir mit der weißen Creme Gesichter malten. Ich wollte, dass sie das Gefühl hatte, Teil von allem zu sein, also schloss ich sie immer mit ein, wenn es um ihren kleinen Bruder oder ihre kleine Schwester ging. Wir fühlten beide das Loch in unseren Leben, aber wie jedes Mal, wenn wir alleine waren, kamen wir uns nur näher. Wir spielten Spiele, sahen uns Filme an, und kauften Babysachen ein. Es war beruhigend meine Zeit damit zu verbringen, während ich genas und immer runder wurde.

Dragons Ex, Kendra, zeigte sich nie wieder im Club. Die Männer hatten ihre Fühler an der ganzen Westküste ausgestreckt, aber niemand hatte etwas von ihr gehört. Wir waren nicht sicher, ob Tony sie einfach irgendwo losgeworden war oder ob sie aus der Stadt abgehauen war, aber ihr Aufenthaltsort war das Letzte auf meiner Sorgenliste. Ich hatte genug zu tun.

Pop kam nicht wieder nach Hause.

Ich hatte die ganze Geschichte von Vera erfahren, nachdem der Anwalt gegangen war, an dem Tag, an dem er mir gesagt hatte, dass Tony tot war. Scheinbar war Tony in einer Luxushotelsuite gefunden worden, den Hals durchgeschnitten mit dem Steakmesser, das vom Hotelservice geliefert worden war. Die Sicherheitskameras im Hotel hatten in der Nacht, in der er getötet worden war, niemanden in der Nähe von Tonys Hotelzimmers aufgenommen. Es gab kein gewaltsames Eindringen, und es gab keine Fingerabdrücke, weil dort so viele Leute arbeiteten. Der Mordfall wurde immer noch untersucht, aber die Polizei hatte keine Spuren. Es war, als ob er sich selbst den Hals durchgeschnitten hätte.

Nur wenige von uns kannten die Wahrheit, und wir sprachen nicht darüber.

Niemand hatte Pop seit dem Tag gesehen, an dem er Trix bei Vera abgesetzt hatte, nachdem sie mich im

Krankenhaus besucht hatten. Ich machte mir Sorgen. Es war nicht Pops Art, einfach ohne eine Nachricht abzuhauen. Slider schien jedoch nicht die gleichen Sorgen zu haben. Schließlich befragte ich ihn deswegen, ein paar Tage nachdem mir die Drähte entfernt worden waren.

„Brenna, dein Pop hat dieses Leben hinter sich gelassen, als er hergekommen ist. Diese Scheiße …“ Er rieb sich den Nacken. „Das hinterlässt Spuren bei einem Mann, selbst wenn er das Gefühl hat, dass er im Recht ist. Er wird zurückkommen, wenn er es will“, sagte er.

„Ja, aber wo ist er?“, fragte ich frustriert.

„Wenn dein Mann einen harten Tag hatte, gibt es nur eines, was er will, wenn er heimkommt, Brenna.“ Er hob die Augenbrauen.

„Oh“, sagte ich leise.

„Yeah.“ Er nickte. „Er hat eine Frau in der Nähe von Salem. Ich habe sie ein paar Mal getroffen … Sie hat einen echt seltsamen Hippienamen und verflucht lange Dreadlocks. Aber sie ist nett … Er wird herkommen, wenn er herkommt.“

„Sein Zimmer … Warum ist es gelb?“, fragte ich, als das Bild deutlicher wurde.

„Ja, das war sie. Meinte, das würde seiner Aura helfen. Was auch immer diese Scheiße bedeuten soll“, sagte er und dann ging er und ließ mich mitten im Clubhaus stehen.

In den ersten zwei Monaten ohne Dragon war ich weinerlich und einsam. Ich vermisste ihn und verstand nicht, warum er mich nicht sehen wollte. Vermisste er mich nicht so sehr wie ich ihn? Hatte er entschieden, dass ich einfach zu viel Ärger bedeutete? Bereute er es, die Vaterschaft für Trix beantragt zu haben? Meine Gedanken drehten sich im Kreis, wobei jedes Szenario, das mir einfiel, schlimmer als das vorherige war. Ich war am Ende. Ich benutzte das Baby jedes Mal als Entschuldigung, wenn Trix mich grundlos weinen sah.

„Mir geht es gut, Trix. Manchmal, wenn Mamis Babys bekommen, weinen sie einfach sehr viel", erzählte ich ihr.

Dragon schickte mit Casper nach einem Besuch an einem Sonntag eine Nachricht, als er fast zwei Monate weg war. Er liebte mich und vermisste mich. Er liebte die Babys. Er würde bald heimkommen.

Ich habe zwei Tage lang durchgeheult.

Sobald ich mich von Dragons Nachricht erholt hatte, änderte sich meine Haltung. Mit jedem Tag, an dem mein Bauch dicker wurde, wuchs auch mein Zorn, bis ich fürchtete, zu explodieren. Wie konnte er es wagen mir zu untersagen, ihn zu besuchen! Was für ein Arschloch! Ich war gerade verprügelt worden, mein Pop hatte meinen Ex-Ehemann verflucht noch mal ermordet, und mein Kiefer war während des ersten, heiklen Schwangerschaftsmonats verdrahtet gewesen, und er wollte mich nicht einmal sehen? Ich war stocksauer. Meine Entrüstung trug mich durch den letzten Monat von Dragons Haft. Das war wirklich ironisch. Der Zorn, den ich nun endlich empfand, ließ die Tage schneller verstreichen.

Als es fast Zeit war, dass er heimkam, putzte ich das Haus von oben bis unten. Ich wusste nicht, ob der Grund dafür der war, dass ich wollte, dass er ein sauberes Haus vorfand, oder weil ich einfach viel zu viel nervöse Energie hatte. Das ganze Gebäude glänzte förmlich, als ich damit fertig war. Ich ging auch mit Vera shoppen und kaufte neue BHs und Unterwäsche – Rüschen, Spitzen, Seide … kleine Hauch von Nichts, von denen ich wusste, dass er sie lieben würde. Ich würde nur noch einen Monat reinpassen, bevor ich in der Mama-Abteilung shoppen gehen musste. Ich ging sogar zu einem Schönheitssalon und ließ mein Haar zurück in seinem ursprünglichen strahlenden Rotton färben.

Mein Zorn war nicht abgeklungen. Ich konnte immer noch jedes Mal das Feuer in meinem Magen fühlen, wenn ich an Dragon dachte, aber das hieß nicht, dass ich nicht die Tage zählte, bis er heimkam. Ich war fast hibbelig vor Freude, als der Tag endlich kam.

Ich weigerte mich, mit Grease zu fahren, der Dragon abholen würde. Ich war immer noch angepisst genug, um zu erwarten, dass er zu mir kam. Das Arschloch.

Ich war sauer auf ihn, half aber dennoch dabei, das Essen für seine Willkommensfeier vorzubereiten. Es war eine Art Tradition, eine Willkommensfeier für die Brüder zu geben, die aus dem Gefängnis kamen. Das war ein wenig seltsam, sicher, aber das war ihr Ding, also richtete ich nicht darüber.

Vera und ich verbrachten den ganzen Tag damit, Essen und Bier einzukaufen, und schleppten Casper und Curly mit, die alle schweren Dinge in Sliders gigantischen Pickup luden. Die Menge an Essen, die wir brauchten, schien unsere Einkaufstour ewig dauern zu lassen. Als wir zurück zum Clubhaus fuhren, hatte ich das Gefühl, dass die Jungs vor Erschöpfung auf ihren Motorrädern einschlafen würden.

Das Wundervolle an einer großen Familie war, dass ich nie einen Mangel an Babysittern hatte, daher würde Trix die Nacht bei einer der Old Ladys verbringen. Ich wusste, es war egoistisch von mir, sie in Dragons erster Nacht daheim wegzuschicken, aber das war mir ehrlich gesagt egal. Wir brauchten eine Nacht nur für uns. Ich erzählte ihr nicht einmal, dass er schon heimkam, und ich konnte es nicht erwarten, ihr Gesicht zu sehen, wenn wir sie am nächsten Tag abholen würden.

Als Grease gegen sechzehn Uhr fuhr, saß mir ein Stein im Magen. Meine Hände zitterten, und ich überprüfte ständig das Essen und die Teller und das Toilettenpapier im Badezimmer. Ich konnte nicht aufhören, mich zu bewegen. Ich war ein nervöses Wrack.

Mein Bauch war riesig. Ich war erst im vierten Monat, aber man konnte es bereits unter meiner Kleidung erkennen. Er wusste, dass ich schwanger war, aber ich fragte mich, ob er überrascht wäre, wenn er mich sah. Ich fühlte, als ob ich mich in den drei Monaten, in denen er weg gewesen war, komplett verändert hätte.

Als es endlich an der Zeit war und ich die Motorräder im Hof hörte, legte sich eine unglaubliche Ruhe über mich. Als er durch die Tür kam, ging ich auf ihn zu. Ich registrierte sein hageres Gesicht, als er in der Menge nach mir suchte. Als er mich endlich entdeckte, leuchteten seine Augen auf, und ein breites Lächeln zog sich über seine Lippen. Ich lächelte nicht zurück. Ich ging einfach mit schwingenden Hüften weiter auf ihn zu. Ich wusste, dass ich gut aussah. Vera und ich hatten ein Willkommens-Outfit gekauft, von dem ich wusste, dass er es lieben würde, und meine größeren Brüste verliehen mir einen Mörderausschnitt. Als ich ihn erreichte, hatte sich sein Lächeln zu einem Stirnrunzeln verändert, und er sah mich verwirrt an.

„Baby, was ist los?“, fragte er mich und beachtete die Blicke der anderen nicht.

„Willkommen zu Hause, Dragon“, sagte ich mit ausdruckslosem Gesicht. „Ich habe dein Bettzeug in deinem Clubzimmer gewaschen und sichergestellt, dass alles sauber ist, bevor du heimkommst. Ich hoffe, es gefällt dir.“ Ich nickte und wandte mich dann ab, als ob ich gehen wollte.

„Wovon zum Teufel sprichst du, Brenna?“, fragte er mich und packte mich am Arm. Seine Miene hatte sich von verwirrt zu stinksauer verändert.

„Du wolltest mich drei Monate lang nicht sehen“, sagte ich. „Okay, und jetzt will ich dich nicht sehen!“ Und dann versuchte ich wieder wegzugehen.

„Bleib genau da stehen, wo du bist!“, rief er, aber ich ging weiter.

Ich wusste, dass er mir folgen würde. Ich wusste, dass wir uns wieder vertragen würden. Aber ich würde ihn verdammt nochmal dafür arbeiten lassen. Ich blieb hart, bis er am Rand des Hofs hinter mich trat, seine Arme um meine Taille schlang und seine Hände auf die kleine Rundung meines Bauches legte.

„Baby …", flüsterte er und schob mit dem Kinn mein Haar von meinem Nacken. „Du weißt, dass ich dich sehen wollte. Ich habe jede verdammte Sekunde an dich gedacht. Habe mich gefragt, ob es dir gut geht, ob es unseren Babys gut geht."

Er begann meinen Nacken zu küssen, und Tränen rollten über mein Gesicht, aber ich hielt meinen Rücken gerade.

„Warum hast du mir dann nicht erlaubt, dich besuchen zu dürfen?", fragte ich ihn mit zittriger Stimme.

„Weil ich nicht wollte, dass du mich da drin siehst, Baby. Wie ich einen verfickten orangen Overall trage und verdammte Tennisschuhe ohne Schnürsenkel. Ich bin dein Mann. Ich will nicht, dass du mich jemals als etwas anderes siehst", sagte er, ging um mich herum und hob mein Kinn an. „Du kannst angepisst sein, so viel du willst, Brenna. Aber sag mir nie wieder, dass ich nicht in deinem Bett schlafen werde. Verstanden?", fragte er, und die Dominanz in seiner Stimme gab mir das Gefühl, dass ich endlich Zuhause angekommen war.

„Verstanden", flüsterte ich.

Seine Hände auf meinem Körper und sein Gesicht, das meinem nach so langer Zeit so nahe war, gab mir das Gefühl, als ob ich jeden Moment spontan in Flammen stehen könnte. Ich hoffte, dass er immer eine solche Wirkung auf mich haben würde.

„Stimmt, Baby. Du hast es verstanden", flüsterte er zurück, als er mir einen harten Kuss auf die Lippen drückte. „Gott, Baby, ich war am Durchdrehen ohne dich", sagte er, als wir endlich aufhörten, uns zu küssen, und er begann, mich durch das hohe Gras zu unserem Haus zu ziehen.

„Dragon!" Ich lachte. „Wir können nicht weg! Auf dich

wartet eine Willkommensparty!"

„Baby, keiner der Männer wird uns in den nächsten Stunden erwarten. Genauso wenig wie ihre Frauen", antwortete er. Er wich nicht ein Mal von seinem Kurs ab.

Ich fuhr mit den Fingernägeln über die Rückseite seines Arms, und das brachte ihn zehn Meter vor unserem Haus zum Stehen.

„Brenna, wenn du weiter so einen Scheiß machst, schaffen wir es nicht mehr ins Haus", stöhnte er.

Bevor ich wusste, was er vorhatte, hob er mich hoch, so dass meine Beine um seine Taille geschlungen waren und der kurze Rock, den ich trug, über meine Oberschenkel hochgeschoben wurde.

„Fuck, Brenna. Du kannst doch nicht so einen Rock ohne Unterwäsche tragen!" Er drückte meinen Hintern.

„Ich bin einfach vorbereitet." Ich küsste ihn leicht auf die Lippen. „Und jetzt bring mich ins Haus."

Wir stolperten Richtung Haus, und er musste mich absetzen, als er mit dem Schloss der Eingangstür kämpfte. Meine Hände waren überall – knöpften seine Jeans auf, glitten unter sein Hemd, um seine Muskeln nachzufahren, kratzten leicht über seinen Rücken. Als wir endlich im Schlafzimmer waren, stand ich für ihn in Flammen.

„Verdammt", murmelte er, sobald er mich nackt und auf das Bett gelegt hatte. „Sieh dich nur an, kleine Mama. So sexy und rund."

Ich fühlte, wie mein Gesicht bei seinen Worten heiß wurde. Er hatte mich schon so viele Male gesehen, aber ich war immer noch so nervös, wie wenn es das erste Mal wäre. Drei Monate waren eine lange Zeit.

„Ich werde noch viel runder werden", flüsterte ich als Warnung, als er sein Hemd über den Kopf zog. „In ungefähr zwei weiteren Monaten wird das nicht mehr so attraktiv sein."

Er grinste, als er seine Stiefel und Jeans auszog. „Wirklich? Dein Lächeln wird sich ändern? Dein Haar? Die Art, wie du im Bett auf mich reagierst? Wie du dich um meine Kinder kümmerst? Wird sich das ändern?“

Ich schüttelte langsam den Kopf, als er im Bett hochkrabbelte und seinen Körper auf meinen legte. „Du könntest fünfzig verdammte Pfund zunehmen, nur an deinem Arsch, und ich würde dich immer noch für die sexieste Frau halten, die ich jemals gesehen habe“, flüsterte er, bevor er sich hinabbeugte und mich direkt über meiner linken Brust küsste. „Ich liebe dich, Frau.“

„Ich dich auch“, sagte ich lächelnd, zog ihm den Haargummi aus den Haaren und fuhr mit den Fingern durch seine Strähnen.

„Und jetzt küss deinen Mann“, befahl er rau.

Ich küsste ihn und wimmerte, als er sanft in meinen Nippel zwickte, bevor er meinen Bauch ertastete.

„Alles okay da drin?“ Er hob den Kopf.

„Ja, Honey. Alles da drin ist einfach perfekt“, versicherte ich ihm, und das musste die Antwort gewesen sein, auf die er gewartet hatte.

Nachdem er leise „Gut“ gemurmelt hatte, hockte er sich auf seine Knie und legte meine Schenkel über seine Beine. Eine Weile saß er so da, sah mich an – meine Lippen und Nippel –, und ließ seinen Blick bis hinab zwischen meine Beine gleiten.

„Ah, Baby. Schau dir an, wie nass du bist. Fuck. Du tropfst ja regelrecht“, stöhnte er. Seine Stimme klang rau wie Reibeisen, was ich inzwischen damit verband, wenn wir im Bett waren.

Er legte seine Hand zwischen meine Beine, und bevor ich mich darauf vorbereiten konnte, schob er einen Finger in mich. Mein Rücken bog sich vom Bett, als ich ein Stöhnen ausstieß, das mir peinlich gewesen wäre, wenn ich Kontrolle über meine Stimme gehabt hätte. Es war so lange her, seit ich ihn gefühlt hatte.

Er fügte einen weiteren Finger hinzu, beobachtete mein Gesicht dabei, und ich bettelte ihn in unverständlichen

Worten an, während er mir sagte, ich solle langsam machen. Ich konnte nicht langsam machen, und ich verstand nicht, warum er das wollte. Er hatte genauso auf dem Trockenen gesessen wie ich! Ich war heiß, grub meine Nägel in alles, was ich erreichen konnte, und am Ende verlor er die Geduld mit mir.

„Brenna!“, rief er und riss mich damit aus meiner Trance. „Mach verdammt nochmal langsamer! Du willst meinen Schwanz? Ich gebe ihn dir! Aber das kann ich nicht, wenn du verflucht nochmal außer Kontrolle bist! Einer von uns muss den Verstand behalten, und in der Sekunde, in der ich in dir bin, drehe ich durch, verdammt!“

Sein Atem kam in heftigen Zügen, und schließlich begriff ich, warum er mich geneckt hatte.

„Du wirst dem Baby nicht wehtun.“ Ich stützte mich ab, damit ich die Hand an sein Gesicht legen konnte. „Nimm mich“, flüsterte ich.

Er wandte den Kopf und küsste meine Handfläche, bevor er mich wieder auf das Bett zurücklegte, mir folgte und mit einem einzigen geschmeidigen Stoß in mich glitt.

„Ah, Fuck, Brenna!“, stöhnte er in meinem Ohr, als er begann sich zu bewegen. „Ich halte nicht lange durch, Baby. Du fühlst dich so verfickt gut an. Shit.“

Er hatte recht. Er hielt nicht lange durch, aber ich kam trotzdem auf meine Kosten. Das zweite Mal war weitaus langsamer, und ich kam noch zwei Mal.

Schließlich krabbelten wir aus dem Bett und gingen zurück zu seiner Party. Er nahm ein winziges Paar Jeansshorts, die ich tragen sollte, und als ich mich beschwerte, dass ich sie nicht zuknöpfen konnte, ließ er sie mich mit einem Gummi tragen, der sie zusammenhielt. Ich war ziemlich sicher, dass er wollte, dass ich etwas trug, das mein kleines Bäuchlein zeigte. Er versuchte so zu tun, als ob es ihm gleichgültig wäre, aber ich wusste, dass er verdammt stolz war, dass ich schwanger war.

Als wir zurück zum Clubhaus gingen, versuchte ich mir

vorzustellen, wie unsere Leben verlaufen wären, wenn ich es ihm gesagt hätte, als ich mit Trix und Draco schwanger gewesen war. Vor fünf Jahren waren wir an vollständig anderen Punkten in unserem Leben gestanden. Er war frisch im Club aufgenommen worden, und ich war so schnell weggelaufen, wie ich nur konnte. Wer wusste schon, ob wir eine funktionierende Beziehung hätten aufbauen können?

Jetzt hatte ich diesbezüglich keine Zweifel mehr. Wir waren durch mehr gegangen als die meisten Paare in ihrem ganzen Leben, und wir hatten überlebt. Ich konnte mir den Rest meines Lebens nirgendwo anders vorstellen als an seiner Seite, beim gemeinsamen Aufziehen unserer Kinder und mit dem Ignorieren der Seitenblicke, die wir von der Außenwelt bekommen würden.

Kapitel 32

Dragon

Brenna und ich gingen in der Nacht meiner Party zurück zum Clubhaus, als ein Wagen in die Auffahrt fuhr, um die Kurve fuhr und dabei Kies aufspritzte. Wir waren der hinteren Eingangstür des Clubs sehr nahe, daher rief ich die Jungs drinnen, während ich Brenna hinter mich zog.

Ich erkannte das Auto nicht, als es fünfzehn Meter von uns zum Stehen kam, aber das Weib, das ausstieg, wirkte vertraut. Es wurde langsam dunkel draußen, aber ich konnte ihr Gesicht gut erkennen, und sie war stocksauer. Sie war winzig, noch kleiner als Brenna, und sie hatte nachtschwarzes Haar, das ihr bis zum Kinn reichte und am Hinterkopf kürzer geschnitten war. Ich sah an ihrem Körper hinab, aber ich konnte nicht viel sehen, als sie etwas schrie und einen Arm herumwedelte, mit dem sie etwas schwenkte, was aussah wie eine Pistole.

Bevor ich Brenna zur Tür schieben konnte, strömten die Brüder wie eine Welle in den Hof und überblickten rasch die Szene. Ich fühlte, wie Brenna hinter mir zusammenzuckte, als die Frau uns ansah und ihre Waffe in unsere Richtung richtete.

„Du verdammter *Arsch*!", schrie sie. „Wo zum *Teufel* ist mein Bruder?"

Ich wollte gerade zurückbrüllen, dass ich keinen verdammten Schimmer hatte, wovon sie redete, als Grease vortrat, so dass wir fast Schulter an Schulter standen.

„Was zum Teufel tust du hier, Callie? Du bist ja absolut irre!", brüllte er zurück und ging auf sie zu.

„Was hast du mit meinem Bruder angestellt?", schrie sie wieder und machte immer einen kleinen Schritt rückwärts, wenn Grease vortrat, bis ihr Rücken an ihrem Wagen lehnte.

Ich konnte Brenna hinter mir zittern fühlen bei jedem

Schritt, den Grease näher auf die Frau zu machte, die die Waffe trug.

„Deinem Bruder geht es gut. Und jetzt steck dieses verdammte Ding weg, bevor dir noch in den Arsch geschossen wird“, sagte Grease ruhig, als er sie erreichte und ihr die Waffe aus der Hand nahm. „Du verdammte Idiotin. Was hast du denn gedacht, was du mit einem verfickten Taser in einem Clubhaus machen würdest, umgeben von bewaffneten Männern?“ Er ließ das schwarze Ding auf den Boden fallen.

Alle Männer im Hof atmeten auf. Keiner von uns wollte eine Frau ausschallten, aber niemand bewegte sich.

Sobald der Taser auf dem Boden lag, drehte sie vollkommen durch. Sie schwang die Fäuste und Beine in der Absicht, Grease überall da zu treffen, wo es ihr gelang. Er packte sie um die Taille, aber sie hörte nicht auf. Ich sah, wie sie versuchte, ihn zu beißen, und ich zuckte zusammen, als sie ihre Zähne in seiner Schulter vergrub. Das musste verdammt nochmal wehtun.

Ich verstand nicht, was sie brüllte, aber ich konnte Grease gut verstehen, und so, wie er mit ihr redete, fragte ich mich, wo zum Teufel ich sie schon einmal gesehen hatte.

„Es ist schon gut, Baby. Es geht ihm gut. Es geht ihm gut. Es ist okay. Shhh…“, sagte er sanft, als ihre Gegenwehr endlich erlahmte und sie in seinen Armen erschlaffte. Ihr Mund löste sich von seiner Schulter, wo ihre Zähne Blut hatten fließen lassen. „Fuck, Baby, was zum Henker hast du dir nur dabei gedacht?“

Ich schüttelte den Kopf und schob Brenna zum Clubhaus. Ich kannte die verrückte Bitch von irgendwo, aber ich würde keine Zeit damit verbringen, herauszufinden woher. Grease konnte sich darum kümmern. Ich hatte Wichtigeres zu tun, wie zum Beispiel die verlorene Zeit mit meiner Frau wiedergutzumachen.

Epilog

Brenna

Meine Schwangerschaft lief wirklich gut. Ich hatte keine Probleme mit diesem Baby, wie damals mit den Zwillingen. Mein Blutdruck blieb gleichmäßig, meine Hüften taten nicht weh, und meine Füße schwollen nicht an. Die Ärzte sagten mir, dass das der Unterschied war, wenn man nur ein Baby statt Zwillinge bekam, aber ich glaubte, es lag an Dragon.

Er erledigte immer noch Aufträge, und wenn er es tat, blieb Casper bei uns. Tony war nicht länger eine Bedrohung, aber Dragon wollte uns aus einem neuen Grund nicht allein zu Hause wissen. Ich wusste nicht, ob es der schwere Start des Babys war oder unsere Geschichte mit den Zwillingen oder einfach Dragons Überfürsorglichkeit, aber er wollte uns nicht allein lassen, bis er wusste, dass jemand am Haus war. Es machte Slider kirre, aber ich liebte es. Ich liebte es, dass er sich um uns kümmerte. Ich fühlte mich nie erstickt oder genervt, sondern beschützt und wertgeschätzt.

Wir hatten das Geschlecht wissen wollen. Ich war zu ungeduldig, um zu warten, aber jedes Ultraschallbild machte uns da einen Strich durch die Rechnung. Ich war wirklich genervt. Ich hatte früh anfangen wollen zu planen, aber Dragon hatte nur gelacht, als wir nie eine klare Sicht auf das Geschlecht hatten. Vermutlich war er einfach erleichtert, dass das Baby gesund war. Wir stritten nie wegen irgendwas, auch wenn ich wusste, dass ich meistens eine absolute Bitch war. Dragon schüttelte einfach nur den Kopf, als ob ich verrückt wäre, und machte mit dem weiter, was auch immer er gerade tat.

Erst als ich mich entschied, dass ich versuchen würde das Baby auf natürliche Weise zu bekommen statt durch einen Kaiserschnitt, legte Dragon sein Veto ein. Er war bei mir gewesen, als der Arzt uns sämtliche Schlimmstfall-Szenarios präsentiert hatte, und er war unglaublich sauer, dass ich das Risiko eingehen wollte. Der Streit dauerte wochenlang, aber schließlich wurde er beigelegt, als ich ungefähr im siebten Monat war.

„Brenna, auf keinen verdammten Fall werde ich erlauben, dass du dich selbst in Gefahr bringst, nur weil du mit der gottverdammten Mutter Natur kommunizieren willst oder was auch immer in deinem Kopf rumschwirrt", sagte er, als wir gemeinsam im Bett lagen.

„Sie können in ungefähr sechzig Sekunden an das Baby, wenn was falsch läuft. Die Chance, dass etwas schief läuft, ist äußerst gering. Baby, wirklich, die wissen, was sie tun." Ich legte den Kopf auf seine Brust und fuhr mit dem Finger über die Stelle, an der er Trix's Stern auf seinem Gürtel von Orion-Tattoo hatte vergrößern lassen.

„Sie erzählen dir all die Dinge, die falsch laufen können, lassen dich ein verdammtes Papier unterzeichnen, dass du sie nicht verklagen wirst, und du siehst da kein Muster?" Er schüttelte den Kopf. „Du wirst das nicht machen, Baby. Du wirst einen verdammten Kaiserschnitt bekommen, wie sie es dir verdammt noch mal geraten haben. Ich werde dich nicht verlieren. Ende der Geschichte."

Und damit hatte es sich. Ich würde ihm den Seelenfrieden geben, den er brauchte. Es war ja nicht so, als ob ich mich auf stundenlange Wehen gefreut hatte. Ich musste nur meine Ängste gegenüber einem weiteren Kaiserschnitts ablegen.

Daher lag ich jetzt in einem OP, umgeben von Ärzten und Krankenschwestern, und wartete darauf, dass sie mich aufschnitten und unser Kind herausholten. Ich hatte letzte Nacht nicht schlafen können, weil ich zu angespannt gewesen war, aber als wir am Morgen aufgestanden sind, war ich vollkommen ruhig gewesen. Ich schaffte das.

Meine Arme waren neben meinem Kopf am Tisch befestigt, und es war gruselig, aber Dragon war da und hielt meine Hand. Sein Gesicht wurde von einer Operationsmaske bedeckt, und er trug einen Kittel, dessen Oberteil sich so eng um seine Oberarme und seine Brust spannte, dass er aussah wie ein Stripper. Alles, was er noch brauchte, wäre ein Stethoskop und ein Gettoblaster. Der Gedanke brachte mich zum Lächeln.

„Wie geht es dir, kleine Mama?“, fragte er mich leise, das Gesicht nah an meinem.

Die Ärzte redeten um uns herum, aber es fühlte sich an, als ob wir beide in unserer eigenen kleinen Welt waren.

„Es geht mir gut. Ich bin bereit, dass das hier vorbei ist“, flüsterte ich, als ich fühlte, wie sie an meinem Körper zupften. Ich wusste nicht, ob sie mich schon aufgeschnitten hatten, und versuchte, dem, was sie auf der anderen Seite des kleinen Vorhangs taten, keine Aufmerksamkeit zu schenken.

„Du machst das so gut, Baby.“ Er strich mir die Locken, die sich aus meinem Pferdeschwanz gelöst hatten, aus dem Gesicht. „Es ist fast vorb…“

Seine Worte wurden von dem Schrei eines Kindes unterbrochen, und er hob sofort den Kopf über den Vorhang.

„Hey, Daddy, möchten Sie unsere Mama wissen lassen, was sie bekommen hat?“, fragte meine Ärztin, und ich konnte das Lächeln in ihrer Stimme hören.

Ich sah mich um, versuchte, einen Blick zu erhaschen, als Dragon sich wieder über mich beugte.

„Gott sei Dank. Endlich ein weiterer verdammter Schwanz im Haus. Mir gehen diese verdammten Barbies so was von auf die Nerven“, sagte er mit einem breiten Grinsen. „Wir haben einen Jungen bekommen, Mama.“

Die Ärzte eilten um uns herum, und Tränen rannen mir über die Wangen, als ein kleines Bündel in Dragons Arme gelegt wurde. Er weinte nicht länger. Er schlief. Ich konnte kaum sein Gesicht sehen, und die Ärzte arbeiteten immer noch auf der anderen Seite des Vorhangs an mir, aber in diesem Moment war ich vollkommen zufrieden.

„Das hast du gut gemacht, Baby", sagte Dragon, zog seine Maske herunter und sah mich zärtlich an. „Und jetzt gib deinem Mann einen Kuss."

Danksagung

Heilige Scheiße, ich weiß nicht mal, wo ich anfangen soll.

Meine Mädels – Mama hat es geschafft! Aber so aufgeregt ich momentan auch bin, nichts ist mit euch beiden vergleichbar. Ihr seid meine größten Errungenschaften, und egal, wohin uns das Leben von hier aus führen wird, das werdet ihr immer bleiben. Ich besitze ein unerschöpfliches Füllhorn. Ich liebe euch von hier bis zum Mond und zurück.

Mom und Dad – ich liebe euch. Danke, dass ihr mich bei Verstand gehalten, mir Kaffee gegeben, auf die Mädchen aufgepasst habt und mich liebt. Ihr seid meine größten Cheerleader, und ich hätte nie all das im letzten Jahr erreicht, wenn ihr nicht gewesen wärt.

Meine Schwestern – Ihr seid die besten Freundinnen, die ein Mädchen haben kann. Danke, dass ihr euch jedes Mal so für mich freut, wenn ich es nicht erwarten kann, euch wegen jedes Details des Schreibprozesses anzurufen. Ihr wart jeden aufregenden Schritt an meiner Seite. Lasst uns Wein trinken und feiern. Ich denke, wir haben es uns verdient.

Meine Brüder – Ihr werdet das hier nie lesen, aber ich liebe euch, und ich könnte euch nie außen vor lassen.

Genelle und Becky – Ihr zwei wart meine ersten Versuchskaninchen und die ersten, die etwas von mir gelesen haben. Ich kann euch nie genug dafür danken. Ohne euren Input weiß ich nicht, wie weit ich es geschafft hätte. Ihr habt mich weitergetrieben und mich wieder aufgebaut. Ich liebe euch, Mädels, und ich bin so glücklich, dass ich euch als Freundinnen habe.

Madeline – Alles, was ich für dich hier schreibe, wird dich mit den Augen rollen lassen. Glaub ja nicht, dass ich dich nicht sehe. Du tust so, als ob du nichts Großes getan hättest, aber ich kann nicht einmal sagen, wie sehr du mir geholfen hast. Du hast meine Fragen beantwortet, mir keinen Bullshit serviert, und hast mir eine ganze Schreibgemeinschaft vorgestellt, von der ich nicht einmal gewusst hatte, dass es sie gab. Danke.

Die Mädels in ANGTFD – Danke, dass ihr meinen Beschweren und Sorgen und meinem überschäumenden Enthusiasmus zugehört habt. Ich wusste nicht mal, dass ich euch gebraucht habe, bis ich euch getroffen habe, und jetzt kann ich mir nicht vorstellen, all das ohne euch durchzuziehen.

Ana – Du weißt, was du getan hast. Ich glaube, ich liebe dich. Danke.

Lb und Lisa – Danke, dass ihr mich daran erinnert habt, was real ist und was nicht.

Madison – Danke, dass du mir erlaubt hast, dich zu jeder Tages- und Nachtstunde zu nerven, Fragen um Fragen beantwortet hast und meine grauenhaften Tempora korrigiert hast. Dieses Buch wäre ohne dich nicht das, was es ist.

Jovana – Du bist ein kleines Adlerauge. Ich bin so froh, dass ich mein Baby an dich geschickt habe. Danke für deine Hilfe.

Scandal der Superblogger – Wusstest du, dass ich davon geträumt habe, dass mein Buch auf deinem Blog vorgestellt wird? Ich bin fast in Ohnmacht gefallen, als du zugestimmt hast, meine Blogtour zu machen. Du hast mir einen Traum erfüllt, und ich kann dir nicht genug danken.

Meine Beta-Leserinnen – Ich liebe es, wenn ihr mich anschreit. Nein, wirklich, das war mein Lieblingsteil. Wenn ihr nichts mehr fühlt, mache ich meinen Job nicht richtig. Danke für euer Feedback!

Und die Blogger, die sich entschieden haben, einer unbekannten Autorin eine Chance zu geben – „Wusstet ihr, dass ihr meine Helden seid? – *Did you ever know that you're my hero?*" Ja, ich singe hier. „Ihr seid der Wind unter meinen Flügeln. –*You are the wind beneath my wings.*

Die Autorin

Nicole Jacquelyn ist Mutter von zwei kleinen Mädchen, geht selten vor drei Uhr nachts ins Bett und schaut selten fern. Sie ist immer noch in der Lage, ihre Mutter verrückt zu machen und liebt es, zu lesen. Wenn man sie als kleines Kind gefragt hat, was sie mal werden möchte, hat sie immer geantwortet, dass sie Mama werden will.

Als sie etwas älter war, änderte sich ihre Antwort in „Autorin werden". Mit achtzehn Jahren sagte sie, sie wolle Schriftstellerin werden, doch um sicher zu gehen machte sie ihren Abschluss in Betriebswirtschaft. Ihren Träumen ist sie treu geblieben, erst wurde sie Mutter, dann ging sie zum College und währenddessen schrieb sie.